U0097801

序言

ECL（English Comprehension Level）測驗，是每位有心赴美受訓、進修的軍方人員，都要通過的考試。測驗內容包含聽力測驗、單字、文法和成語。要通過這項測驗，其實並不難，只要在考前掌握正確的考試方向，並多做相關練習，保證您勝券在握。

「如何準備 ECL」爲了因應最新考情，每隔一段時間都會重新改版，加入最新的考題與資訊。目前呈現在各位讀者手上的，就是新增訂的**「如何準備 ECL」**，本書除了包括完整的相關測驗外，還新增了「ECL 新試題得分關鍵字」、「ECL 必考成語」、和「ECL 新精選試題暨詳解」，爲您提供最新、最棒的考前訓練。

ECL 測驗係由「國防語文學院」（Defense Language Institute）所編寫，編者曾在該校參加「英語教官複訓班」，接受過無數次的 ECL 測驗，深知出題方向。所以，準備要參加 ECL 測驗的讀者們，不要再浪費時間了，熟讀本書，就是通過測驗的不二法門。

此外，如果您想讓自己的實力更堅強，不妨多加涉獵相關參考書籍，像是本公司出版的**「ECL 字彙」**、**「ECL 聽力測驗詳解」**、**「ECL 文法題庫①」**、和**「ECL 模擬試題詳解」**。最後，本書雖經多次審慎的校對，但疏漏之處恐在所難免，誠盼各界先進不吝批評指正。

編者　謹識

Contents

All rights reserved. No part of this publication may be reproduced without the prior permission of Learning Publishing Company.
本書版權爲學習出版公司所有，翻印必究。

Part I

ECL 概述

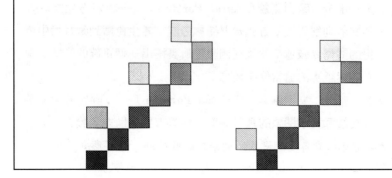

對ECL的一般疑問及解答

ECL簡介

問：何謂ECL？

答：ECL為「**英文理解程度**」（**English Comprehension Level**）的縮寫。測驗內容是為評定考生對下列英文基本部分的一般知識：

1. 字彙　2. 常用的美式慣用語　3. 複雜句
4. 字序　5. 文法運用

問：ECL測驗的目的為何？

答：ECL測驗的目的，在測驗受命前往美國或海外美空軍飛行、飛彈或技術訓練班次受訓的外籍學生，評定他們對英文的理解程度，以選出具備適當英語能力的學生，使其能在受訓地點順利受訓。

ECL準備方向

問：ECL考些什麼？

答：ECL共分兩大項目，有一百廿題，採**選擇題**的型式，包括：

◇第一部分，**聽力測驗**（**Aural Portion**）——評定考生對口語英文的理解程度，方式類似托福考試，考生會聽到錄音帶中所提的問題或敘述，然後從測驗手冊裏選出一個正確的答案，並在答案紙上的適當位置塗黑。

◇第二部分，**文字測驗**（**Written Portion**）——評定考生對英文文法和文字閱讀的理解程度。作答方式與聽力測驗相同。

考生必須達到各受訓班次所要求之最低標準，始可獲准受訓。

問：ECL難考嗎？

答：一般來說，中國考生在聽力測驗部分，會感到比較吃力，因此這部分必須**長時間練習**，才能在ECL測驗中得心應手。至於文字測驗部分，其中所考的文法觀念都是最基本的，中國考生應可勝任；文字閱讀方面，**背熟重要的單字和片語**，自可輕鬆過關。

問：如何準備ECL？

答：準備ECL的步驟：第一，**了解測驗題型**；第二，**熟練答題技巧**；第三，**充分練習作題**。這「三部曲」能讓您在測驗時從容應試，斬獲高分。

▨ ECL應考須知 ▨

問：考ECL時要帶些什麼東西？測驗開始時，考生會拿到什麼？

答：記得帶**軍人補給證**、準確的手錶、好的橡皮擦。要特別注意，考ECL時**不得**攜帶任何紙張或字典。測驗開始時，考生會收到一本測驗手册、一張答案紙和一支鉛筆。

問：答案紙上除了填寫答案外，還要填寫哪些資料？

答：在「姓名欄」(NAME)內，先填名，然後再填姓，最後是中間的縮寫字；在「兵籍號碼欄」(SERIAL NR)內，填上自己的訓練號碼或兵籍號碼；在「地方欄」(PLACE)內，填寫國籍名稱；在「日期欄」(DATE)內，填上測驗日期；在「測驗名稱欄」(NAME OF TEST)內，填上6200-A(或B，C)的測驗名稱。另外，在答案紙的左上方，要填寫測驗手册的號碼。以上資料的填寫，必須在**測驗正式開始之前**填妥。

問：考 ECL 有時間限制嗎？

答：ECL 測驗的設計，是為評定考生的英文知識，而非閱讀速度，因此**尚無精確的時間限制**。一般而言，第一部分聽力測驗，因有錄音帶的播放在控制速度，應在大約三十五分鐘內完成；第二部分文字測驗，則因人而異：速度快、技巧熟練的考生在三十分鐘內可以做完，一般的考生應在大約四十五分鐘內考完，速度慢的考生可能要花六十分鐘以上。如果有考生似乎無法在合理的時間內完成測驗，監考人員即可收回答案紙。至於是否延長測驗時間，是由監考人員決定。

問：ECL 聽力測驗部分的錄音帶會重新播放，以供考生檢查核對嗎？

答：ECL 聽力測驗錄音帶**只播放一次**，除非考生因外力干擾（如外界的雜音、噪音），以致無法聽清楚錄音帶上的問題時，才可能重放。因此考生必須全神貫注聽錄音帶播放的問題。順便一提，文字測驗部分可以再檢查一次，發現答錯，可即時更正。

問：ECL 測驗有比較特別的考試規定嗎？

答：有的。一、作答時，考生應將答案塗在答案紙上，而非測驗手冊內。因為測驗手冊必須收回重新使用，所以測驗手冊上**不得留下任何記號**，若留下記號應徹底擦除，以免妨礙下一位使用的考生。二、考試規則都是以英文說明，考生不可以要求監考人員翻譯或解釋考試的內容。三、考試中若考生必須離開試場，在離開前必須先繳交測驗手冊及答案紙，方可步出試場。四、所有題目都須作答。

問：考 ECL 可以猜題嗎？

答：**可以**，ECL 測驗由於沒有倒扣，每一條題目，無論會不會，都應作答。如果能從四個選項中刪掉一、兩個再做猜題，這樣猜對的機率就會大大提高。

▩ ECL 考後事宜 ▩

問：到美國本土受訓各班次的要求條件分別爲何？

答：這些條件可參閱「**空軍手册**」（AFM）50-29項的第三到五段，其中會有詳細說明。

問：未達ECL 測驗標準的考生，可以接受訓練嗎？

答：根據規定，沒有達到ECL 測驗 CONUS 課程標準的考生，不得接受訓練。但是在某些情況下，例如政治上的考慮，考生的國家缺乏英語語文訓練的能力等，則要求的標準可以延擱。但此項要求須經空軍訓練司令部（Hq ATC）的批准。下列表格則是通融受訓獲准之後所需的語言訓練時間。

ECL在29或以下	30週
ECL 在30～35之間	23週
ECL 在36～39之間	18週

問：如果ECL的分數在40以上，語言訓練時間的長短爲何？

答：如果ECL 的分數在40以上，語言訓練時間的長短就照下列表格來計算：

ECL分數	飛行訓練	ECL分數	技術訓練
40～55	15週	40～55	15週
56～69	11週	56～69	7週
70～80	7週	70以上	直接入學
81以上	2週		

ECL分數換算表（120題）

QCA	ESC	QCA	ESC	QCA	ESC	QCA	ESC	QCA	ESC
120	100	95	82	70	64	45	40	20	15
119	100	94	82	69	63	44	39	19	14
118	100	93	81	68	62	43	38	18	13
117	100	92	80	67	62	42	37	17	12
116	100	91	80	66	61	41	36	16	11
115	99	90	79	65	60	40	35	15	10
114	98	89	78	64	59	39	34	14	9
113	97	88	78	63	58	38	33	13	8
112	96	87	77	62	57	37	32	12	7
111	95	86	76	61	56	36	31	11	6
110	94	85	75	60	55	35	30	10	5
109	94	84	75	59	54	34	29	9	4
108	93	83	74	58	53	33	28	8	3
107	92	82	73	57	53	32	27	7	2
106	91	81	73	56	52	31	26	6	1
105	90	80	72	55	51	30	25	5	0
104	89	79	71	54	50	29	24	4	0
103	89	78	71	53	49	28	23	3	0
102	88	77	70	52	48	27	22	2	0
101	87	76	69	51	47	26	21	1	0
100	86	75	68	50	46	25	20		
99	85	74	68	49	44	24	19		
98	85	73	67	48	43	23	18		
97	84	72	66	47	42	22	17		
96	83	71	65	46	41	21	16		

QCA = questions correctly answered 答對題數

ESC = equivalent scores contrasted 相對分數

ECL高分策略

考 ECL，本身的實力是重要的因素，如能再加上一套有效的答題技巧，自然就比別人更有被錄取的希望。以下是四種拿高分的策略：

《聽力測驗》

▨ 制「題」機先 ▨

每個聽力測驗題都有四個選項，若等錄音帶問完題目再來看選項，時間上可能會來不及！因此，在測驗一開始，**錄音帶尚未正式發問這一小段時間，先看(A)(B)兩個選項，等錄音帶的問題問完，再看(C)(D)兩項**，如此一來，思考的時間自然比別人長，迅速選出答案後，再繼續用同樣方法進行下一題。

▨ 壯士斷腕 ▨

記住：錄音帶的問題只播放一次！千萬別因爲一個題目沒聽懂，就影響下面題目的進行。若發生這種情況，**馬上放棄**這一題，全心應付下一題，萬萬不可「因小失大」！

《文字測驗》

▨ 題目「＋」「－」策略 ▨

1. 有把握的題目，立刻作答。
2. 要花很久時間才能解答的題目，先在答案紙的題號旁邊劃上「＋」。
3. 無法解答的題目，就在題號旁邊劃上「－」。

將有把握的題目做完後，回頭再做「＋」的題目，然後再試試「－」的題目，也許會有意外的斬獲。但是不要在決定劃「＋」或「－」時，猶豫大半天。

在考試時間結束之前，記得**擦掉**「＋」「－」符號，以免影響計分。

▩ 選項「×」「？」策略 ▩

「✕」表示不可能的答案，「？」表示可能的答案，這樣能**縮小**答案的範圍，免去許多重複考慮的時間。在考試時間結束之前，仍要記得**擦掉**「×」「？」符號。

《結語》

ECL 測驗並無嚴格的時間限制，所以考試時不必過份緊張，心平氣和地答題，看清楚每個題目的重點，靈活運用上述的高分策略，發揮最大的實力，被錄取的願望垂手可得！

Part Ⅱ

ECL 聽力測驗拿分要訣

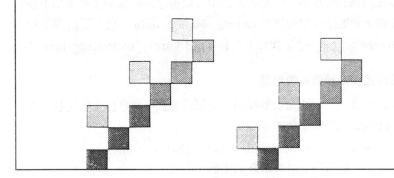

ECL聽力測驗拿分要訣

1. **先迅速瞄一眼題目，再等敘述**——這樣做，有時可以從題目中猜出敘述主題，再去聽內容就容易多了。試舉一例：

 (A) I never trusted you.
 (B) I think I can trust you.
 (C) I thought you trusted me.
 (D) I was wrong to have trusted you.

 從四個選項中可以推論，敘述主題和 I, you, trust 有關。

2. **掌握動詞**——特別注意使役動詞，及一些能影響整句意義的動詞。前者如 ***make***, ***have***, ***get***，後者如 ***overlook***, ***doubt*** 等。試舉一例：

 The instructor overlooked three errors on my paper.

 四個選項就繞著" overlook "打轉。

 (A) She looked through my paper three times.
 (B) She couldn't find my grades.
 (C) She didn't see the mistake.
 (D) She read the paper on the air.

3. **抓住副詞及介系詞**——聽力測驗中，值得注意的副詞及介系詞不多，主要是那些能改變句意的 ***hardly***, ***barely***, ***only***（以上是副詞）和 ***except***（介系詞）。例如：" I could hardly understand him. "

4. **認識出現頻率較高的句型**

 (1) 比較級——可能比較形容詞、副詞或名詞；有些以肯定比較，有些以否定比較。例如：

 Nobody has more enthusiasm than she does.
 （比較名詞，以否定方式比較）

Geometry is hard for me, but algebra is harder.
（比較形容詞，以肯定方式比較）

⑵ 主動和被動語態——題目以被動語態表示後，供選擇的答案都是以主動表示。

⑶ 假設語態——題目是假設語態，供選擇的答案大都是事實。例如：

I should have eaten breakfast.

(A) I ate breakfast.

(B) I had eaten breakfast before I came here.

(C) I didn't eat breakfast.

(D) I should eat breakfast everyday.

⑷ 倒裝句——副詞、副詞片語、助動詞、補語都可能放到句前。例如：

On the floor above theatre are the dean's offices.
（On the floor above theatre 為副詞片語）
Scarcely did I saw him.（Scarcely 為副詞）

5. **注意連音**——理論上，不定冠詞後面的名詞，如果是以母音開始，如 an‿egg；或以子音結束的下一句是以母音開始，如 come‿in，都可連起來發音。

6. **平時多唸、多聽英文**——明白單字意思，卻不熟悉它的發音，對聽力測驗一點幫助也沒有。開口「唸」英文，收聽英文廣播及觀賞原音播出的外國影集，可以增加您對單字發音的印象、熟悉老外說話的速度及聲調。這不僅是準備ECL 聽力測驗的有效途徑，更能幫助您早日適應日後留美的英語環境。

ECL聽力測驗

- *You will hear a statement or a question on the tape. Look at the four answers—A, B, C and D in the test. Select the answer that is the closest in meaning.*

1. A. John now has two copies of the book.
   B. Maria now has three copies of the book.
   C. John now has three copies of the book.
   D. Maria now has two copies of the book.

2. A. The bus left at 8:45 am.
   B. The bus left at 8:40 am.
   C. The bus left at 8:35 am.
   D. The bus left at 8:30 am.

3. A. The plane left at 5:15.
   B. The plane left at 4:30.
   C. The plane left at 4:45.
   D. The plane left at 5:30.

4. A. The speaker's salary is $250.
   B. The speaker's salary is $750.
   C. The speaker's salary is $500.
   D. The speaker's salary is $125.

5. A. The storm came on Saturday.
   B. The storm came on Monday.
   C. The storm came on Wednesday.
   D. The storm came on Friday.

6. A. The farmers worked one week.
   B. The farmers worked three weeks.
   C. The farmers worked four weeks.
   D. The farmers worked two weeks longer.

7. A. She bought 10 eggs.
   B. She has only 2 whole eggs.
   C. She has only 10 whole eggs.
   D. She is baking a cake.

8. A. He needed \$50.
   B. He needed \$100.
   C. He needed \$150.
   D. He needed \$200.

9. A. The waiter brought ham.
   B. The waiter brought eggs.
   C. The waiter brought ham and eggs.
   D. The waiter brought cereal.

10. A. Mary got accustomed to working here.
    B. Mary was not used to working alone.
    C. Mary used to be an excellent office clerk.
    D. Mary thought it difficult to live in a new country.

11. A. We invited them last night.
    B. We plan to invite them.
    C. We finally decided to invite them.
    D. We'll never invite them again.

12. A. She finds Spanish easier than she expected.
    B. She finds Spanish more difficult than she expected.
    C. He finds Spanish easier than he expected.
    D. He finds Spanish more difficult than he expected.

13. A. He had an accident two months ago.
    B. He couldn't work for two months.
    C. He was injured in an accident.
    D. He walked with a cane for two months.

14. A. I really needed a cup.
    B. I really needed a bowl.
    C. He brought me coffee.
    D. He brought me soup.

15. A. Nancy has Paul's scarf on.
    B. Nancy is wearing a knit scarf.
    C. Paul has a knit scarf.
    D. Paul never wears the knit scarf Nancy made him.

16. A. It is Tom's birthday.
    B. Tom's roommate sent him a card.
    C. Tom's roommate wished him a happy birthday.
    D. Tom wished his roommate a happy birthday.

17. A. James went to work while his mother stayed home.
    B. James's mother works at home.
    C. When James got home from work his mother was there.
    D. James's mother was at work when he got home.

18. A. Larry had his brother's car washed.
    B. Larry's brother washed the car.
    C. Larry took the car to his brother's car wash.
    D. Larry and his brother went to the car wash.

19. A. Mr. Smith stopped drinking when his doctor told him that he had to.
    B. Mr. Smith's doctor did not stop drinking.
    C. Mr. Smith agreed to follow his doctor's advice.
    D. Mr. Smith drinks in spite of his doctor's advice.

20. A. Forty-five of the students are supposed to take language lab.
    B. Fifty of the booths in the language lab are scheduled for use by students.
    C. Although there are only forty-five booths, fifty students want to take language lab.
    D. Despite having fifty booths in the language lab, only forty-five are scheduled.

21. A. Business was better before.
    B. Business is better now than ever before.
    C. Business was never good.
    D. Business is never slow.

22. A. Nancy does not like to sleep late.
    B. Nancy likes nothing.
    C. Nancy likes to sleep late.
    D. Nancy does not like anything.

23. A. Bob is a friend of Jane's family.
    B. Bob's family does not know Jane.
    C. Bob does not know Jane's friend.
    D. Bob and Jane's family have never met.

24. A. There is doubt.
    B. There is no doubt.
    C. It is there.
    D. There isn't any.

25. A. I will buy a Ford.
    B. I am right to buy a car now.
    C. I do not have enough money for a car.
    D. I have bought a new car.

26. A. When Joe arrived, James had already left.
    B. When James arrived, Joe already left.
    C. When Joe was just leaving, James arrived.
    D. When James was just leaving, Joe arrived.

27. A. People can explore new experiences.
    B. People can learn better when they get older.
    C. People cannot have new experiences when they become too old.
    D. People all over the world are the same.

28. A. He is not happy.
    B. He lives on little.
    C. He is a miser.
    D. He is very poor.

29. A. She needs more cups.
    B. She needs more saucers.
    C. She needs more plates.
    D. She needs more problems.

30. A. They brought pie.
    B. They brought apple.
    C. They brought peach.
    D. They brought ice-cream.

31. A. He likes to become a member of the band.
    B. He likes to become a member of the football team.
    C. He likes to work in the band.
    D. He likes to play basketball.

32. A. They aren't related.
    B. They resemble each other.
    C. They are brothers.
    D. They don't look like brothers.

33. A. He should buy the blue car.
    B. He should buy the red car.
    C. The blue car is less expensive.
    D. The red car will give him more value for his money.

34. A. I like the lions and monkeys better than all the other animals.
    B. I like the lions better than the monkeys.
    C. I like the monkeys better than the lions.
    D. I like the lions and monkeys less than all the other animals.

35. A. He likes me almost as much as her.
    B. He likes her as much as me.
    C. He likes her more.
    D. He likes me more.

36. A. Jane likes to buy the same dresses as her sister.
    B. Jane doesn't need to buy as many dresses as her sister.
    C. Jane doesn't have much money to spend on dresses.
    D. Jane is too busy to go shopping often.

37. A. He never dreams.
    B. He dreams about tests.
    C. The test was easy.
    D. The test was extremely difficult.

38. A. Henry likes his father.
    B. Henry is not a professor.
    C. Henry's father is not a professor.
    D. Henry is disliked by his father.

39. A. He doesn't have any change.
    B. He wants to take the bus.
    C. He doesn't have enough change.
    D. He has enough change for the bus fare.

40. A. John always tells secrets.
    B. John never tells a secret.
    C. John is meant to tell secrets.
    D. John keeps secrets.

41. A. Jane saw me wearing a red coat.
    B. Jane didn't see me wearing a red coat.
    C. Jane came to see my new coat.
    D. Jane liked my wearing the red coat.

42. A. If you're ready, you can come to my office.
    B. When I'm driving to work, I can pick you up.
    C. If you fell down, I could pick you up.
    D. I can help you cross the street.

43. A. Helen didn't buy a new car.
    B. Helen didn't have enough money to buy a new car.
    C. Helen bought a new car.
    D. Helen spent all her savings on clothes.

44. A. I'm sure that Dorothy's train was late.
    B. I'm sure that Dorothy's train was on time.
    C. Because of Dorothy, we were late for the train.
    D. Dorothy helped us to get to the train on time.

45. A. We should choose foods wisely.
    B. We need to diet.
    C. We should eat more.
    D. We need better vitamin pills.

46. A. Mr. Scott missed almost all of the meeting.
    B. Mr. Scott arrived late.
    C. Mr. Scott did not attend the meeting.
    D. Mr. Scott attended all of the meeting.

47. A. The secretary told you because you asked her.
    B. The secretary did not tell you because you did not ask her.
    C. The secretary did not tell you when you asked her.
    D. The secretary told you although you did not ask her.

48. A. John weighs less now that he is playing tennis all of the time.
    B. John wants to play tennis often.
    C. John knows the way to play tennis.
    D. John spends too much money on playing tennis.

49. A. I think Mr. Steward is honest.
    B. I think we should trust Mr. Steward.
    C. I don't trust Mr. Steward.
    D. I don't think Mr. Steward is not honest.

50. A. I want them to be in uniform.
    B. I wanted them to be put in writing.
    C. I don't like their proposals.
    D. I don't want them to make any troubles.

Test

ECL 聽力測驗解答

1. (A) " John had three copies of the book but he gave one away to Maria."
   約翰有三本這種書，但是他給瑪麗亞一本。
   ➡ 約翰現在有兩本這種書。

2. (C) " Dr. Baker got to the corner at 8:40 am, missing the bus by five minutes."
   貝克博士上午八點四十分到達轉角處，巴士已開走了五分鐘。
   ➡ 巴士上午八點三十五分開走。

3. (D) " The plane was scheduled to leave at a quarter of five, but it didn't take off until half past."
   飛機原訂五點十五分離開，但是直到五點半才起飛。
   ➡ 飛機五點三十分離去。

4. (C) " By the time I pay $250 for my rent, I only have half of my salary left."
   我付二百五十元房租，只剩下一半薪水。
   ➡ 說話者的薪水是五百元。

5. (C) " The storm was supposed to come on Monday, but it is two days late."
   暴風雨應該星期一來，但是晚了兩天。
   ➡ 暴風雨星期三來。

6. (B) " This was a large wheat crop and it took the farmers one week longer than the usual 2 weeks to harvest it." 麥子產量多，農夫花了比平常二個星期又多一個星期的時間收割。

➡ 農夫工作了三個星期。

* harvest〔harvɪst〕*v.* 收割 *n.* 收穫

7. (C) " I bought a dozen eggs but when I got home I found two broken."

我買了一打蛋，但是回家後，發現破了兩個。

➡ 她只有十個完整的蛋。

8. (A) " Although Harry borrowed a hundred dollars, he really needed only half that much."

雖然哈里借了一百元，實際上他只需要一半。

➡ 他需要五十元。

9. (D) " Paul wanted ham and eggs, but the waiter brought him some cereal by mistake."

保羅要火腿和蛋，但是侍者弄錯，端給他穀類食品。

➡ 侍者端來穀類食品。

* cereal〔'sɪrɪəl〕*n.* 穀類所做的食品

10. (A) " Mary found it difficult to adjust at first, but she soon got used to it."

剛開始瑪麗不能適應，但是很快就習慣了。

➡ 瑪麗習慣在此工作。

11. (D) " That is the last time we'll ever invite the Smiths to a party."

這是最後一次，我們邀請史密斯家人赴宴。

➡ 我們再也不邀請他們。

12.(A) "Until she studied Spanish, George's sister had always thought it was difficult to learn another language." 學西班牙文前，喬治的妹妹一直以爲，學習另一種語言很困難。

➡ 她發現西班牙文比她想像得容易。

13.(C) "When Bob broke his leg in the accident, he couldn't walk for two months."
鮑布在一次意外中跌斷了腿，兩個月不能走路。

➡ 他在意外中受傷。

14.(B) "He misunderstood me and brought a coffee cup instead of a soup bowl."
他誤會我，端來咖啡杯，不是湯碗。

➡ 我實在需要一個碗。

15.(C) "Nancy made Paul knit the scarf he is wearing."
保羅現在戴的圍巾，是南希叫他織的。

➡ 保羅有一條編織的圍巾。

* scarf〔skɑrf〕*n.* 圍巾

16.(D) "Tom sent his roommate a card to wish him a happy birthday." 湯姆送給他的室友卡片，祝他生日快樂。

➡ 湯姆祝他的室友生日快樂。

17.(D) "James' mother had already gone to work when he got home." 詹姆斯回家時，他媽媽已經去工作了。

➡ 詹姆斯回家時，他媽媽在工作。

18.(A) "Larry took his brother's car to the car wash."
賴里開他弟弟的車去洗車場。

➡ 賴里開他弟弟的車子去洗。

* ***car wash*** 洗車場

19. (D) "Mr. Smith didn't stop drinking even though the doctor told him that he must."
即使醫生告訴史密斯先生,他必須戒酒,他也沒有停止喝酒。
➡ 史密斯先生不顧醫生的勸告,仍然喝酒。

20. (C) "There are fifty students scheduled for language lab, but there are only forty-five booths."
有五十個學生排定使用語言實習室,但是只有四十五個位置。
➡ 雖然只有四十五個座位,但五十個學生要使用語言實習室。

21. (A) "Business has never been slower."
業務從沒有更不景氣過。
➡ 以前業務比較好。

22. (C) "Nancy likes nothing better than to sleep late."
南希最喜歡的莫過於晚睡。
➡ 南希喜歡晚睡。

23. (D) "Jane's family hasn't ever met her friend, Bob."
珍的家人還沒看過她的朋友鮑布。
➡ 鮑布和珍的家人還沒見過。

24. (B) "There isn't any doubt about it."
這件事沒有任何疑問。
➡ 沒有疑問。

25. (C) "I can't possibly afford a new car right now."
我現在無力買新車。
➡ 我沒有足夠的錢買車。

26. (D) "James has just decided not to wait any longer when Joe arrived." 詹姆斯剛決定不再等下去時,喬到了。
➡ 詹姆斯正要離開時,喬到了。

27.（ A ） "As you get older you will find that it's never too late to have new experiences."
年紀較大時，你會發現，學習新經驗永不嫌太遲。
➡人可以探求新經驗。

28.（ B ） "He doesn't have much money but his needs are small."
他沒什麼錢，但是他的需求小。
➡他生活所需甚少。

29.（ C ） "Mrs. Stuart was sure she had enough cups and saucers for the party but plates were a real problem."
史圖爾特太太確定，她有足夠的杯子和碟子舉辦宴會，但是盤子眞是個問題。
➡她需要更多的盤子。

30.（ A ） "Janet wanted peach ice-cream but they brought apple pie instead."
珍妮特要桃子冰淇淋，但是他們端來蘋果派。
➡他們端來派。

31.（ B ） "Jack prefers playing football to playing in the band."
傑克喜歡玩足球，甚於參加樂隊。
➡他喜歡成爲足球隊員。

32.（ B ） "They look enough alike to be brothers."
他們相像得足以稱兄道弟。
➡他們長得相像。

33.（ A ） "He thought that the red car was cheaper but that the blue one was a better buy."
他認爲紅車比較便宜，但是藍車比較划算。
➡他應該買藍車。

34. (B) " Of all the animals in the zoo, I like the lions best and the monkeys least."
動物園所有動物中，我最喜歡獅子，最不喜歡猴子。
➡ 我喜歡獅子，甚於猴子。

35. (D) " He likes her almost as much as he likes me."
他喜歡她，幾乎像喜歡我一樣。
➡ 他比較喜歡我。

36. (D) " Unlike her sister, Jane doesn't have lots of time to spend buying dresses."
珍不像她妹妹，她沒有多少時間可用來買衣服。
➡ 珍太忙，無法常常逛街購物。

37. (D) " The test was more difficult than he had dreamed possible." 考試比他能想像得更難。
➡ 考試非常難。

38. (B) " Henry isn't a professor like his father."
亨利不像他父親是個教授。
➡ 亨利不是教授。

39. (C) " I have some change in my pocket but not enough to take the bus." 我口袋裏有一些零錢，但是不夠坐車。
➡ 他沒有足夠的零錢。

40. (A) " Although John never means to tell, he just can't keep a secret."
雖然約翰從不是有意洩密，但是他就是守不住秘密。
➡ 約翰常常洩密。

41.（ B ） “ If Jane had come, she would have seen me wearing a red coat.”
如果珍來，她就能看到我穿一件紅色的外套。
➡ 珍沒有看到我穿紅外套。

42.（ B ） “ If you let me know when you'll be ready, I'll pick you up on my way to work.”
如果你讓我知道你什麼時候準備好，我會在上班途中去接你。
➡ 我開車去上班時，可以去接你。

43.（ C ） “Helen couldn't have bought a new car if she hadn't saved money.” 海倫不存錢的話，就無法買新車。
➡ 海倫買了一輛新車。

44.（ C ） “ I'm sure we wouldn't have been late for the train if it hadn't been for Dorothy.”
如果不是為了桃樂西，我確定我們不會趕不上火車。
➡ 因為桃樂西，我們沒趕上火車。

45.（ A ） “There's no need for us to take vitamin pills if we eat well balanced meals.”
如果我們飲食均衡，就不需要吃維他命丸。
➡ 我們應該明智的選擇食物。

46.（ C ） “Even if Mr. Scott had been able to attend the meeting, he would have arrived late.”
即使司各脫先生能出席會議，他也會遲到。
➡ 司各脫先生沒有出席會議。

47.（ B ） “ If you had asked the secretary, she would have told you.” 如果你問秘書，她會告訴你。
➡ 秘書沒有告訴你，因為你沒有問她。

48. (B) " If John had his way, he would spend all of his time playing tennis."
如果約翰隨心所欲，他會把所有時間花在打網球上。
➡ 約翰想常常打網球。

49. (D) "Mr. Steward appears to be honest, even so, I don't think we should trust him with all our money."
史圖爾特先生看起來誠實可靠，即使如此，我仍然認爲我們不該把所有錢都委託他。
➡ 我不認爲史圖爾特先生不誠實。

50. (B) " They make us various proposals orally, but I suggested that it would be better if they put everything in black and white."
他們口頭上給我們許多提議，但是我建議說，如果他們用書面提出一切會更好。
➡ 我要提議以書面方式提出。
* ***in black and white***（把某事）寫在紙上

ECL分數換算表（100題）

QCA	ESC	QCA	ESC	QCA	ESC	QCA	ESC
100	100	75	72	50	46	25	20
99	98	74	71	49	45	24	19
98	96	73	71	48	44	23	19
97	94	72	70	47	42	22	18
96	92	71	69	46	41	21	17
95	90	70	69	45	40	20	16
94	88	69	68	44	39	19	15
93	86	68	67	43	37	18	14
92	84	67	66	42	36	17	13
91	82	66	66	41	35	16	12
90	82	65	65	40	34	15	12
89	81	64	64	39	33	14	11
88	81	63	63	38	32	13	11
87	80	62	62	37	31	12	10
86	80	61	61	36	30	11	9
85	79	60	60	35	29	10	8
84	78	59	58	34	28	9	8
83	77	58	56	33	27	8	7
82	76	57	54	32	26	7	6
81	75	56	53	31	25	6	5
80	75	55	52	30	24	5	5
79	74	54	51	29	23	4	4
78	73	53	50	28	22	3	3
77	73	52	49	27	21	2	2
76	72	51	48	26	20	1	1

QCA = questions correctly answered 答對題數

ESC = equivalent scores contrasted 相對分數

Part Ⅲ

ECL 常考單字

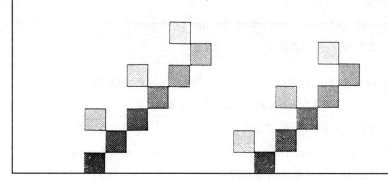

A

□ **aback**〔əˈbæk〕*adv*. 向後地

She was taken ***aback*** by the news. 這消息使她嚇了一跳。

□ **abandon**〔əˈbændən〕*v*. 放棄　同 *desert*, *quit*

The crew ***abandoned*** their ship after a hard struggle.

經過一番苦鬥後，船員放棄了他們的船。

□ **abbreviate**〔əˈbrivɪˌet〕*v*. 縮寫

Young Men's Christian Association is commonly ***abbreviated*** to Y.M.C.A.

基督教青年會通常縮寫成 Y.M.C.A.。

□ **abolish**〔əˈbɑlɪʃ〕*v*. 廢止；革除　同 *cancel*, *do away with*

We must ***abolish*** slavery. 我們應當廢除奴隸制度。

□ **abruptly**〔əˈbrʌptlɪ〕*adv*. 突然地　同 *suddenly*

"Why?" she asked ***abruptly***. 「爲什麼？」她突然問道。

□ **absorb**〔əbˈsɔrb〕*v*. 吸收；使全神貫注

He is entirely ***absorbed*** in his business.

他全神貫注於業務。

□ **abstract**〔æbˈstrækt〕*v*. 提煉；取出　*adj*. 抽象的

They are ***abstracting*** metal from ore.

他們正從礦砂中提煉金屬。　** ore〔or, ɔr〕*n*. 礦砂

A flower is beautiful, but beauty itself is ***abstract***.

花很美，但是美本身是抽象的。

☐ **abuse** 〔ə'bjuz〕 *v.,n.* 濫用；虐待

Don't ***abuse*** the confidence they have placed in you.

不要濫用他們對你的信任。

☐ **accede** 〔æk'sid〕 *v.* 同意；應允

He ***acceded*** under pressure. 他在備受壓力之下同意。

☐ **accelerate** 〔æk'sɛlə,ret〕 *v.* 加速；催促 　回 *quicken, speed up*

This ***accelerated*** our departure.

這事使我們早走。 　** departure〔dɪ'partʃɚ〕 *n.* 離開

☐ **access** 〔'æksɛs〕 *n.* 通路；接近、使用之權

Students have free ***access*** to the library.

學生可以自由使用圖書館。

☐ **accommodate** 〔ə'kamə,det〕 *v.* 容納；供給住宿

The hotel can ***accommodate*** 500 guests.

這旅館可供五百個客人住宿。

☐ **accumulate** 〔ə'kjumjə,let〕 *v.* 堆積；積聚 　回 *gather*

Dust quickly ***accumulates*** if we don't sweep our room.

我們如不打掃房間，灰塵很快就會積聚起來。

☐ **accuse** 〔ə'kjuz〕 *v.* 控告 　回 *charge*

They ***accused*** him of taking bribes.

他們控他受賄。

☐ **accustomed** 〔ə'kʌstəmd〕 *adj.* 習慣的

The poor boy soon became ***accustomed*** to hard work and bad food.

這可憐的小孩不久就習慣於辛苦的工作和粗劣的食物。

☐ **achieve**〔ə'tʃiv〕*v.* 完成；達成　回 *accomplish*, *carry out*

All this can not be ***achieved*** in a day.

這一切無法在一天之內完成。

☐ **acknowledge**〔ək'nɑlɪdʒ〕*v.* 承認　回 *recognize*, *admit*

He refused to ***acknowledge*** defeat.

他拒絕承認失敗。　** defeat〔dɪ'fit〕*n.* 失敗

☐ **acquaintance**〔ə'kwentəns〕*n.* 相識的人；熟悉

He had a wide circle of ***acquaintances***. 他的交際極廣。

☐ **acquire**〔ə'kwaɪr〕*v.* 獲得　回 *gain*, *obtain*

You must work hard to ***acquire*** a good knowledge of English.

你必須用功，以期精通英語。

☐ **activity**〔æk'tɪvətɪ〕*n.* 活動；活力

My numerous ***activities*** leave me little leisure.

無數活動使我沒有一點空閑。

☐ **actual**〔'æktʃʊəl〕*adj.* 實際的；眞實的　回 *factual*, *real*

They do not know the ***actual*** situation of their company.

他們不知道公司的實際情形。

☐ **acute**〔ə'kjut〕*adj.* 敏銳的；劇烈的

Dogs have an ***acute*** sense of smell. 狗有敏銳的嗅覺。

☐ **adapt**〔ə'dæpt〕*v.* 使適應；改編

The movie was ***adapted*** from a novel. 這電影是由小說改編的。

☐ **adhere**〔əd'hɪr〕*v.* 黏著；堅持

We decided to ***adhere*** to the program. 我們決定堅持這項計畫。

☐ **adjust**〔əˈdʒʌst〕*v.* 調整；使適合　同 *modify*

The body ***adjusts*** itself to changes of temperature.

身體能自行調整，以適應氣溫變化。

☐ **admirable**〔ˈædmərəbl̩〕*adj.* 可欽佩的　同 *commendable*

His behavior is ***admirable***. 他的行爲令人欽佩。

☐ **adopt**〔əˈdɑpt〕*v.* 採用

They ***adopted*** a strong attitude towards this matter.

他們對此事採取强硬的態度。

☐ **advance**〔ədˈvæns〕*v.,n.* 前進；進步　同 *progress*

Has civilization ***advanced*** during this century?

文明在這個世紀裏有所進步嗎？

☐ **advantage**〔ədˈvæntɪdʒ〕*n.* 利益；優點　同 *benefit*

The ***advantages*** of a good education are very great.

良好的教育益處甚大。

☐ **adventure**〔ədˈvɛntʃɚ〕*n.* 冒險

He is fond of ***adventure***. 他喜愛冒險。

☐ **advertisement**〔ˌædvɚˈtaɪzmənt〕*n.* 廣告

Advertisement helps to sell goods.

廣告幫助推銷貨物。

☐ **advice**〔ədˈvaɪs〕*n.* 勸告；忠告

You won't get well unless you follow your doctor's ***advice***. 如果不遵守醫生的勸告，你將不會痊癒。

□ **affable**〔'æfəbḷ〕*adj*. 和藹可親的

He is ***affable*** to the poor. 他對窮人和藹可親。

□ **affair**〔ə'fɛr〕*n*. 事情;(*pl*.)事務 同 *matter*

He has many ***affairs*** to look after.

他有許多事務需要照料。

□ **affection**〔ə'fɛkʃən〕*n*. 情愛

She doesn't show much ***affection*** for animals.

她不太喜歡動物。

□ **affirm**〔ə'fɝm〕*v*. 肯定;斷言 同 *assert*

The Bible ***affirms*** that God is love.

聖經肯定神就是愛。

□ **afford**〔ə'fɔrd〕*v*. 供給;力足以

We can't ***afford*** a holiday this summer.

今年夏天我們無力度假。

□ **agent**〔'edʒənt〕*n*. 代理人;代理商

We are their sole ***agent***. 我們是他們的獨家代理商。

□ **aircraft**〔'ɛr,kræft〕*n*. 飛行器(飛機,飛船等)

The ***aircraft*** made an emergency landing.

飛機緊急降落。

□ **akin**〔ə'kɪn〕*adj*. 同性質的;類似的

Pity is ***akin*** to love. 憐憫常近乎愛。

□ **alarm**〔ə'lɑrm〕*n*. 驚慌,*v*. 使驚慌

The spread of cholera ***alarmed*** us.

霍亂流行使我們恐慌。 ** cholera〔'kɑlərə〕*n*. 霍亂

☐ **alert**〔əˈlɝt〕*adj*. 警覺的　同 *watchful*

He has an ***alert*** mind. 他很機警。

☐ **allow**〔əˈlaʊ〕*v*. 允許　同 *permit*

Smoking is not ***allowed*** here. 此處不准吸煙。

☐ **alloy**〔əˈlɔɪ〕*n*. 合金

Brass is an ***alloy*** of copper and zinc. 黃銅是銅和鋅的合金。

** copper〔ˈkɑpɚ〕*n*. 銅　zinc〔zɪŋk〕*n*.【化】鋅

☐ **alter**〔ˈɔltɚ〕*v*. 改變　同 *vary*

The weather ***alters*** almost daily. 天氣幾乎天天都在變。

☐ **aluminum**〔əˈlumɪnəm〕*n*. 鋁

Aluminum is known for its lightness and tensile strength.
鋁以輕和伸展性著稱。

☐ **amount**〔əˈmaʊnt〕*n*. 總數　*v*. 總計

The ***amount*** of seven and eight is fifteen.
七加八之總數爲十五。

☐ **ancestor**〔ˈænsɛstɚ〕*n*. 祖先；始祖

Mencius is his spiritual ***ancestor***.
孟子是他精神上的始祖。

☐ **announce**〔əˈnaʊns〕*v*. 正式宣告　同 *declare*

It has been ***announced*** that Mr. A and Miss B. will be married next week.

A先生和B小姐正式宣布將於下星期內結婚。

☐ **annoy**〔ə'nɔɪ〕*v.* 使苦惱　同 *irritate*

I was ***annoyed*** with his intrusion.

我被他的闖入所苦惱。　　** intrusion〔ɪn'truʒən〕*n.* 闖入

☐ **anticipate**〔æn'tɪsə,pet〕*v.* 預期　同 *expect*

I ***anticipate*** great pleasure from my visit to Paris.

我預期巴黎之行將甚爲愉快。

☐ **anxious**〔'æŋkʃəs, 'æŋʃəs〕*adj.* 擔憂的

I am ***anxious*** about his health. 我擔心他的健康。

☐ **apparatus**〔,æpə'rætəs〕*n.* 儀器；器官

The laboratory ***apparatus*** was destroyed in the explosion.

實驗室的儀器在爆炸中損毀。

☐ **apparently**〔ə'pɛrəntlɪ〕*adv.* 顯然地　同 *obviously*

Apparently he has changed his mind.

顯然他已改變了心意。

☐ **appeal**〔ə'pil〕*n.* 吸引力　*v.* 訴諸

The game has lost its ***appeal***. 這遊戲已引不起人們的興趣。

☐ **appetite**〔'æpə,taɪt〕*n.* 食慾

He has a good ***appetite***. 他的胃口好。

☐ **applaud**〔ə'plɔd〕*v.* 鼓掌；贊成　同 *acclaim*

When he finished his speech, the audience ***applauded***.

他演講完畢時，聽衆鼓掌讚許。

☐ **appointment**〔ə'pɔɪntmənt〕*n.* 約會

I have an ***appointment*** with my doctor this afternoon.

今日下午我和醫生有約了。

☐ **appreciate**〔ə'priʃɪ,et〕*v.* 重視　回 *value*

His great courage was not ***appreciated***.

他的勇敢沒有受到重視。

☐ **apprehend**〔,æprɪ'hɛnd〕*v.* 了解；覺察

I don't ***apprehend*** your meaning. 我不了解你的意思。

☐ **approach**〔ə'protʃ〕*v.* 接近　*n.* 方法

As we ***approached*** the man, we saw that he was blind.

我們走近這人時，看到他眼睛瞎了。

☐ **appropriate**〔ə'proprɪɪt〕*adj.* 適當的　回 *proper*, *fitting*

The poor boy has no clothes ***appropriate*** for school wear.

這可憐的男孩沒有適合上學穿的衣服。

☐ **approve**〔ə'pruv〕*v.* 贊成；贊許

The teacher looked at John's work and ***approved*** it.

老師看了約翰的成績表示贊許。

☐ **approximately**〔ə'prɑksəmɪtlɪ〕*adv.* 大概；近乎　回 *roughly*

There were ***approximately*** 10,000 present. 約有一萬人到場。

☐ **architecture**〔'ɑrkə,tɛktʃɚ〕*n.* 建築物

A lot of buildings now are inspired from Roman and Greek ***architecture***. 現在許多建築物受到羅馬和希臘建築的影響。

☐ **ardor**〔'ɑrdɚ〕*n.* 熱情；熱心

He has a great ***ardor*** for music. 他對音樂顯示出高度的熱愛。

☐ **argue**〔'ɑrgjʊ〕*v.* 爭論

They ***argued*** with each other about the best place for a holiday. 他們爭論有關度假最好的地方。

□ **aristocracy**〔,ærə'stɑkrəsɪ〕*n.* 貴族
He used to be part of the ***aristocracy***. 他曾經是貴族。

□ **arrest**〔ə'rɛst〕*v.* 逮捕　回 *capture*
The police ***arrested*** the thief and put him in prison.
警察逮住這個賊並把他送入獄中。

□ **arrow**〔'æro〕*n.* 箭；矢
The ***arrow*** split the apple in two. 箭把蘋果分成兩半。

□ **artificial**〔,ɑrtə'fɪʃəl〕*adj.* 人造的　回 *false*
The ***artificial*** eye looked very real.
這個假眼睛看起來很眞實。

□ **asbestos**〔æs'bɛstəs〕*n.* 石綿
Asbestos is a material resistant to fire. 石綿抗火。

□ **aspire**〔ə'spaɪr〕*v.* 熱望　回 *seek*
She ***aspires*** to be an actress. 她渴望成爲女演員。

□ **assign**〔ə'saɪn〕*v.* 分配
These rooms have been ***assigned*** to them.
這些房間已分配給他們。

□ **association**〔ə,soʃɪ'eʃən〕*n.* 結交；聯合
I benefited much from my ***association*** with him.
我和他結交受益很多。

□ **assume**〔ə'sjum〕*v.* 假定　回 *suppose*
Let us ***assume*** it to be true. 讓我們假定這是事實。

☐ **astronomy** 〔əˈstrɑnəmɪ〕 *n.* 天文學

A trip to the observatory would be a lesson in ***astronomy***.
參觀天文台可學到天文學知識。

☐ **athletic** 〔æθˈlɛtɪk〕 *adj.* 身體活潑而強壯的

He is an ***athletic*** man. 他是一個活潑強壯的人。

☐ **atmosphere** 〔ˈætməsˌfɪr〕 *n.* 大氣；空氣

The warm ***atmosphere*** in the theater made her feel faint.
戲院裏燠熱的空氣使她覺得頭暈。

☐ **attach** 〔əˈtætʃ〕 *v.* 繫；連接

He ***attached*** his horse to a tree. 他將馬繫於一樹。

☐ **attain** 〔əˈten〕 *v.* 達到；得到 同 *reach*

I hope you will ***attain*** your objective.
我希望你會達到目的。

☐ **attentive** 〔əˈtɛntɪv〕 *adj.* 注意的；留意的

He was very ***attentive*** to the speaker's words.
他非常注意聽演講人的話。

☐ **attribute** 〔əˈtrɪbjʊt〕 *v.* 歸於 同 *ascribe*

He ***attributed*** his success to his friend's encouragement.
他把他的成功歸於朋友的鼓勵。

☐ **audience** 〔ˈɔdɪəns〕 *n.* 聽衆；觀衆

There was a large ***audience*** at the theater. 戲院裏觀衆很多。

☐ **authority** 〔əˈθɔrətɪ〕 *n.* 權威；(*pl.*) 當局

He is an ***authority*** on grammar. 他是文法權威。

□ **avail**〔ə'vel〕*v.,n.* 有用；有效

Such a statement is of no ***avail***. 這樣的聲明無濟於事。

□ **available**〔ə'veləbḷ〕*adj.* 可利用的

They have tried all ***available*** means to open the door.

他們曾經試了所有可用的方法來開這個門。

□ **average**〔'ævərɪdʒ〕*n.* 平均數　*adj.* 平均的

The ***average*** of 4, 5 and 6 is 5.

4，5和6的平均數爲5。

□ **awfully**〔'ɔflḷɪ〕*adv.* 可怕地；非常地　同 *terribly*

I am ***awfully*** sorry to be late. 非常抱歉，我遲到了。

□ **axis**〔'æksɪs〕*n.* 軸

The earth turns round on its ***axis***. 地球繞軸自轉。

B

□ **bait**〔bet〕*n.* 餌

Most people use worms as ***bait*** in fishing.

多數的人釣魚時用蚯蚓爲魚餌。

□ **banish**〔'bænɪʃ〕*v.* 驅逐出境　同 *expel*

The king ***banished*** him (from) the country.

國王將他驅逐出境。

□ **bar**〔bɑr〕*n.* 酒吧；障礙物

Playing a record is a ***bar*** to reading.

放唱片聽是讀書的障礙。

□ **bargain**〔'bɑrgɪn〕*n.* 廉售或廉買的貨物 *v.* 講價

Those goods are offered at a ***bargain***.

那些貨物是廉價出售的。

□ **barracks**〔'bærəks〕*n.* 兵營

There stands an army ***barracks*** over there.

在那邊有一棟兵營。

□ **barrier**〔'bærɪɚ〕*n.* 障礙（物）

He overcame the language ***barrier***. 他克服了語言障礙。

□ **base**〔bes〕*n.* 基礎；根據；【軍】基地 同 *foundation*

The harbor forms an important naval ***base***.

這港口成爲重要的海軍基地。 ** naval〔'nevḷ〕*adj.* 海軍的

□ **behalf**〔bɪ'hæf〕*n.* 利益；方面 同 *interest*

He spoke in his own ***behalf***. 他爲自己的利益辯解。

□ **behavior**〔bɪ'hevjɚ〕*n.* 行爲

His ***behavior*** at the party was far from perfect.

他在宴會上的行爲太差了。

□ **benefit**〔'bɛnəfɪt〕*n.* 益處 *v.* 裨益

It proved of great ***benefit*** to me. 它確實對我很有益處。

□ **bewilder**〔bɪ'wɪldɚ〕*v.* 使迷惑；使昏亂 同 *puzzle*, *confuse*

The boy was so ***bewildered*** that he didn't know what to say. 那男孩如此迷惑以致不知該說什麼。

□ **bombard**〔bɑm'bɑrd〕*v*. 砲轟；轟擊

The city was ***bombarded*** by the enemy. 此城被敵人轟擊。

□ **bond**〔bɑnd〕*n*. 束縛；結合

Our common tastes form a ***bond*** of union between us.

趣味相投使我們結合在一起。

□ **bore**〔bɔr〕*v*. 鑽(孔)

A tunnel has been ***bored*** through the mountain.

開鑿了一條隧道通過這座山。 ** tunnel〔'tʌnl̩〕*n*. 隧道

□ **bosom**〔'bʊzəm〕*n*. 胸

He kept the letter in his ***bosom***. 他把這封信置於懷中。

□ **brake**〔brek〕*v*., *n*. 煞車

A child ran across the road and the driver put on the ***brake*** suddenly. 一個小孩跑過馬路，司機急速將車煞住。

□ **brass**〔bræs〕*n*. 黃銅

Brass is an alloy of copper and zinc.

黃銅是銅和鋅的合金。

□ **brick**〔brɪk〕*n*. 磚

The house was built of red ***bricks***. 這屋子是用紅磚建造的。

□ **brilliant**〔'brɪljənt〕*adj*. 光輝的 同 *sparkling*

The diamond sparkles with ***brilliant*** light.

金剛鑽閃出燦爛的光輝。 ** sparkle〔'spark l̩〕*v*. 閃耀；顯露

□ **broadcast**〔'brɔd,kæst〕*v*., *n*. 廣播

The news was ***broadcasted*** yesterday evening.

這消息昨晚廣播了。

☐ **bubble**〔'bʌbl̩〕*n.* 泡沫；氣泡

He blows ***bubbles*** with soap water. 他用肥皂水吹氣泡。

☐ **budget**〔'bʌdʒɪt〕*n.* 預算

Everybody must have a ***budget*** of his own.

每人都應該有他自己的預算。

☐ **bumpy**〔'bʌmpɪ〕*adj.* 崎嶇不平的

The ***bumpy*** road gave all of us sore bodies.

這條崎嶇不平的路，使我們所有人身體疼痛。

☐ **bundle**〔'bʌndl̩〕*n.* 束；捆　*v.* 捆紮；包紮

There is a ***bundle*** of letters on the table.

桌上有一束信件。

☐ **burst**〔bɝst〕*v.*,*n.* 爆炸

The bomb ***burst***. 炸彈爆炸了。

☐ **by-product**〔'baɪ,prɑdəkt〕*n.* 副產品

Molasses is a ***by-product*** in the manufacture of sugar.

糖蜜是製糖的副產品。　** molasses〔mə'læsɪz〕*n.* 糖蜜

C

☐ **cajole**〔kə'dʒol〕*v.* 以甜言蜜語誘惑或欺騙

It is difficult to ***cajole*** him to consent.

騙取他的同意是很難的。

☐ **calamity**〔kə'læmətɪ〕*n.* 災難　同 *disaster*

War is a frightful ***calamity***. 戰爭是可怕的災難。

□ **calculate**〔'kælkjə,let〕*v*. 計算　同 *compute, count*

He ***calculated*** the cost of heating. 他計算暖氣的費用。

□ **campaign**〔kæm'pen〕*n*. 活動

They started the election ***campaign***. 他們開始競選活動。

□ **canal**〔kə'næl〕*n*. 運河

The Grand ***Canal*** is a man-made marvel. 大運河是人爲的奇觀。

□ **cancel**〔'kænsl̩〕*v*. 取消

The school ***canceled*** its order for the book.

學校取消了那本書的訂購。

□ **capital**〔'kæpətl̩〕*n*. 首都；國都　*adj*. 首要的；主要的

Washington is the ***capital*** of the U. S.

華盛頓爲美國首都。

□ **capture**〔'kæptʃɚ〕*v*. 捕捉　同 *seize*

Three of the enemy were ***captured***. 有三名敵人被俘虜。

□ **care**〔kɛr〕*v*. 關心；介意

I couldn't ***care*** less. 我毫不在乎。

□ **career**〔kə'rɪr〕*n*. 職業

She abandoned her stage ***career***. 她放棄了演戲的職業。

□ **carriage**〔'kærɪdʒ〕*n*. 四輪馬車

Automobiles have taken the place of ***carriages***.

汽車取代了四輪馬車。

□ **cast**〔kɑst〕*n*. 卡司；演員的陣容

The film has a superior ***cast***. 那影片演員陣容堅强。

☐ **casual** 〔'kæʒuəl〕 *adj.* 偶然的 同 *unexpected*

His visit was ***casual***. 他的訪問是偶然的。

☐ **caution** 〔'kɔʃən〕 *n.* 小心；謹慎 *v.* 警告

Cross a railroad with ***caution***. 小心過平交道。

☐ **cave** 〔kev〕 *n.* 洞穴 *v.* 塌陷

The road ***caved*** in. 道路塌陷成穴。

☐ **cease** 〔sis〕 *v.* 停止 同 *stop*

The noise ***ceased***. 喧鬧聲停止了。

☐ **celebrate** 〔'sɛlə,bret〕 *v.* 慶祝

We ***celebrated*** Christmas with trees and presents.
我們以聖誕樹和禮物來慶祝聖誕節。

☐ **ceremony** 〔'sɛrə,monɪ〕 *n.* 典禮；儀式

Everyone kept quiet while the ***ceremonies*** went on.
典禮進行中，每個人保持肅靜。

☐ **certain** 〔'sɝtn̩〕 *adj.* 確定的 同 *sure*

I am not ***certain*** what to do. 我不能確定該怎麼辦。

☐ **certify** 〔'sɝtə,faɪ〕 *v.* 證明

His report was ***certified*** as correct.
他的報告業經證明確實無誤。

☐ **challenge** 〔'tʃælɪndʒ〕 *v.* 挑戰

He ***challenged*** me to another race. 他向我挑戰再比賽一次。

☐ **characteristic** 〔,kærɪktə'rɪstɪk〕 *adj.* 獨特的 *n.* 特性；特徵

It's ***characteristic*** of him. 那是他的特性。

☐ **check**〔tʃɛk〕*n.* 支票；檢查

His father gave him a ***check*** for fifty dollars.

他的父親給他一張五十元的支票。

☐ **chemical**〔'kɛmɪkl̩〕*adj.* 化學的　*n.* 化學藥品

Rust results from a ***chemical*** reaction between oxygen and iron. 鐵銹是氧和鐵發生化學反應所造成的。

☐ **cherish**〔'tʃɛrɪʃ〕*v.* 珍愛　同 *treasure*

A mother ***cherishes*** her baby. 母親珍愛她的嬰孩。

☐ **chromium**〔'kromɪəm〕*n.* 鉻

Chromium is one of the base metals for stainless steel.

鉻是不銹鋼的基本金屬之一。

☐ **circuit**〔'sɝkɪt〕*n.* 周圍；（電）電路

The ***circuit*** of the city walls is about three miles.

這城牆周圍大約爲三英里。

☐ **cirumstance**〔'sɝkəm,stæns〕*n.* 情況　同 *condition*

His financial ***circumstance*** has gone from bad to worse.

他的經濟情況，每下愈況。

☐ **civilization**〔,sɪvl̩ə'zeʃən〕*n.* 文明；文化

Chinese ***civilization*** is one of the oldest in the world.

中國的文化是世界最古老的文化之一。

☐ **claw**〔klɔ〕*n.* 爪

An eagle has strong and sharp ***claws***.

鷹有堅銳的爪。

☐ **collapse** 〔kə'læps〕 *v.*, *n.* 倒塌　同 *crash*, *fall*

The house ***collapsed*** on account of an earthquake.

這房屋因地震而倒塌。

☐ **colony** 〔'kɑlənɪ〕 *n.* 殖民地

Canada and South Africa used to be British ***colonies***.

加拿大和南非昔爲英國的殖民地。

☐ **comfortable** 〔'kʌmfɚtəbḷ〕 *adj.* 舒適的　同 *easy*

He lives a ***comfortable*** life. 他過著舒適的生活。

☐ **commercial** 〔kə'mɝʃəl〕 *adj.* 商業的

New York is a ***commercial*** city. 紐約是一個商業城。

☐ **commitment** 〔kə'mɪtmənt〕 *n.* 委託；約束

He had to beg off because of his ***commitments***.

他因爲有事不能出席。

☐ **commodity** 〔kə'mɑdətɪ〕 *n.* 日用品；商品　同 *article*

The prices of the ***commodities*** are quite stable this year.

今年各種物價相當穩定。

☐ **commonplace** 〔'kɑmən,ples〕 *n.* 陳腐之言；平常的事物　*adj.* 平常的

Television is now a ***commonplace*** appliance.

電視現今已是平常的東西。

☐ **commune** 〔kə'mjun〕 *v.* 與～感覺一致或很親近

He ***communes*** with God through the sacraments.

他透過聖禮親近上帝。　** sacrament 〔'sækrəmənt〕 *n.* 聖禮

□ **communication** 〔kə,mjunə'keʃən〕 *n.* 傳達；通訊

There is no ***communication*** between the two places.

這兩地間無通訊設備。

□ **community** 〔kə'mjunətɪ〕 *n.* 社區；團體

This a very rich and exclusive ***community***.

這是一個非常富有而孤立的社區。

□ **comparatively** 〔kəm'pærətɪvlɪ〕 *adv.* 相當地；比較地

Comparatively speaking, he is a good man.

比較地說，他是個好人。

□ **compass** 〔'kʌmpəs〕 *n.* 範圍；周圍

The troops guarded the ***compass*** of the city.

軍隊保衞這個城市。

□ **compel** 〔kəm'pɛl〕 *v.* 强迫　同 *force*

I was ***compelled*** to confess. 我被迫招供。

□ **compensate** 〔'kɑmpən,set〕 *v.* 補償；賠償　同 *make up for*

Employers should ***compensate*** their workmen for injuries.

雇主應該賠償工人所受的傷害。

□ **compete** 〔kəm'pit〕 *v.* 競爭；比賽

The boys ***competed*** with each other for the prize.

那些男孩子爲獎品而互相競爭。

□ **complete** 〔kəm'plit〕 *v.* 完成　同 *finish*

The building is not ***completed*** yet.

這建築物尚未完成。

□ **complex**〔'kampleks〕*adj.* 複雜的

Life is getting more ***complex*** and difficult.

生活變得愈加複雜而困難。

□ **compose**〔kəm'poz〕*v.* 組成；構成　同 *make up*

Switzerland is ***composed*** of twenty-two cantons.

瑞士係由二十二州所構成。

** canton〔'kæntən, kæn'tan〕*n.* 州

□ **comprehend**〔,kamprɪ'hɛnd〕*v.* 領悟；充分瞭解　同 *realize*

If you can use a word correctly and effectively, you ***comprehend*** it.

你如能正確而有效地使用某字，就算是瞭解了它。

□ **compress**〔kəm'prɛs〕*v.* 壓縮；緊壓

The air in a tire is ***compressed***. 輪胎中的空氣受到壓縮。

□ **compromise**〔'kamprə,maɪz〕*v.*,*n.* 妥協；折衷

The strike was not ended until they resorted to ***compromise.***

罷工到雙方互相讓步才終止。

□ **compute**〔kəm'pjut〕*v.* 計算；估計　同 *calculate*

We ***computed*** the distance at 300 miles.

我們估計該距離爲300英里。

□ **conceal**〔kən'sil〕*v.* 隱藏　同 *hide*

He ***concealed*** himself in a cave. 他隱匿在一處洞穴裡。

□ **conceit**〔kən'sit〕*n.* 自負；自大

She is wise in her own ***conceit***. 她自命聰明。

□ **conceive** 〔kən'siv〕 *v.* 想像；想出（一個主意、計畫等）

Such a badly ***conceived*** scheme is sure to fail.

設想得這麼差的計畫，一定會失敗。

□ **conception** 〔kən'sɛpʃən〕 *n.* 概念；觀念　同 *idea*

His ***conception*** of this matter is rather vague.

他對這事的概念很模糊。

□ **condense** 〔kən'dɛns〕 *v.* 濃縮；凝縮

The steam has been ***condensed*** into a few drops of water.

蒸氣已被凝縮成幾滴水。

□ **condition** 〔kən'dɪʃən〕 *n.* 情形；條件　同 *circumstance*

I will let you go only on one ***condition***.

只有在一種條件之下我才讓你去。

□ **conductor** 〔kən'dʌktɚ〕 *n.* 領導者；指揮者

He is the ***conductor*** of an expedition.

他是一遠征隊的隊長。

□ **conference** 〔'kɑnfərəns〕 *n.* 會議

The director is in ***conference*** now. 主任正在開會。

□ **confine** 〔kən'faɪn〕 *v.* 限制　同 *enclose*

I will ***confine*** myself to making a few remarks.

我只想做幾點評論。

□ **conform** 〔kən'fɔrm〕 *v.* 順應；使符合　同 *comply*

We must ***conform*** to the customs of the country.

我們必須順應這國家的風俗。

□ **congratulate** 〔kən'grætʃə,let〕 *v.* 向（某人）道賀

I ***congratulate*** you on your marriage.

我祝賀你結婚大喜。

□ **conscience** 〔'kɑnʃəns〕 *n.* 良心；天良

He has no ***conscience***. 他沒有良心。

□ **conscious** 〔'kɑnʃəs〕 *adj.* 有所察覺的

He was not ***conscious*** of my presence in the room.

他沒有察覺我在房間裏。

□ **consent** 〔kən'sɛnt〕 *v.*,*n.* 同意；允許　同 *agree*, *permit*

He ***consented*** to our camping there.

他允許我們在那兒露營。

□ **conservative** 〔kən'sɝvətɪv〕 *adj.* 保守的　*n.* 保守者

The English people are naturally ***conservative***.

英國人本性保守。

□ **consider** 〔kən'sɪdɚ〕 *v.* 考慮；認爲　同 *think*, *ponder*

We had better ***consider*** their proposal.

我們最好考慮他們的提議。

□ **constant** 〔'kɑnstənt〕 *adj.* 經常不斷的

Three days of ***constant*** rain soaked everything.

雨不斷地下了三天，使所有的東西都浸濕了。

□ **constitute** 〔'kɑnstə,tjut〕 *v.* 組成

Seven days ***constitute*** a week. 七天構成一星期。

☐ **construct**〔kən'strʌkt〕*v.* 建造

They ***constructed*** the bridge in a year.

他們在一年內建好那座橋。

☐ **consult**〔kən'sʌlt〕*v.* 求教；商量　同 *confer*

The doctor ***consulted*** with his colleagues.

醫生與他的同僚們磋商。

☐ **contain**〔kən'ten〕*v.* 包含；容納　同 *include*

This book ***contains*** no photos. 這本書中沒有照片。

☐ **contemplate**〔'kɑntəm,plet〕*v.* 沈思；默想

All day he did nothing but ***contemplate***.

他整天不做事，儘自在默想。

☐ **contemporary**〔kən'tɛmpə,rɛrɪ〕*adj.*,*n.* 同時代的（人）

Dickens was the ***contemporary*** of Thackeray.

狄更斯與薩克萊屬於同一時代。

☐ **contempt**〔kən'tɛmpt〕*n.* 輕視

We feel ***contempt*** for a liar. 我們輕視說謊者。

☐ **content**〔kən'tɛnt〕*adj.* 滿意的　*n.* 內容

Are you ***content*** with your present salary？

你對現在的薪資感到滿足嗎？

☐ **contest**〔kən'tɛst〕*v.* 爭取　〔'kɑntɛst〕*n.* 比賽　同 *contend*

The enemy ***contested*** every inch of the ground.

敵人寸土必爭。

□ **continent**〔'kɑntənənt〕*n.* 洲；大陸

Germany is on the European ***Continent***.

德國位在歐洲大陸上。

□ **continue**〔kən'tɪnjʊ〕*v.* 繼續　同 *go on*

He ate lunch and then ***continued*** his work.

他吃完午餐後繼續工作。

□ **contract**〔kən'trækt〕*v.* 收縮　〔'kɑntrækt〕*n.* 契約

Metals ***contract*** on cooling. 金屬冷則收縮。

□ **contrary**〔'kɑntrɛrɪ〕*adj.*,*n.* 相反的（事物）

It is ***contrary*** to orders. 這是違反命令的。

□ **contribute**〔kən'trɪbjʊt〕*v.* 捐助；貢獻　同 *donate*

He ***contributed*** food and clothing for the relief of the poor. 他捐助食物和衣服以救濟貧民。

□ **contrive**〔kən'traɪv〕*v.* 設計；設法　同 *invent*

He ***contrived*** to live on a small income.

他設法靠著微薄的收入過活。

□ **control**〔kən'trol〕*n.*, *v.* 管理；監督

He is in ***control*** of the store. 這店歸他管理。

□ **controversy**〔'kɑntrə,vɝsɪ〕*n.* 爭論　同 *dispute*

This problem is beyond ***controversy***. 這問題是無庸置辯的。

□ **convenient**〔kən'vinjənt〕*adj.* 方便的

It is not ***convenient*** for me to return the book now.

現在還書對我不方便。

☐ **conventional**〔kən'vɛnʃənl̩〕*adj*. 傳統的　同 *customary*
"Good morning" and "Good evening" are ***conventional*** greetings.「早安」及「晚安」是傳統的招呼語。

☐ **converse**〔kən'vɝs〕*v*. 談話
The students ***converse*** with each other in English.
學生們彼此用英語談話。

☐ **convert**〔kən'vɝt〕*v*. 轉變　〔'kɑnvɝt〕*n*. 改變信仰或意見的人
They ***converted*** the study into a nursery when the baby was born. 當嬰兒出生的時候，他們將書房改爲育嬰室。

☐ **convey**〔kən've〕*v*. 傳達
I owe him more than I can ***convey*** in words.
我感激他非語言所能傳達。

☐ **convince**〔kən'vɪns〕*v*. 使相信；說服
I am ***convinced*** of his innocence by your argument.
你的議論使我相信他無罪。

☐ **copper**〔'kɑpɚ〕*n*. 銅
Copper is a very useful metal. 銅是一種非常有用的金屬。

☐ **correspondence**〔,kɔrə'spɑndəns〕*n*. 符合；通信
I have been in ***correspondence*** with him about the matter.
關於這事，我與他通過信。

☐ **cotton**〔'kɑtn̩〕*n*. 棉花
Japan imports raw ***cotton*** and exports cotton goods.
日本輸入原棉，而輸出棉織品。

☐ **counsel** 〔'kaʊnsl̩〕 *n.,v.* 勸告；忠告

He gave me good ***counsel*** on this matter.

對於這事，他給我很好的忠告。

☐ **countenance** 〔'kaʊntənəns〕 *n.* 面容 同 *appearance*

His angry ***countenance*** frightened us all.

他那滿面怒容使我們爲之一驚。

☐ **courtesy** 〔'kɝtəsɪ〕 *n.* 禮貌

They showed us great ***courtesy***. 他們對我們甚有禮貌。

☐ **creature** 〔'kritʃɚ〕 *n.* 動物；傀儡

They are mere ***creatures*** of the dictator.

他們不過是獨裁者的傀儡而已。

☐ **critical** 〔'krɪtɪkl̩〕 *adj.* 吹毛求疵的 同 *faultfinding*

He is so ***critical*** that no one can get along with him.

他愛吹毛求疵，所以沒有人能和他相處。

☐ **crude** 〔krud〕 *adj.* 未經加工的；粗魯的 同 *rough*, *raw*

Crude oil is pumped up through the pipe.

原油經由油管而汲升上來。

☐ **cultivate** 〔'kʌltə,vet〕 *v.* 教化；培養

He wanted his son to ***cultivate*** a taste for music.

他希望他的兒子培養音樂的興趣。

☐ **cure** 〔kjʊr〕 *n.,v.* 治療；痊癒

Aspirin is a wonderful ***cure*** for colds.

阿斯匹靈是治傷風的妙藥。

□ **cushion**〔'kʊʃən〕*n.* 墊子

There are several ***cushions*** on the sofa.

沙發上有好幾個墊子。

□ **custom**〔'kʌstəm〕*n.* 習慣　回 *habit*

It was his ***custom*** to rise early. 早起是他的習慣。

D

□ **dangerous**〔'dendʒərəs〕*adj.* 危險的

It is ***dangerous*** to walk on thin ice in a lake.

在湖中薄冰上走是很危險的。

□ **data**〔'detə〕*n.pl.* 資料

Thank you for furnishing me with so many ***data***.

謝謝你提供我這樣多的資料。

□ **decade**〔'dɛked, dɛk'ed〕*n.* 十年

The construction of this railway lasted a ***decade***.

這條鐵路的建築爲時達十年之久。

□ **deceive**〔dɪ'siv〕*v.* 欺騙　回 *trick*

You can't pass the examination without hard work, so don't ***deceive*** yourself.

你不努力用功，考試就不會及格，所以不要欺騙自己。

□ **decent**〔'disn̩t〕*adj.* 合適的；適當的　回 *suitable*

The children need ***decent*** clothes when they go to school.

小孩去上學時需要適當的衣服。

☐ **declare**〔dɪ'klɛr〕*v*. 宣告；公布 同 *announce*

When will the results of the election be ***declared***?

選舉的結果幾時宣布？

☐ **decline**〔dɪ'klaɪn〕*v*. 拒絕 *n*. 衰退

A good boy never ***declines*** to do what his mother asks him to do. 好孩子從不拒絕母親要他做的事。

☐ **decrease**〔,di'kris〕*n*.,*v*. 減少

There has been a steady ***decrease*** in population in this city. 這城市的人口不斷在減少中。

☐ **defect**〔dɪ'fɛkt〕*n*. 缺點 同 *flaw*

We must remedy our ***defects*** as soon as possible.

我們必須儘快補救我們的缺點。

☐ **defensive**〔dɪ'fɛnsɪv〕*adj*. 自衞的

We took a ***defensive*** attitude in the negotiation.

我們在談判時，採取守勢的態度。

☐ **define**〔dɪ'faɪn〕*v*. 定義；闡釋 同 *explain*

A dictionary ***defines*** words. 字典闡釋字的意義。

☐ **definite**〔'dɛfənɪt〕*adj*. 明確的 同 *clear*

I want a ***definite*** answer, "yes" or "no".

我要明確的答覆「是」或「否」。

☐ **deliberate**〔dɪ'lɪbərɪt〕*adj*. 從容謹慎的 〔dɪ'lɪbə,ret〕*v*. 熟思

He entered the room with ***deliberate*** steps.

他從容不迫地走進室內。

□ **delicate**〔'dɛləkət, -kɪt〕*adj*. 纖細的；精美的

A pretty girl usually has very ***delicate*** skin.

一個漂亮的女子常有細嫩的皮膚。

□ **delicious**〔dɪ'lɪʃəs〕*adj*. 美味的　同 *tasty*

This dessert is ***delicious***. 這道餐後的點心味道甚美。

□ **democracy**〔də'mɑkrəsɪ〕*n*. 民主政治；民主精神

Democracy was an ideal of modern revolution.

民主政治是近代革命的理想。

□ **demonstrate**〔'dɛmən,stret〕*v*. 證明

How can you ***demonstrate*** that the world is round?

你如何能證明地球是圓的呢？

□ **dense**〔dɛns〕*adj*. 濃密的　同 *thick*

He was lost in a ***dense*** forest. 他迷失在一片密林中。

□ **deposit**〔dɪ'pɑzɪt〕*v*. 存放　*n*. 沈澱物

He always ***deposits*** half of his salary in the bank.

他總是將一半薪水存在銀行。

□ **depress**〔dɪ'prɛs〕*v*. 降低；使沮喪

The rainy days always ***depress*** me. 雨天總是使我沮喪。

□ **deprive**〔dɪ'praɪv〕*v*. 剝奪　同 *take away*

An accident ***deprived*** him of his sight. 一次意外使他失明。

□ **descend**〔dɪ'sɛnd〕*v*. 下降

The sun slowly ***descended*** below the western hills.

太陽慢慢落於西山。

☐ **describe** 〔dɪ'skraɪb〕 *v.* 敘述；形容

He was ***described*** as being very clever.

他被形容爲非常聰明。

☐ **desert** 〔'dɛzɚt〕 *n.* 沙漠 〔dɪ'zɝt〕 *v.* 遺棄

The town was a cultural ***desert***. 那城鎮是文化沙漠。

☐ **design** 〔dɪ'zaɪn〕 *n.,v.* 設計

This theater seats over 2,000 people but is poor in ***design***. 這戲院能容二千餘人，但設計欠佳。

☐ **desperate** 〔'dɛspərɪt〕 *adj.* 嚴重的；絕望的

The state of affairs in that country is getting ***desperate***.

那個國家的情勢日趨嚴重。

☐ **despise** 〔dɪ'spaɪz〕 *v.* 輕視 同 *scorn*

Boys who tell lies are ***despised*** by their classmates.

說謊的小孩爲同班同學所輕視。

☐ **destine** 〔'dɛstɪn〕 *v.* 命運注定

They were ***destined*** never to meet again.

命運注定他們永不再相逢。

☐ **detect** 〔dɪ'tɛkt〕 *v.* 發現

We ***detected*** him in the act of breaking into our neighbor's house. 我們當場發現他闖入鄰居的屋子。

☐ **device** 〔dɪ'vaɪs〕 *n.* 發明或創造的東西

This is an ingenious ***device***.

這是一個精巧的發明。

☐ **devote**〔dɪˈvot〕*v*. 專心從事；獻身　同 *dedicate*

Don't ***devote*** too much time to games.

不要浪費太多時間在遊戲上。

☐ **digest**〔daɪˈdʒɛst〕*v*. 消化

Some foods are ***digested*** more easily than others.

有些食物比其他食物容易消化。

☐ **dignity**〔ˈdɪgnətɪ〕*n*. 高貴；高尚

A man's ***dignity*** depends not on his wealth but on what he is. 一個人的高尚與否不在於他的財富，而在於他的品格。

☐ **diminish**〔dəˈmɪnɪʃ〕*v*. 減少　同 *decrease*

The long war greatly ***diminished*** the country's wealth.

長期的戰爭使這國的財富劇減。

☐ **diplomacy**〔dɪˈploməsɪ〕*n*. 外交；外交手腕

Show more ***diplomacy*** when you talk with your superiors.

和你的上司說話時，要表現一點手腕。

☐ **direction**〔dəˈrɛkʃən〕*n*. 方向；指導

He went in the opposite ***direction***. 他往反方向走去。

☐ **disassemble**〔ˌdɪsəˈsɛmbḷ〕*v*. 分解；可拆開

The mechanic ***disassembled*** the car. 技工拆解汽車。

☐ **disaster**〔dɪzˈæstɚ〕*n*. 災禍　同 *casualty*

They kept a record of earthquake ***disasters***.

他們記錄地震所發生的災禍。

☐ **discipline**〔'dɪsəplɪn〕*n.*,*v.* 訓練

Some teachers enforce ***discipline*** more strictly than others.

有的老師管訓學生比其他老師嚴厲。

☐ **disguise**〔dɪs'gaɪz〕*n.*,*v.* 假扮

We went among the enemy in ***disguise***.

我們化裝混入敵人之中。

☐ **disperse**〔dɪ'spɝs〕*v.* 分散　同 *scatter*

The crowd ***dispersed*** at the sight of the police.

羣衆看到警察而四散。

☐ **display**〔dɪ'sple〕*v.*,*n.* 展覽；陳列　同 *demonstrate*

The boy's suits were ***displayed*** in the big window of the store. 男童裝被陳列在商店的大櫥窗中。

☐ **dispose**〔dɪ'spoz〕*v.* 處理

He doesn't want to ***dispose*** of the land.

他不想處理那塊地。

☐ **dispute**〔dɪ'spjut〕*v.*,*n.* 爭論；爭吵

Some husbands and wives are always ***disputing***.

有些夫婦總是爭吵。

☐ **distasteful**〔dɪs'testfəl〕*adj.* 不愉快的

The truth proved ***distasteful***. 事實眞相並不令人愉快。

☐ **distinction**〔dɪ'stɪŋkʃən〕*n.* 區別

He gave them all the same wages without making any ***distinctions***. 他給他們同樣的工資，不加區別。

□ **distinguish**〔dɪ'stɪŋgwɪʃ〕*v.* 區別 同 *tell from*

It isn't easy to ***distinguish*** real pearls from imitation pearls. 區別眞珍珠與假珍珠並不容易。

□ **distraction**〔dɪ'strækʃən〕*n.* 分心（之事物）

Noise is a ***distraction*** when you are trying to study.
你要讀書時，喧鬧聲會分散注意力。

□ **distress**〔dɪ'strɛs〕*v.,n.*（使）痛苦

His wild behavior was a great ***distress*** to his mother.
他的放蕩行爲使他的母親極爲苦惱。

□ **distribute**〔dɪ'strɪbjʊt〕*v.* 分發

The teacher ***distributed*** the examination papers to the class. 老師分發試卷給全班。

□ **district**〔'dɪstrɪkt〕*n.* 區域 同 *region*

This is a purely agricultural ***district***.
這是純粹的農業區域。

□ **disturb**〔dɪ'stɝb〕*v.* 妨礙 同 *annoy*

I am sorry to ***disturb*** you. 我很抱歉妨礙到你。

□ **domestic**〔də'mɛstɪk〕*adj.* 家庭的 同 *household*

He had many ***domestic*** troubles.
他有許多家庭糾紛。

□ **dressing**〔'drɛsɪŋ〕*n.* 調味品 同 *seasoning*

They forgot to buy the ***dressing*** for the salad.
他們忘了買沙拉的調味品。

□ **drill**〔drɪl〕*n.* 練習；錐子

The teacher gave the class plenty of ***drill*** in arithmetic.
老師讓全班學生做很多的算術練習。

□ **drink**〔drɪŋk〕*n.* 飲料

We have plenty of bottled ***drinks***. 我們有很多瓶裝的飲料。

□ **drizzle**〔'drɪzl̩〕*v.*,*n.* （下）毛毛雨

It ***drizzled*** all day. 整天都下著毛毛雨。

□ **dull**〔dʌl〕*adj.* 鈍的；不敏感的

Your hearing is ***dull***. 你的聽覺不靈敏。

□ **dye**〔daɪ〕*n.* 染料　*v.* 染污

The first synthetic ***dye*** was made by Perkin in 1856.
第一種人造染料係於 1856 年爲柏琴所製的。

E

□ **earnest**〔'ɝnɪst〕*adj.* 熱心的　*n.* 認眞

He was very ***earnest*** over his son's education.
他對於兒子的教育非常熱心。

□ **economy**〔ɪ'kɑnəmɪ〕*n.* 經濟；節約　同 *thrift*

Economy of time is a big element of study.
時間的節約是學習的一大要素。

□ **effective**〔ɪ'fɛktɪv〕*adj.* 有效的

The law becomes ***effective*** at midnight. 該法於午夜生效。

□ **efficient**〔ɪ'fɪʃənt〕*adj*. 有能力的；有效率的

My boss had an ***efficient*** secretary.

我的老闆有位能幹的秘書。

□ **elaborate**〔ɪ'læbə,ret〕*v*. 詳盡說明

The witness was asked to ***elaborate*** on one of his statements. 證人被要求對其陳述的某一點作詳盡說明。

□ **electricity**〔ɪ,lɛk'trɪsətɪ〕*n*. 電力

Electricity lights our houses. 電照明了我們的房子。

□ **electron**〔ɪ'lɛktrɑn〕*n*. 電子

Atoms are made up of ***electrons*** and protons.

原子由電子和質子構成。

** atom〔'ætəm〕*n*. 原子
proton〔'protɑn〕*n*.【物理】質子

□ **embarrass**〔ɪm'bærəs〕*v*. 使困窘

Meeting strangers ***embarrassed*** the boy so much that he blushed and stammered.

那孩子在生人面前顯得侷促不安，以致面紅耳赤張口結舌。

** blush〔blʌʃ〕*v*. 臉紅　stammer〔'stæmɚ〕*v*. 口吃

□ **embody**〔ɪm'bɑdɪ〕*v*. 具體表現

The new building ***embodied*** the idea of the architect.

這新建的大廈具體表現了這建築師的思想。

□ **embrace**〔ɪm'bres〕*n*.,*v*. 擁抱　同 *hug*

He held her to him in a warm ***embrace***.

他熱烈地擁抱她。

☐ **emerge**〔ɪ'mɝdʒ〕*v.* 出現　同 *appear*

The sun ***emerged*** from behind the clouds.

太陽自雲後出現。

☐ **emigrate**〔'ɛmə,gret〕*v.* 移居　同 *migrate*

They ***emigrated*** from France to Brazil. 他們由法國移居巴西。

☐ **eminent**〔'ɛmənənt〕*adj.* 聞名的　同 *famous*

He is ***eminent*** for his works. 他因他的作品而聞名。

☐ **emit**〔ɪ'mɪt〕*v.* 噴射　同 *discharge*

A volcano ***emits*** smoke and ashes. 火山噴出煙與灰燼。

☐ **employ**〔ɪm'plɔɪ〕*v., n.* 雇用　同 *hire*

The work will ***employ*** 50 men. 這工作需僱用五十人。

☐ **encircle**〔ɪn'sɝkḷ〕*v.* 包圍

We were ***encircled*** by the enemy. 我們被敵人包圍。

☐ **encounter**〔ɪn'kaʊntɚ〕*v.* 遭遇（困難）　同 *meet*

Such obstacles have never been ***encountered*** before.

這種障礙是以前從未遭遇過的。

☐ **endeavor**〔ɪn'dɛvɚ〕*n., v.* 努力

His ***endeavors*** to persuade her to go with him failed.

他努力勸她和他一道去，但是失敗了。

☐ **enrich**〔ɪn'rɪtʃ〕*v.* 使富足　同 *improve*

Commerce ***enriches*** a nation. 商業使一國富足。

□ **enterprise**〔'ɛntɚ,praɪz〕*n.* 企業；計畫

He is always embarking on new ***enterprises***.

他總是在著手新的企業計畫。

□ **entertainment**〔,ɛntɚ'tenmənt〕*n.* 娛樂；款待

This hotel is famous for its ***entertainment***.

此旅館以慇勤待客著稱。

□ **enthusiasm**〔ɪn'θjuzɪ,æzəm〕*n.* 狂熱；熱心

We were received with great ***enthusiasm***.

我們受到熱烈的歡迎。

□ **entire**〔ɪn'taɪr〕*n.*, *adj.* 全部（的） 同 *whole*

The ***entire*** village was destroyed.

整個村莊被毀滅了。

□ **envelope**〔'ɛnvə,lop〕*n.* 信封

When you send a letter, you write the address and stick the stamp on the ***envelope***.

你寄信時，把地址寫在信封上，並把郵票貼在上面。

□ **environment**〔ɪn'vaɪrənmənt〕*n.* 圍繞；環境 同 *surroundings*

I have a good working ***environment*** in the office.

我在辦公室裡有個很好的工作環境。

□ **erase**〔ɪ'res〕*v.* 擦掉

He wants to ***erase*** his name from the list.

他想把自已的名字從名單上除去。

□ **erratic** 〔əˈrætɪk〕 *adj.* 不穩定的　同 *uncertain*

An ***erratic*** mind jumps from one idea to another.

主意不定，反覆無常。

□ **essential** 〔əˈsɛnʃəl〕 *adj.* 必要的　同 *necessary*

Sleep and good food are ***essential*** to health.

睡眠與營養對於健康是必要的。

□ **establish** 〔əˈstæblɪʃ〕 *v.* 建立

His honesty is well ***established.***

他的忠實已確立〔爲人所信任〕。

□ **estate** 〔əˈstet〕 *n.* 地產；財產

He has an ***estate*** in the country. 他在鄉下有一塊地產。

□ **esteem** 〔əˈstim〕 *v., n.* 尊敬

No one ***esteems*** your father more than I do.

沒有人比我更敬重你的父親。

□ **ethics** 〔ˈɛθɪks〕 *n.* 倫常

Medical ***ethics*** do not permit doctors and surgeons to advertise. 醫德不許醫生和外科醫生登廣告宣傳。

□ **eventually** 〔ɪˈvɛntʃʊəlɪ〕 *adv.* 最後地　同 *finally*

He will die ***eventually.*** 最後他會死。

□ **evolution** 〔ˌɛvəˈluʃən〕 *n.* 進化

In politics, England prefers ***evolution*** to revolution.

在政治方面，英國採取漸進而不喜歡革命。

□ **exactly** 〔ɪgˈzæktlɪ〕 *adv.* 正確地

That's ***exactly*** what he said. 他正是那樣說過。

□ **exceed**〔ɪk'sid〕*v*. 超過　回 *surpass*

He ***exceeded*** the speed limit. 他超過了速度限制。

□ **exception**〔ɪk'sɛpʃən〕***n***. 例外

This is an ***exception*** to the rule. 這是那條規則的例外。

□ **exclaim**〔ɪk'sklem〕*v*. 喊叫　回 *shout*

He ***exclaimed*** that his answer was correct.

他喊叫著說他的答案是對的。

□ **exclude**〔ɪk'sklud〕*v*. 使～除外

He was ***excluded*** from the club. 他被排除於俱樂部之外。

□ **exert**〔ɪg'zɝt〕*v*. 運用；施行　回 *use*, *employ*

They ***exerted*** pressure on him. 他們對他施加壓力。

□ **exhibit**〔ɪg'zɪbɪt〕*v*. 顯示；展示　回 *show*

He ***exhibited*** no fear. 他一點都沒有顯出恐懼的樣子。

□ **expand**〔ɪk'spænd〕*v*. 擴大

Metals ***expand*** when they are heated. 金屬遇熱則膨脹。

□ **expectation**〔,ɛkspɛk'teʃən〕***n***. 期待

He sold his house in ***expectation*** of a war.

他預想會有戰爭而出售了他的房子。

□ **expedition**〔,ɛkspɪ'dɪʃən〕*n*. 遠征；探險（隊）

He was a member of the Everest ***Expedition***.

他是埃弗勒斯峯探險隊的隊員。

□ **expend**〔ɪk'spɛnd〕*v.* 花費 回 *spend*

I ***expended*** much energy to finish this task.

我花了許多力氣才完成這件工作。

□ **experience**〔ɪk'spɪrɪəns〕*n.* 經驗

He has no ***experience*** in teaching. 他沒有教學經驗。

□ **experiment**〔ɪk'spɛrəmənt〕*n.,v.*（做）實驗

Prove it by ***experiment***. 以實驗證明它。

□ **experimentation**〔ɪk,spɛrəmɛn'teʃən〕*n.* 實驗

A cure for the disease was found through ***experimentation*** on animals. 該病之治療法係在動物身上之實驗發現。

□ **expert**〔'ɛkspɝt〕*n.* 專家

He is an ***expert*** in economics. 他是經濟學專家。

□ **explode**〔ɪk'splod〕*v.* 爆炸 回 *blow up*

I heard that a bomb ***exploded***. 我聽說有炸彈爆炸。

□ **exploratory**〔ɪk'splorə,torɪ〕*adj.* 探險的；探究的

He is going to drill an ***exploratory*** well in the Gulf of Mexico. 他將在墨西哥灣開鑽一口探查用的深井。

□ **explore**〔ɪk'splor〕*v.* 探險；仔細察看

The surgeon ***explored*** the wound. 該外科醫生仔細察看那傷口。

□ **expose**〔ɪk'spoz〕*v.* 暴露 回 *open*

The box was ***exposed*** to the rain. 那箱子暴露在雨中。

□ **expression**〔ɪk'sprɛʃən〕*n.* 表現

Laughter is the ***expression*** of joy. 笑是高興的表現。

□ **exquisite**〔'ɛkskwɪzɪt〕*adj*. 纖美的　同 *lovely*, *delicate*

Those violets are ***exquisite*** flowers.

那些紫羅蘭是纖美的花。

□ **extensive**〔ɪk'stɛnsɪv〕*adj*. 大量的；廣闊的

Extensive funds will be needed. 我們將需要大筆經費。

□ **exterior**〔ɪk'stɪrɪɚ〕*n.*, *adj*. 外部（的）

The ***exterior*** of the house was made of brick.

該屋外面是磚砌的。

□ **extinguisher**〔ɪk'stɪŋgwɪʃɚ〕*n*. 滅火器

Use the ***extinguisher*** to put off the fire.

你利用滅火器滅火。

□ **extract**〔ɪk'strækt〕*v*. 拔取　〔'ɛkstrækt〕*n*. 濃汁

A dentist ***extracted*** the teeth. 牙醫拔掉牙齒。

□ **extraordinary**〔ɪk'strɔrdn̩,ɛrɪ〕*adj*. 非常的；驚人的

He is a man of ***extraordinary*** strength.

他是一個具有驚人力氣的人。　同 *unusual*

□ **extreme**〔ɪk'strim〕*adj*.,*n*. 極端的（事）　同 *radical*

He held ***extreme*** views. 他抱偏激的見解。

F

☐ **facility**〔fə'sɪlətɪ〕*n.* 熟練；靈巧

He has a great ***facility*** in learning languages.

他具有學習語言的天才。

☐ **faculty**〔'fækl̩tɪ〕*n.* 才能　同 *talent*

He has a ***faculty*** for mathematics. 他精於數學。

☐ **fairly**〔'fɛrlɪ〕*adv.* 公平地　同 *justly*

The prisoners were treated ***fairly***. 這些俘虜受到公平地對待。

☐ **familiar**〔fə'mɪljɚ〕*adj.*, *n.* 熟悉的（人）

Before you leave home for your world tour, you should be ***familiar*** with the English language.

在你離國周遊世界之前，你應先通曉英文。

☐ **fascinate**〔'fæsn̩,et〕*v.* 使迷惑

The boy was ***fascinated*** with all the toys in the big department store.

這男孩爲大百貨店裏所有的玩具所迷惑。

☐ **fatigue**〔fə'tig〕*n.*, *v.* 疲倦

He slept off ***fatigue***. 他睡覺以消除疲勞。

☐ **faucet**〔'fɔsɪt〕*n.* 水龍頭

I turn off a ***faucet***. 我關掉水龍頭。

□ **favorable** 〔ˈfevərəbl̩〕 *adj*. 好意的；贊成的

He took a ***favorable*** attitude towards the plan.

他對那計劃表示了贊成的態度。

□ **favorite** 〔ˈfevərɪt〕 *adj*., *n*. 最喜歡的（人或事） 同 *beloved*

Who is your ***favorite*** novelist？你最喜歡的小說家是誰？

□ **fellow** 〔ˈfɛlo〕 *n*. 人物 同 *guy*

He is a fine ***fellow***. 他是個好人。

□ **fertile** 〔ˈfɝtl̩〕 *adj*. 肥沃的 同 *productive*

Fertile soil produces good crops.

肥沃的土壤生產好的農作物。

□ **fetch** 〔fɛtʃ〕 *v*. 取來；拿來 同 *bring*

Fetch my hat for me. 把我的帽子拿來給我。

□ **fever** 〔ˈfivɚ〕 *n*., *v*. 發熱；興奮

Has he any ***fever***？他發燒嗎？

□ **figure** 〔ˈfɪgɚ〕 *v*. 想 ***n***. 形象

She saw dim ***figures*** moving. 她看見有模糊的人影移動。

□ **financial** 〔fəˈnænʃəl〕 *adj*. 財務的

He found himself in ***financial*** difficulties. 他有財務上的困難。

□ **fix** 〔fɪks〕 *v*. 使穩固 同 *settle*

We've ***fixed*** the post to the ground. 我們把柱子固定在地上。

□ **flammable** 〔ˈflæməbl̩〕 *adj*. 易燃燒的

Wood is a ***flammable*** material. 木材是易燃物。

□ **flat**〔flæt〕*adj.*（輪胎等）洩了氣的

One of the tyres is ***flat***. 有一個輪胎漏氣了。

□ **flavour**〔'flevɚ〕*n.* 味道

Chocolate and vanilla have different ***flavors***.

巧克力和香草精其味各不相同。

□ **flexible**〔'flɛksəbl̩〕*adj.* 易彎的

Leather, rubber and wire are ***flexible***.

皮革、橡皮和電線都是可彎曲的。

□ **flourish**〔'flɝɪʃ〕*v.* 茂盛 同 *thrive*

Those plants you gave me are ***flourishing***.

你給我的那些植物長得茂盛。

□ **flow**〔flo〕*v.* 流動

Water ***flows*** to the lowest level. 水向低處流。

□ **fluent**〔'fluənt〕*adj.* 流利的

He speaks ***fluent*** English. 他說一口流利的英語。

□ **fluctuate**〔'flʌktʃʊ,et〕*v.* 升降；波動

Prices ***fluctuate*** from year to year. 物價年年波動。

□ **form**〔fɔrm〕*v.* 造成 同 *develop*

We ***form*** words with the mouth, teeth, nose, etc.

我們用口、齒、鼻等發聲成字。

□ **fountain**〔'faʊntn̩〕*n.* 噴水；泉源

An encyclopedia is a ***fountain*** of knowledge.

百科全書是知識的泉源。

□ **freezing**〔'frizɪŋ〕*adj.* 寒冷的

It's ***freezing*** cold. 天氣凍寒。

□ **frequently**〔'frikwəntlɪ〕*adv.* 時常地　同 *often*

It happens ***frequently.*** 這事時常發生。

□ **fuel**〔'fjuəl〕*v.*, *n.*（加）燃料

Wood, coal and oil are forms of ***fuel.***

木柴、煤炭、油是各種的燃料。

□ **fulfill**〔fʊl'fɪl〕*v.* 實踐；滿足

He ***fulfilled*** his promise. 他實踐了他的諾言。

□ **function**〔'fʌŋkʃən〕*v.* 發揮機能　同 *work*, *act*

This machine does not ***function*** well. 這部機器轉動不靈活。

□ **fundamental**〔,fʌndə'mɛntḷ〕*adj.* 基本的　同 *essential*

The ***fundamental*** rules of grammar are very important.

文法的基本規則很重要。

□ **furnish**〔'fɝnɪʃ〕*v.* 供給　同 *supply*

I'll ***furnish*** you with all you need. 我會供給你所需的一切。

G

□ **gadget**〔'gædʒɪt〕*n.* 設計精巧的小機械　同 *device*

Americans are fond of ***gadgets.***

美國人喜歡機械類的玩意兒。

□ **gage**〔gedʒ〕*n.* 抵押品　*v.* 以～爲擔保

The knight left a diamond as ***gage*** for the horse and armor. 這武士留下一枚鑽石做爲馬和甲冑的抵押品。

□ **generally**〔'dʒɛnərəlɪ〕*adv.* 通常地　同 *usually*

I ***generally*** get up at six o'clock. 我通常六點起床。

□ **generation**〔ˌdʒɛnə'reʃən〕*n.* 同時代；一代

The new computers are much better in performance than the previous ***generation***.

新的電腦較以前的產品在性能方面好得多。

□ **generator**〔'dʒɛnəˌretɚ〕*n.* 發電機

The ***generator*** broke down last night.

發電機昨晚損壞了。

□ **generous**〔'dʒɛnərəs〕*adj.* 慷慨的

It was very ***generous*** of them to share their meal with their out-of-work neighbors.

他們願讓失業的鄰人共享餐食，甚爲慷慨。

□ **genuine**〔'dʒɛnjʊɪn〕*adj.* 眞正的　同 *real*

It's a ***genuine*** picture by Rubens. 這是魯賓斯畫的眞蹟。

□ **geography**〔dʒi'ɑgrəfɪ〕*n.* 地理學

I like ***geography*** and history. 我喜歡地理和歷史。

□ **geometry**〔dʒi'ɑmətrɪ〕*n.* 幾何學

We studied ***geometry*** during the first year of high school.

我們在中學第一年學幾何學。

□ **glimpse**〔glɪmps〕*v.*, *n.*（投以）一瞥 同 *glance*

I ***glimpsed*** at her dress as she went by.

當她走過時，我瞥見她的衣服。

□ **goggle**〔'gɑgḷ〕*v.* 瞪眼

He ***goggled*** at me. 他瞪眼看我。

□ **grade**〔gred〕*n.* 年級；階級

An elementary school in America has eight ***grades***.

美國的小學有八個年級。

□ **gradual**〔'grædʒʊəl〕*adj.* 逐漸的 同 *little by little*

His English made ***gradual*** progress.

他的英文逐漸進步了。

□ **gradually**〔'grædʒʊəlɪ〕*adv.* 逐漸地

His health ***gradually*** improved. 他的健康逐漸好轉。

□ **graduate**〔'grædʒʊ,et〕*v.* 畢業

He ***graduated*** from Harvard. 他畢業於哈佛大學。

□ **grant**〔grænt〕*v.* 答應 同 *consent*

I ***granted*** him his request. 我答應了他的要求。

□ **gratitude**〔'grætə,tjud〕*n.* 感謝 同 *gratefulness*

I can hardly express my ***gratitude*** to you for your help.

對於你的幫助，我幾乎難以表達我的感激。

□ **guest**〔gɛst〕*n.* 客人 同 *visitor*

We are ***expecting*** guests for dinner.

我們在等候客人進餐。

□ **gymnasium**〔dʒɪm'neziəm〕*n.* 體育館

The school has a big ***gymnasium***.

那所學校有一座大體育館。

H

□ **hangar**〔'hæŋɚ〕*n.* 飛機庫

The plane has been grounded in the ***hangar*** for some repairs. 飛機停在飛機庫裏修理。

□ **hazard**〔'hæzɚd〕*v.,n.*（冒）危險

Rock-climbers sometimes ***hazard*** their lives.

攀岩石者有時冒著生命的危險。

□ **head**〔hɛd〕*n.* 頭　*v.* 朝…方向進行　同 *move toward*

The plane is ***heading*** south. 飛機朝南飛行。

□ **headquarter**〔'hɛd'kwɔrtɚ〕*n.* 總部

The general ***headquarters*** are in London. 總司令部在倫敦。

□ **heavy**〔'hɛvɪ〕*adj.* 沈重的　同 *weighty*

The box is too ***heavy***. 這箱子太重了。

□ **heritage**〔'hɛrətɪdʒ〕*n.* 遺產　同 *heredity*

We Chinese have a great cultural ***heritage***.

我們中國人有偉大的文化遺產。

□ **hobby**〔'hɑbɪ〕*n.* 嗜好

Gardening, collecting postage stamps or old swords are ***hobbies***. 種植花木，收集郵票或古劍皆是嗜好。

☐ **host**〔host〕*n.* 主人

Tom acts as ***host*** at a party. 湯姆當宴會的主人。

☐ **hostile**〔'hɑstɪl〕*adj.* 反對的；敵對的　同 *unfavorable*

He is ***hostile*** to reform. 他反對改革。

☐ **humanity**〔hju'mænətɪ〕*n.* 人類　同 *mankind*

Advances in science help all ***humanity***.

科學的進步有助於全人類。

☐ **humble**〔'hʌmbḷ〕*adj.* 謙恭的　同 *obscure*

He is very ***humble*** in the company of his superiors.

他跟上級在一起時非常謙恭。

☐ **humidity**〔hju'mɪdətɪ〕*n.* 濕度；潮溼

I cannot bear the ***humidity*** of the country.

我不能忍受這個國家的潮溼。

☐ **hypocrisy**〔hɪ'pɑkrəsɪ〕*n.* 僞善

Hypocrisy is a vice. 僞善是一種罪惡。

I

☐ **identify**〔aɪ'dɛntə,faɪ〕*v.* 驗明　同 *recognize*

The dead body was not ***identified***.

那屍體的身分不明。

☐ **ignore**〔ɪg'nor〕*v.* 忽視　同 *disregard*

He ***ignores*** traffic lights. 他忽視交通號誌。

☐ **illusion** [ɪ'ljuʒən] ***n.*** 幻想

I have no ***illusions*** of my own ability.

我對於自己的能力不過分相信。

☐ **illustrate** [ɪ'lʌstret] *v.* 舉例說明

I ***illustrated*** the function of the organization by facts.

我以事實說明該機構的功能。

☐ **imaginative** [ɪ'mædʒə,netɪv] *adj.* 富有想像力的

He is an ***imaginative*** writer. 他是個富於想像力的作家。

☐ **immediately** [ɪ'midɪɪtlɪ] *adv.* 立即地　回 *instantly*

He arrived ***immediately*** after I left.

我離開之後，他緊接著就到。

☐ **immigrant** ['ɪməgrənt] ***n.*** 移民

Canada has many ***immigrants*** from Europe.

加拿大有許多自歐洲移入的移民。

☐ **import** [ɪm'port] *v.* 進口　['ɪmport] ***n.*** 進口　回 *bring in*

America ***imports*** raw silk from Japan.

美國自日本輸入生絲。

☐ **impose** [ɪm'poz] *v.* 課稅；欺騙

New duties were ***imposed*** on wines and spirits.

酒類被加徵新稅。

☐ **impression** [ɪm'prɛʃən] ***n.*** 印象

His speech made a strong ***impression*** on the audience.

他的演說給聽衆一個深刻的印象。

☐ **improper** 〔ɪmˈprɑpɚ〕 *adj.* 不合適的 同 *unsuitable*

That bright dress is ***improper*** for a funeral.

那件顏色鮮艷的衣服不適合葬禮時穿。

☐ **improve** 〔ɪmˈpruv〕 *v.* 改良 同 *mend*

It's not quite good enough ; I want to ***improve*** it.

那還不夠好，我還想加以改良。

☐ **impulse** 〔ˈɪmpʌls〕 *n.* 衝動

He felt an ***impulse*** to help her. 他忽然感到有股幫助她的衝動。

☐ **incident** 〔ˈɪnsədənt〕 *n.* 事件 同 *event*

A strange ***incident*** happened. 發生了一件怪事。

☐ **increase** 〔ɪnˈkris〕 *v.* 增加 〔ˈɪnkris, ˈɪŋk-〕 *n.* 增加

The difficulty is ***increasing***. 困難越來越大。

☐ **incredible** 〔ɪnˈkrɛdəbl̩〕 *adj.* 難以置信的 同 *unbelievable*

The hero fought with ***incredible*** bravery.

那英雄以令人難以相信的勇氣作戰。

☐ **independence** 〔ˌɪndɪˈpɛndəns〕 *n.* 獨立

When you begin to earn money you can live a life of ***independence***. 當你開始賺錢，你就可以過獨立的生活。

☐ **indicate** 〔ˈɪndəˌket〕 *v.* 指示 同 *show*

A signpost ***indicated*** the right road for us to follow.

一個路標指示我們應走的路。

☐ **indispensable** 〔ˌɪndɪsˈpɛnsəbl̩〕 *adj.* 不可缺少的 同 *required*

Air, food, and water are ***indispensable*** to life.

空氣，食物和水，對於生命是缺一不可的。

□ **individual** 〔,ɪndə'vɪdʒʊəl〕 *n.* 個體

Some people claim that the rights of the ***individual*** are more important than the rights of society as a whole.

有些人主張個人權利重於整個社會的權利。

□ **indulge** 〔ɪn'dʌldʒ〕 *v.* 放縱 同 *spoil*, *humor*

He ***indulges*** his children too much. 他太放縱他的孩子。

□ **industrial** 〔ɪn'dʌstrɪəl〕 *adj.* 工業的

The ***industrial*** sector outperformed the other sectors of the economy last year.

去年工業比其它經濟項目表現優異。

□ **industry** 〔'ɪndəstrɪ〕 *n.* 勤勉；工業

His success was due to his ***industry*** and thrift.

他的成功係由於他的勤儉。

□ **inevitable** 〔ɪn'ɛvətəbḷ〕 *adj.* 不可避免的 同 *unavoidable*

War seemed ***inevitable***. 戰爭似乎不可避免。

□ **information** 〔,ɪnfɚ'meʃən〕 *n.* 消息

Can you give any ***information*** about this matter?

關於此事，你能提供我什麼消息嗎？

□ **ingenious** 〔ɪn'dʒinjəs〕 *adj.* 智巧的 同 *clever*, *imaginative*

She is an ***ingenious*** author. 她是個有創造力的作家。

□ **inhabitant** 〔ɪn'hæbətənt〕 *n.* 居民；居住者

It is a normal ***inhabitant*** of the intestines of both man and animals. 這是常見於人和動物腸內的寄生物。

□ **inherent** 〔ɪn'hɪrənt〕*adj*. 固有的 同 *natural*

Weight is an ***inherent*** property of matter.

重量是物質的一種固有特性。

□ **innocent** 〔'ɪnəsn̩t〕*adj*. 無罪的；天真的 *n*. 無知的人

Is he guilty or ***innocent*** of the crime? 他是有罪還是無罪？

□ **inquire** 〔ɪn'kwaɪr〕*v*. 詢問；問明 同 *ask*

We must ***inquire*** whether he really came.

我們必須問明他是否眞來了。

□ **insight** 〔'ɪn,saɪt〕*n*. 洞察力

He gained an ***insight*** into human nature. 他能洞察人性。

□ **insist** 〔ɪn'sɪst〕*v*. 强調；堅持 同 *maintain*

I ***insisted*** on the justice of my cause.

我强調我的主張是正當的。

□ **inspect** 〔ɪn'spɛkt〕*v*. 檢查 同 *examine*

These factories are periodically ***inspected*** by government officials. 政府官員們定期檢查這些工廠。

□ **inspire** 〔ɪn'spaɪr〕*v*. 激勵；啓發 同 *encourage*

The teacher ***inspired*** us to work much harder.

老師激勵我們更用功。

□ **instinct** 〔'ɪnstɪŋkt〕*n*. 本能

A camel has a sure ***instinct*** for finding water.

駱駝相當有尋找水源的本能。

□ **institution** 〔,ɪnstə'tjuʃən〕*n*. 設立；社會或教育社會機構

Wise men favor the ***institution*** of a savings bank in every large city. 聰明的人贊成，在每個大城市設立一儲蓄銀行。

□ **instructor** [ɪn'strʌktɚ] *n.* 教師；指導者

Our swimming ***instructor*** is the guy standing at the corner.
我們的游泳老師，就是站在角落的那個傢伙。

□ **instrument** ['ɪnstrəmənt] *n.* 工具；儀器 同 *tool*

Literature is one of the most powerful ***instruments*** for forming character. 文學為修養人格最有力的工具之一。

□ **insurance** [ɪn'ʃʊrəns] *n.* 保險費

His ***insurance*** is at $300 a year. 他的保險費是每年三百元。

□ **intend** [ɪn'tɛnd] *v.* 意欲；計畫 同 *plan*

I ***intended*** to leave the next day.
我本欲於次日卽離去。

□ **intensive** [ɪn'tɛnsɪv] *adj.* 密集的；透徹的

I had ***intensive*** lessons in Japanese before I left for Tokyo last year.
去年去日本之前，我接受密集的日語課程。

□ **intent** [ɪn'tɛnt] *n.* 意旨；計畫

The original ***intent*** of the committee was to raise funds.
委員會本來的計畫是籌款。

□ **interfere** [,ɪntɚ'fɪr] *v.* 妨害；干預 同 *interrupt*

You mustn't let pleasure ***interfere*** with business.
你不可讓玩樂妨礙事業。

□ **interpret** [ɪn'tɝprɪt] *v.* 解釋；闡明 同 *explain*

Poetry helps to ***interpret*** life. 詩可幫助我們闡明人生意義。

☐ **interrupt** 〔,ɪntəˈrʌpt〕 *v.* 打斷；打擾

Don't ***interrupt*** me when I am busy.

在我忙的時候，不要來打擾我。

☐ **intimate** 〔ˈɪntəmɪt〕 *adj.* 親密的；個人的 *n.* 密友 回 *close*

They are ***intimate*** friends. 他們是密友。

☐ **introduce** 〔,ɪntrəˈdjus〕 *v.* 介紹；引入 回 *present*

The chairman ***introduced*** the speaker to the audience.

主席將演說者介紹給聽衆。

☐ **invent** 〔ɪnˈvɛnt〕 *v.* 發明；虛構

Who ***invented*** the steam engine? 誰發明了蒸汽機？

☐ **investigate** 〔ɪnˈvɛstə,get〕 *v.* 調查；研究 回 *search*

Scientists ***investigate*** natural phenomena.

科學家研究自然現象。

☐ **invitation** 〔,ɪnvəˈteʃən〕 *n.* 邀請

Thank you for your kind ***invitation***. 謝謝你的盛意邀請。

☐ **involve** 〔ɪnˈvɑlv〕 *v.* 牽涉；包括 回 *include*

These changes in the business ***involve*** the interests of all owners. 這些營業上的變更牽涉所有股東的利益。

☐ **irregular** 〔ɪˈrɛgjələ˞〕 *adj.* 不規則的；不整齊的 回 *unnatural*

"Child" has an ***irregular*** plural.

"Child" 之複數變化不規則。

☐ **irritate** 〔ˈɪrə,tet〕 *v.* 激怒；擾 回 *annoy*

Flies ***irritate*** horses. 蒼蠅擾馬。

□ **issue**〔'ɪʃʊ, 'ɪʃjʊ〕*v.,n.* 發行

The government ***issues*** stamps. 政府發行郵票。

J·K

□ **jealous**〔'dʒɛləs〕*adj.* 嫉妒的　回 *envious*

He is feeling ***jealous***. 他感到嫉妒。

□ **jerk**〔dʒɝk〕*n.*, *v.* 急拉；急動

The car started with a ***jerk***. 車子突然開動。

□ **justice**〔'dʒʌstɪs〕*n.* 公平；正義

All men should be treated with **justice**.

一切人都應受公平待遇。

□ **justify**〔'dʒʌstə,faɪ〕*v.* 證明為正當

The fine quality of the cloth ***justifies*** its high price.

布質優良，其價高昂是應該的。

□ **keen**〔kin〕*adj.* 渴望的；鋒利的

She is really ***keen*** about the trip. 她渴望能成行。

□ **kinsfolk**〔'kɪnz,fok〕*n.,pl.* 親族；親屬　回 *relative*

I still have some ***kinsfolk*** in the mainland.

我還有一些親人在大陸。

L

☐ **laboratory**〔'læbrə,torɪ, 'læbərə-〕*n.* 科學實驗室

He's in the ***laboratory*** experimenting.

他在實驗室做實驗。

☐ **lame**〔lem〕*adj.* 跛脚的

He is ***lame*** on one leg. 他跛一脚。

☐ **lament**〔lə'mɛnt〕*v., n.* 悲傷；哀慟　同 *sorrow*

Why does she ***lament***? 她爲何悲傷？

☐ **launch**〔lɔntʃ, lɑntʃ〕*v.* 開始；入水　同 *start*

He used the money to ***launch*** a new business.

他利用這筆錢開始從事一新的行業。

☐ **leak**〔lik〕*n.* 漏洞　*v.* 漏；洩漏

Even the tightest precautions have some ***leaks***.

甚至最嚴密的預防也會有一些疏漏之處。

☐ **lean**〔lin〕*v., n.* 傾斜；靠　*adj.* 瘦的；稀薄的　同 *rest*

Lean on my arm. 靠在我臂上。

☐ **legal**〔'ligḷ〕*adj.* 合法的；法律上的

They are the ***legal*** successors of the ancient regime.

他們是那舊式政權的合法繼承者。

☐ **liberal**〔'lɪbərəl〕*adj.* 充分的；自由主義的

He put in a ***liberal*** supply of coal for the winter.

他儲存了足量的煤以便過冬。

□ **librarian**〔laɪ'brɛrɪən〕*n.* 圖書館長；圖書館員

You need to be meticulous to be a ***librarian.***

你身爲圖書館員，需要一絲不苟。

** meticulous〔mə'tɪkjələs〕*adj.* 拘泥於細節的

□ **lightning**〔'laɪtnɪŋ〕*v.,n.* 閃電

It ***lightninged*** terribly last night. 昨晚閃電閃得很厲害。

□ **linear**〔'lɪnɪɚ〕*adj.* 長度的；直線的

This work is measured in ***linear*** meters, not square meters.

這件工作的量不以面積而是以長度計量。

□ **linguistic(al)**〔lɪŋ'gwɪstɪk(l̩)〕*adj.* 語言上的

The two tribes had ***linguistic*** connections.

這兩個部落的語言有關。

□ **liquid**〔'lɪkwɪd〕*n.* 液體物質　*adj.* 液體的；充滿淚水的

Air is a fluid but not a ***liquid.*** 空氣是流體，不是液體。

□ **literature**〔'lɪtərətʃɚ〕*n.* 文學

Literature stands related to man as science stands to nature. 文學之於人的關係正如科學之於自然。

□ **locate**〔lo'ket〕*v.* 設於；定居

Where shall we ***locate*** our new office?

我們的新辦公室將設於何處？

□ **luxury**〔'lʌkʃərɪ〕*n., adj.* 奢侈品；奢華(的)　同 *extravagance*

His salary is so low that he can only enjoy few ***luxuries.***

他的薪水很低，所以不能享受什麼奢侈品。

M

□ **magnet**〔'mægnɪt〕*n.* 磁鐵；有吸引之力之人或物

Hawaii is a ***magnet*** for tourists. 夏威夷是一吸引遊客之處。

□ **magnetize**〔'mægnə,taɪz〕*v.* 磁化；吸引

He was ***magnetized*** by her beauty. 他被她的美色所迷。

□ **maintain**〔men'ten, mən-〕*v.* 保持　同 *keep*

Be careful to ***maintain*** your reputation.

要小心保持你的名譽。

□ **major**〔'medʒɚ〕*adj.* 主要的

The ***major*** part of the town was ruined.

這城鎮大部分都已成廢墟。

□ **majority**〔mə'dʒɔrətɪ, -dʒɑr-〕*n.* 多數

The ***majority*** were in favor of the proposal.

多數人贊成這個建議。

□ **manage**〔'mænɪdʒ〕*v.* 支配；辦事　同 *control*

In spite of their insults, I ***managed*** to keep my temper.

縱然他們侮辱我，但我仍克制我的怒氣。

□ **manufacture**〔,mænjə'fæktʃɚ〕*v., n.* 製造　同 *make*

It is ***manufactured*** by machinery. 此係機器所製。

□ **manuscript**〔'mænjə,skrɪpt〕*n.* 草稿

The ***manuscript*** will go to press early next month.

原稿將於下月初付印。

□ **marvel**〔'mɑrvḷ〕*n.* 奇異之事物

The Niagara Falls is one of the greatest ***marvels*** of the world.

尼加拉瀑布是世界大奇景之一。

□ **match**〔mætʃ〕*n.* 火柴

He struck a ***match***. 他擦點一根火柴。

□ **mathematics**〔ˌmæθə'mætɪks〕*n.* 數學

Mathematics is his strong subject. 數學是他得意的科目。

□ **mature**〔mə'tjʊr, -'tʃʊr〕*adj.*, *v.* 成熟(的)　同 *ripe*

The apples are not yet ***mature***. 蘋果尚未成熟。

□ **maximum**〔'mæksəməm〕*n.* 最大量；最高點

The noise is at its ***maximum***. 噪音大到極點。

□ **measure**〔'mɛʒɚ〕*v.* 量　*n.* 措施；大小

We ***measured*** the room. 我們丈量這屋子。

□ **mechanical**〔mə'kænɪkḷ〕*adj.* 機械(上)的；呆板的

Their responses to the questions were stiff and ***mechanical***.

他們對這問題的答覆僵硬又呆板。

□ **meditate**〔'mɛdəˌtet〕*v.* 冥想；考慮　同 *reflect*, *think*

The monk ***meditated*** on holy things for hours.

修士為聖事沈思默想數小時。

□ **medium**〔'midɪəm〕*n.* 媒體　*adj.* 中等的

Is water a ***medium*** of sound?

水是聲音的媒體嗎？

□ **melodious** 〔mə'lodɪəs〕 *adj.* 悅耳的

The chimes produced a ***melodious*** sound in the air.

套鐘發出悅耳的聲音，迴盪在空中。

** chime〔tʃaɪm〕*n.* 一套發諧音的鐘（尤指教堂內者）

□ **menace** 〔'mɛnɪs〕 *v., n.* 威脅

The rising river ***menaced*** the village with destruction.

河水的高漲使村子面臨毀滅的威脅。

□ **mental** 〔'mɛntḷ〕 *adj.* 精神的；神經兮兮的

She was locked up in a ***mental*** hospital for some time.

她有一段時間被關在精神病院。

□ **mentally** 〔'mɛntḷɪ〕 *adv.* 精神上地；心智上地

He was removed from office for being ***mentally*** incapable.

他因精神異常而被免職。

□ **merchandise** 〔'mɝtʃən,daɪz〕 *n.* 商品　同 *goods*

In order to save the vessel in the storm, they threw the valuable ***merchandise*** overboard.

爲了拯救暴風雨中的船，他們將貴重的商品投入海中。

□ **mercy** 〔'mɝsɪ〕 *n.* 仁慈；恩惠　同 *kindness*

They were treated with ***mercy***. 他們受到仁慈的款待。

□ **merit** 〔'mɛrɪt〕 *n.* 優點；價值　同 *value*

The book has its literary ***merit***. 此書有其文學上的價值。

□ **mess** 〔mɛs〕 *n.* 雜亂的一堆

The room was in a ***mess***. 這屋子亂七八糟。

☐ **message**〔ˈmɛsɪdʒ〕*n.* 消息

The ***message*** was important. 這消息很重要。

☐ **metal**〔ˈmɛtl̩〕*n.* 金屬

Is it made of wood or of ***metal***?

它是木頭製的還是金屬製的？

☐ **military**〔ˈmɪlə,tɛrɪ〕*n.* 軍隊；軍方　回 *army*

The ***military*** were called in to deal with the rioting.

軍隊被調來應付暴亂。

☐ **mine**〔maɪn〕*v.* 採礦；挖　回 *dig*

Mine the earth for coal. 挖地取煤。

☐ **mind**〔maɪnd〕*n.* 心　*v.* 注意

A still, hot summer day inclines neither the ***mind*** nor the body to activity. 悶熱的夏日使身心都不想活動。

☐ **mineral**〔ˈmɪnərəl〕*n.* 礦物

Coal is a ***mineral***. 煤是礦物。

☐ **minimum**〔ˈmɪnəməm〕*n.* 最低限度

He was content with the ***minimum*** of comfort.

他滿足於最低限度的享受。

☐ **minister**〔ˈmɪnɪstɚ〕*n.* 部長；公使

He is the American ***minister*** at Tokyo.

他是美國駐東京的公使。

☐ **minor**〔ˈmaɪnɚ〕*adj.* 較小的　回 *smaller*

I got a ***minor*** share. 我得到較小的一分。

□ **minority** 〔 mə'nɔrətɪ , maɪ- 〕 *n., adj.* 少數（的）

The ***minority*** must often do what the majority decides to do. 少數人必須常常做多數人決定要做的事。

□ **mischief** 〔'mɪstʃɪf 〕 *n.* 調皮

The boys are fond of ***mischief***. 男孩子們都喜歡調皮搗蛋。

□ **misery** 〔'mɪzərɪ 〕 *n.* 痛苦

Misery loves company. 禍不單行。

□ **mission** 〔'mɪʃən 〕 *n.* 使命　　同 *errand*

He will take up this ***mission***. 他將擔當此任務。

□ **moderate** 〔'mɑdərɪt 〕 *adj.* 穩健的；適度的　　同 *fair*

He has a ***moderate*** appetite. 他的食慾不大。

□ **moisture** 〔'mɔɪstʃɚ 〕 *n.* 潮濕；降雨

The desert hardly has any ***moisture***. 沙漠幾乎不降雨。

□ **molecule** 〔'mɑlə,kjul,, -,kɪul 〕 *n.* 分子

A ***molecule*** in an element consists of one or two atoms. 一個元素的分子含有一個或兩個原子。

□ **monopoly** 〔 mə'nɑplɪ 〕 *n.* 壟斷　　同 *control*

The only milk company in town has a ***monopoly*** on milk delivery. 鎮上唯一一家牛奶商壟斷了送牛奶業。

□ **monotonous** 〔mə'nɑtnəs 〕 *adj.* 單調的　　同 *boring*

I'm tired of this ***monotonous*** life. 我討厭這種單調的生活。

☐ **multiply**〔'mʌltə,plaɪ〕*v.* 繁殖；增多　回 *increase*
Flies ***multiply*** enormously. 蒼蠅巨量繁殖。

☐ **multitude**〔'mʌltə,tjud〕*n.* 衆多；羣衆
He has a ***multitude*** of friends. 他有很多朋友。

☐ **mutual**〔'mjutʃʊəl〕*adj.* 相互的
They had ***mutual*** respect for each other. 他們互相尊重。

N

☐ **neat**〔nit〕*adj.* 整潔的
She is always ***neat*** and tidy. 她總是整潔的。

☐ **necessity**〔nə'sɛsətɪ〕*n.* 必要；必需品
Necessity is the mother of invention. 需要爲發明之母。

☐ **negative**〔'nɛgətɪv〕*adj.* 否定的；【電】陰性的
His answer was ***negative***. 他的答覆是否定的。

☐ **neglect**〔nɪ'glɛkt〕*v.*, *n.* 疏忽　回 *overlook*
He ***neglected*** his health. 他疏忽了他的健康。

☐ **neighbor**〔'nebɚ〕*n.* 鄰人；鄰居
He is a ***neighbor*** of ours. 他是我們的鄰居。

☐ **nervous**〔'nɝvəs〕*adj.* 神經的；神經緊張的　回 *restless*
I got ***nervous*** at the English examination.
在英文考試時我有些神經緊張。

☐ **newcomer**〔'nju,kʌmɚ〕*n.* 新來者

The ***newcomer*** became disoriented. 新來的人徬徨迷惑。

** disoriented〔dɪs'ɔrɪ,ɛntɪd〕*adj.* 分不清方向或目標的

☐ **nippy**〔'nɪpɪ〕*adj.* 刺骨的

The air is quite ***nippy*** today. 今天的風相當刺骨。

☐ **normal**〔'nɔrml̩〕*adj.* 正常的 同 *regular*

The ***normal*** temperature of the human body is 98.6 degrees.

人體正常的體溫爲 98.6 度。

☐ **notion**〔'noʃən〕*n.* 觀念 同 *idea*

He has no ***notion*** of what I mean. 他不明白我的意思。

☐ **nourish**〔'nɝɪʃ〕*v.* 滋養 同 *nurture*.

Milk ***nourishes*** a baby. 牛奶給嬰兒養料。

☐ **nuclear**〔'njuklɪɚ, 'nu-〕*adj.* 核(子)的

We've had a ***nuclear*** accident at the plant.

這個工廠曾發生核子災變。

☐ **nuisance**〔'njusn̩s〕*n.* 討厭的人或物 同 *pest*

Flies and mosquitoes are a ***nuisance***.

蒼蠅蚊子是討厭的東西。

☐ **numerous**〔'njumərəs〕*adj.* 極多的 同 *many*

He has ***numerous*** telephone calls every day.

他每天都有很多電話。

O

□ **object**〔'ɑbdʒɪkt〕 *n.* 物體 〔əb'dʒɛkt〕 *v.* 反對

Tell me the names of the ***objects*** in this room.

告訴我這屋裏各物之名稱。

□ **objective**〔əb'dʒɛktɪv〕 *n.* 目標 *adj.* 客觀的

My ***objective*** this summer will be to learn how to swim.

我今夏的目標是學游泳。

□ **obligation**〔,ɑblə'geʃən〕 *n.* 義務

To pay taxes is an ***obligation***. 納稅是一義務。

□ **oblige**〔ə'blaɪdʒ〕 *v.* 使受束縛 同 *obligate*

The law ***obliges*** parents to send their children to school.

法律强制父母送子女入學。

□ **obscure**〔əb'skjʊr〕 *adj.* 含糊的 *v.* 隱藏 同 *unclear*

His explanation is ***obscure*** to me.

他的解釋使我覺得很含糊。

□ **observation**〔,ɑbzɚ'veʃən〕 *n.* 觀察；注意

The tramp avoided ***observation***. 這流浪者躲避人的注意。

□ **observe**〔əb'zɝv〕 *v.* 觀看；看到 同 *see*, *note*

We ***observed*** that it had turned cloudy. 我們發覺天已轉陰。

□ **obstacle**〔'ɑbstəkl̩〕 *n.* 障礙 同 *barrier*

Courage knows no ***obstacle***. 有勇氣便無障礙。

☐ **obtain**〔əb'ten〕*v.* 獲得

He ***obtained*** a knowledge of Latin. 他學會了拉丁文。

☐ **obvious**〔'ɑbvɪəs〕*adj.* 顯然的 同 *apparent*

It is an ***obvious*** advantage. 此爲一明顯的好處。

☐ **occasion**〔ə'keʒən〕*n.* 特殊的時機

It is a favorable ***occasion***. 此爲一有利的時機。

☐ **occupation**〔,ɑkjə'peʃən〕*n.* 職業 同 *business*

He changed his ***occupation***. 他更換了職業。

☐ **odd**〔ɑd〕*adj.* 古怪的 *n.* 奇怪的事物

He is an ***odd***-looking old man.

他是一個樣子古怪的老人。

☐ **offend**〔ə'fɛnd〕*v.* 觸怒 同 *displease*

I hope I haven't ***offended*** you in any way.

我希望我一點也沒有冒犯你。

☐ **offer**〔'ɔfɚ,'ɑfɚ〕*v.* 呈贈 同 *present*

He ***offered*** me a cigarette. 他給我一支香煙。

☐ **official**〔ə'fɪʃəl〕*n.* 官吏；公務員 *adj.* 正式的

An important ***official*** called to see us.

一位重要官員來拜訪我們。

☐ **omit**〔o'mɪt,ə'mɪt〕*v.* 略去 同 *leave out*

This chapter may be ***omitted***.

這章可以略去。

□ **open**〔'opən〕*adj*. 開的

He looked at me with ***open*** eyes. 他睜大眼睛看我。

□ **operate**〔'ɑpə,ret〕*v*. 運作　同 *work*

The machinery ***operates*** night and day. 機器日夜轉動。

□ **opponent**〔ə'ponənt〕*n*. 對手　同 *rival*

He defeated his ***opponent*** in the election.

他在選舉中擊敗了對手。

□ **opportunity**〔,ɑpɚ'tjunətɪ〕*n*. 機會　同 *chance*

I am glad to have this ***opportunity*** to speak to you alone.

我很高興有此機會和你單獨談話。

□ **oppose**〔ə'poz〕*v*. 反對；阻止

He was ***opposed*** to her going there alone.

他反對她單獨去那裏。

□ **opposite**〔'ɑpəzɪt〕*adj*., *n*. 相反的（人或事物）

" Left " is ***opposite*** to " right. "「左」是「右」的相反。

□ **order**〔'ɔrdɚ〕*n*. 次序；情況　同 *arrangement*

My affairs are in good ***order***. 我的一切事務情況良好。

□ **organization**〔,ɔrgənə'zeʃən〕*n*. 組織

He is engaged in the ***organization*** of a new club.

他正從事於組織一個新社團的工作。

□ **origin**〔'ɔrədʒɪn〕*n*. 起源　同 *beginning*

The ***origin*** of the universe is still a mystery.

宇宙的起源仍是一個謎。

□ **outlook**〔'aʊt,lʊk〕*n.* 景色；景況　同 *view*

The ***outlook*** for trade is bad. 商業的景況欠佳。

□ **overall**〔'ovɚ,ɔl〕*adj.* 全部的

Judge what the ***overall*** demand may be.

判斷全部的需要可能有多大。

□ **overcome**〔,ovɚ'kʌm〕*v.* 克服　同 *conquer*

He was just ***overcome*** with emotion. 他剛才激動不已。

□ **overnight**〔'ovɚ'naɪt〕*adv.* 在晚上　*adj.* 晚上的　*n.* 在前一夜

Preparations were made ***overnight*** for an early start.

爲了早出發，前一夜就已準備好了。

□ **overtake**〔,ovɚ'tek〕*v.* 追及；超車

Never attempt to ***overtake*** on the crest of a hill.

在坡頂絕不要企圖超車。　** crest〔krɛst〕*n.* 頂

□ **oxygen**〔'ɑksədʒən〕*n.* 氧

Water contains hydrogen and ***oxygen***. 水含有氫和氧。

P

□ **parallel**〔'pærə,lɛl〕*adj.* 平行的　*v.* 使與～平行　*n.* 平行線

This street is ***parallal*** to that. 這條街同那條平行。

□ **parliament**〔'pɑrləmənt〕*n.* 國會

He was elected to Italy's first ***parliament***.

他被選爲義大利第一屆國會議員。

☐ **participate** 〔pɚ'tɪsə,pet〕 *v.* 參與 　回 *partake*, *take part in*

The teacher ***participated*** in the students' games.

老師參加學生們的遊戲。

☐ **particle** 〔'pɑrtɪkḷ〕 *n.* 極小之物；粒子

I got a ***particle*** of dust in my eye.

我的眼睛裏弄進了一粒灰塵。

☐ **particular** 〔pɚ'tɪkjələɚ〕 *adj.* 特別的

He left for no ***particular*** reason. 他離開，沒有特別的理由。

☐ **passage** 〔'pæsɪdʒ〕 *n.* 通道 　*v.* （馬）斜行

There was a door at the end of the ***passage***.

通道盡頭有一個門。

☐ **passenger** 〔'pæsṇdʒɚ〕 *n.* 乘客

I was the only ***passenger*** on the bus.

我是這公車上唯一的乘客。

☐ **passive** 〔'pæsɪv〕 *adj.* 消極的 　*n.* 被動語態 　回 *submissive*

The slaves gave ***passive*** obedience to their master.

奴隸對主人唯命是從。

☐ **patient** 〔'peʃənt〕 *adj.* 忍耐的 　*n.* 病人

Please be ***patient***. 請忍耐些。

☐ **peculiar** 〔pɪ'kjuljɚ〕 *adj.* 特殊的 　回 *special*

This book has a ***peculiar*** value.

這本書有特殊的價值。

□ **perceive**〔pɚˈsiv〕*v.* 覺察 同 *observe*

I ***perceived*** that I could not make her change her mind.

我發覺我不能使她改變心意。

□ **performance**〔pɚˈfɔrməns〕*n.* 履行

He is faithful in the ***performance*** of his duties.

他忠於職守。

□ **peril**〔ˈpɛrəl〕*n.* 危險 同 *danger*

The passengers on the disabled ship were in great ***peril***.

在那艘不能航行的船上之乘客極爲危險。

□ **permanent**〔ˈpɝmənənt〕*adj.* 永久的 同 *lasting*

The orphan found a ***permanent*** home with the family.

這個孤兒在這戶人家處找到永久的家。

□ **permit**〔pɚˈmɪt〕*v.* 允許 〔ˈpɝmɪt〕*n.* 許可證

Permit me to explain. 請讓我來解釋。

□ **perpetual**〔pɚˈpɛtʃuəl〕*adj.* 永久的 同 *eternal*

His loyalty is ***perpetual***. 他永遠忠實。

□ **perplex**〔pɚˈplɛks〕*v.* 使困窘；使迷惑 同 *puzzle*

His motives ***perplexed*** me. 他的動機讓我迷惑。

□ **persist**〔pɚˈzɪst〕*v.* 堅持

He ***persists*** in doing it. 他堅持要做此事。

□ **persuade**〔pɚˈswed〕*v.* 勸說 同 *convince*

He ***persuaded*** me to go. 他勸我去。

□ **pet**〔pɛt〕*n.* 寵愛的動物　*v.* 愛撫　*adj.* 寵愛的

Do you keep ***pets***? 你養小動物嗎？

□ **petroleum**〔pə'troliəm〕*n.* 石油

Plastic is a byproduct of ***petroleum***.

塑膠是石油的副產品。

□ **phenomenon**〔fə'nɑmə,nɑn〕*n.* 現象【複數形：phenomena〔-nə〕】

A rainbow is one of the most beautiful ***phenomena*** of nature. 虹是最美麗的自然現象之一。

□ **physically**〔'fɪzɪkl̩ɪ〕*adv.* 身體上地

He is ***physically*** fit for the journey.

他的體格適合長途旅行。

□ **physics**〔'fɪzɪks〕*n.* 物理學

Physics studies mechanics, heat, light, sound and electricity. 物理學研究力學、熱學、光學、聲學和電學。

□ **pilot**〔'paɪlət〕*n.* 飛行員　*v.* 駕駛

He ***pilots*** his airplane. 他駕他的飛機。

□ **pipe**〔paɪp〕*n.* 管子　*v.* 以管輸送　同 *tube*

Water is brought into our houses through ***pipes***.

水由管子通到我們的房子裏。

□ **planet**〔'plænɪt〕*n.* 行星

Earth is the only life-sustaining ***planet*** known to man.

地球是人類所知唯一有生命的行星。

** sustain〔sə'sten〕*v.* 支持

□ **plant**〔plænt〕*n.* 植物；工廠　*v.* 放置；種植

Plant your feet firmly on the ground.

把你的脚穩踏在地上。

□ **plate**〔plet〕*n.* 盤；薄金屬板　*v.* 鍍

The warship was covered with steel ***plates.***

戰艦外覆有鋼板。

□ **plead**〔plid〕*v.* 爲～辯護

He had a good lawyer to ***plead*** his case.

他有個很好的律師爲他的案子辯護。

□ **pliers**〔'plaɪɚz〕*n. pl.* 鉗子

He used a ***plier*** to pull out my tooth.

他用鉗子拔掉我的牙齒。

□ **poison**〔'pɔɪzn̩〕*n.* 毒藥　*adj.* 有毒的　*v.* 下毒於；敗壞

Slander ***poisoned*** his mind. 誹謗毀了他的意志。

□ **policy**〔'pɑləsɪ〕*n.* 政策；方針　同 *plan*

It is a poor ***policy*** to promise more than you can do.

答應做超過你能力的事情是不智之舉。

□ **polish**〔'pɑlɪʃ〕*n.*, *v.*（發）光澤　同 *shine*

He ***polishes*** his shoes every day. 他每天擦皮鞋。

□ **politics**〔'pɑlə,tɪks〕*n.* 政治學；政治活動

He was engaged in ***politics*** for many years.

他從事政治活動多年。

□ **population**〔,pɑpjə'leʃən〕*n.* 人口（數）

The ***population*** of the city is less than 200,000.

此城的人口不及二十萬。

□ **position**〔pə'zɪʃən〕*n.* 位置 *v.* 安放 同 *place*, *location*

Can you show me the ***position*** of the school on this map?

你能指給我那學校在這地圖上的位置嗎？

□ **positive**〔'pɑzətɪv〕*adj.* 確實的

Don't just criticize ; give us some ***positive*** advice.

不要只是批評，給我們些積極的援助。

□ **possess**〔pə'zɛs〕*v.* 具有 同 *own*

He ***possessed*** courage. 他有勇氣。

□ **possibility**〔,pɑsə'bɪlətɪ〕*n.* 可能（性）

There is a ***possibility*** that the train may be late.

火車可能會誤點。

□ **potential**〔pə'tɛnʃəl〕*adj.* 潛在的 *n.* 可能性

There is some ***potential*** in this boy. 這個男孩有潛力。

□ **pour**〔pɔr〕*v. n.* 流 同 *flow*

The water ***poured*** down the stairs. 水自樓梯流下。

□ **practical**〔'præktɪkḷ〕*adj.* 實際的

Earning a living is a ***practical*** matter. 謀生是一實際問題。

□ **precious**〔'prɛʃəs〕*adj.* 珍貴的 *n.* 寶貝（的人） 同 *valuable*

A ***precious*** lot of good his education did him!

他的教育眞使他獲益匪淺！

□ **precipitation**〔prɪ,sɪpə'teʃən〕*n.* 大氣中水氣凝結的產物；投下
Snow is a form of ***precipitation***. 雪是水氣凝結的產物。

□ **predict**〔prɪ'dɪkt〕*v.* 預言　同 *foresee*, *foretell*
The weather bureau ***predicts*** rain for tomorrow.
氣象局預測明天會下雨。

□ **preferable**〔'prɛfrəbḷ〕*adj.* 比較想要的
Death is ***preferable*** to dishonor. 死猶勝於受辱。

□ **preference**〔'prɛfərəns〕*n.* 較愛
She has a ***preference*** for French novels.
她喜歡讀法國小說。

□ **prejudice**〔'prɛdʒədɪs〕*n.* 偏見　*v.* 使存偏見　同 *bias*
He has a ***prejudice*** against all foreigners.
他對所有外國人存有偏見。

□ **present**〔prɪ'zɛnt〕*v.* 贈　〔'prɛznt〕*n.* 禮物　*adj.* 在場的
He ***presented*** me with a gold watch. 他送我一個金錶。

□ **pressure**〔'prɛʃɚ〕*n.* 壓力　*v.* 施以壓力
He was under ***pressure*** from his creditors.
他被債權人所逼。

□ **presume**〔prɪ'zum〕*v.* 假定　同 *suppose*
I ***presume*** you are tired. 我想你是倦了。

□ **pretend**〔prɪ'tɛnd〕*v.* 佯裝　同 *act*, *make believe*
She ***pretends*** to like you, but talks about you behind your back. 她僞稱喜歡你，但在背後批評你。

□ **prevail**〔prɪ'vel〕*v.* 流行

A number of curious customs still ***prevail*** in this place.

此地尚有一些奇異的風俗流行。

□ **prevent**〔prɪ'vɛnt〕*v.* 阻礙 同 *prohibit*

Illness ***prevented*** him from doing his work.

疾病使他不能工作。

□ **prevention**〔prɪ'vɛnʃən〕*n.* 防止

The ***prevention*** of wrong-doing is one of the duties of the police. 防止做壞事是警察的責任之一。

□ **previous**〔'priviəs〕*adj. adv.* 在前的（地） 同 *prior*

The ***previous*** lesson was hard. 前面一課很難。

□ **primary**〔'praɪ,mɛrɪ〕*adj.* 初級的 *n.* 最主要者

Their ***primary*** investigations yielded nothing.

初步調查沒有結果。

□ **primitive**〔'prɪmətɪv〕*adj.* 原始的 *n.* 原始人

The anthropology of the future will not be concerned above all else with ***primitives***.

未來的人類學不會以原始人爲主要的研究對象。

□ **principal**〔'prɪnsəpl̩〕*adj.* 首要的 *n.* 首長 同 *chief*

Taipei is the ***principal*** city of Taiwan.

台北是台灣首要的城市。

□ **principle**〔'prɪnsəpl̩〕*n.* 規則 同 *rule*

Make it a ***principle*** to save some money each week.

養成每星期儲蓄些錢的習慣。

□ **prism**〔ˈprɪzəm〕*n.* 稜鏡

The nature of light can be understood with a ***prism***.

利用稜鏡可以明瞭光的性質。

□ **privilege**〔ˈprɪvḷɪdʒ〕*n.* 特權　*v.* 許與特權

A driver's license is a ***privilege*** not a right.

駕駛執照是特權，不是基本權利。

□ **proceed**〔prəˈsid〕*v.* 繼續進行　〔ˈprosid〕*n., pl.* 賣得之錢

Proceed with your story. 繼續說你的故事。

□ **process**〔ˈprosɛs〕*n.* 進行　*v.* 對～發出傳票

The author has just finished one book and has another in ***process***. 那位作家剛完成一部書，而另一部書正在進行中。

□ **produce**〔prəˈdjus〕*v.* 製造　〔ˈprɑdjus〕*n.* 農產品

This factory ***produces*** cars. 這工廠製造汽車。

□ **product**〔ˈprɑdəkt〕*n.* 產物；結果

War is the ***product*** of greed. 戰爭是貪婪的產物。

□ **profession**〔prəˈfɛʃən〕*n.* 職業

He is a lawyer by ***profession***. 他的職業是律師。

□ **profit**〔ˈprɑfɪt〕*n.* 利益　*v.* 有益　同 *gain*

A wise person ***profits*** by his mistakes.

聰明的人從過失中獲益。

□ **profound**〔prəˈfaʊnd〕*adj.* 淵深的　*n.* 深處　同 *deep*

His analysis was quite ***profound***. 他的分析相當深入。

□ **progress**〔'prɑgrɛs〕*n.* 進步；進展 〔prə'grɛs〕*v.* 進步
An inquiry is now in ***progress***. 一項調查目前正在進行中。

□ **prohibit**〔pro'hɪbɪt〕*v.* 禁止 同 *forbid*
Smoking is strictly ***prohibited***. 嚴禁吸煙。

□ **projectile**〔prə'dʒɛktḷ〕*n.* 拋射體 *adj.* 發射的
Their eyes followed the ***projectile*** of the rocket.
他們的目光跟著發射的火箭轉。

□ **prolong**〔prə'lɔŋ〕*v.* 延長 同 *extend*
Doctors are supposed to **prolong** human life.
醫生應該延長人的生命。

□ **promise**〔'prɑmɪs〕*n.* 諾言；約定 *v.* 約定；應允
He never keeps his ***promise***. 他從來不守諾言。

□ **prompt**〔prɑmpt〕*adj.* 立刻的 *v.* 鼓動
He was ***prompted*** by unworthy motives.
他為卑鄙的動機所驅使。

□ **proof**〔pruf〕*n.* 證明；證據 *adj.* 經證明有效的
It is not capable of ***proof***. 那是不能證明的。

□ **propaganda**〔,prɑpə'gændə〕*n.* 宣傳；傳道
These stories will serve as good ***propaganda***.
這些故事將是好的宣傳資料。

□ **propellent**〔prə'pɛlənt〕*adj.* 推進的 *n.* 推動者（＝*propellant*）
They used liquid nitrogen as a ***propellant*** fuel.
他們用液態氮作推進燃料。 ** nitrogen〔'naɪtrədʒən〕*n.* 氮

□ **proper**〔'prɑpɚ〕*adj.* 正確的；正當的　同 *right*
Night is the ***proper*** time to sleep. 夜晚是睡眠的適當時間。

□ **properly**〔'prɑpɚlɪ〕*adv.* 正當地；適當地
Behave ***properly***. 行爲要正當。

□ **proportion**〔prə'porʃən〕*n.* 比率；比例
The house is tall in ***proportion*** to its width.
這房子就其寬度的比例而言是很高的。

□ **prospect**〔'prɑspɛkt〕*n.* 期望；希望
The ***prospect*** of a vacation is pleasant.
期望假期是令人愉快的事。

□ **prosperity**〔prɑs'pɛrətɪ〕*n.,pl.* 繁榮；成功
Peace brings ***prosperity***. 和平帶來繁榮。

□ **protect**〔prə'tɛkt〕*v.* 保護；防護　同 *defend*
They were fighting to ***protect*** their country.
他們在爲保衞祖國而戰。

□ **protest**〔'protɛst〕*n.* 抗議反對　〔prə'tɛst〕*v.* 反對；抗議
She ***protested*** about the expense. 她反對那開銷。

□ **provide**〔prə'vaɪd〕*v.* 供給；供應　同 *supply*
Sheep ***provide*** us with wool. 羊供給我們羊毛。

□ **public**〔'pʌblɪk〕*adj.* 公共的；公開的　*n.* 大衆；民衆
The fact became ***public***.
這事實公開了。

☐ **pump**〔pʌmp〕*n.* 抽水機　*v.* 用抽水機等汲（水）

A village ***pump*** is one that supplies a village with water.
全村抽水機即供給一村用水的抽水機。

☐ **punctual**〔'pʌŋktʃuəl〕*adj.* 守時的

He is ***punctual*** to the minute. 他嚴守時刻。

☐ **purchase**〔'pɝtʃəs〕*v.*, *n.* 購買

He has made a good ***purchase***. 他以公道的價格買得。

☐ **pursue**〔pɚ'su〕*v.* 追捕；追擊　同 *chase*

Make sure that you are not being ***pursued***. 確定沒有人追捕你。

☐ **pursuit**〔pɚ'sut〕*n.* 追求

The police have been in hot ***pursuit*** of the escapee for a long time now. 警方全力追捕這逃犯有一段很長的時間了。

Q

☐ **qualify**〔'kwɑlə,faɪ〕*v.* 使合格；使勝任

You must ***qualify*** yourself for the post.
你必須使自己有擔任這職位的資格。

☐ **quality**〔'kwɑlətɪ〕*n.*, *pl.* 特質；性質

One ***quality*** of iron is hardness. 堅硬是鐵的特質之一。

☐ **quantity**〔'kwɑntətɪ〕*n.*, *pl.* 量；數量

I prefer quality to ***quantity***. 我重質不重量。

☐ **queer**〔kwɪr〕*adj.* 奇怪的；古怪的　同 *odd*

There is something ***queer*** about him. 他有些古怪。

□ **quit**〔kwɪt〕*v.* 停止；棄 同 *stop*

The men ***quit*** work. 工人們停工。

□ **quotient**〔ˈkwoʃənt〕*n.* 商數

In 26 ÷ 2 = 13 , 13 is the ***quotient.***

在26 ÷ 2 = 13中，13是商數。

R

□ **radical**〔ˈrædɪkl̩〕*adj.* 急進的；極端的 *n.* 急進分子

A ***radical*** is a man with both feet firmly planted in the air. 一個急進分子就是一個不講實際的人。

□ **rage**〔redʒ〕*n.* 憤怒；激怒 *v.* 憤怒；發怒

He flew into a ***rage***. 他勃然大怒。

□ **rate**〔ret〕*n.* 比率；率 *v.* 估價

The train was going at a ***rate*** of fifty miles an hour.

火車正以每小時五十英里的速度前進。

□ **rational**〔ˈræʃənl̩〕*adj.* 合理的；理性的 同 *reasonable*

When very angry, people seldom act in a ***rational*** way.

人們盛怒時，鮮有理智的行爲。

□ **raw**〔rɔ〕*adj.* 生的；未羨過的 *n.* 生的肉 同 *uncooked*

The Japanese like to eat ***raw*** fish. 日本人喜歡吃生魚。

□ **reaction**〔rɪˈækʃən〕*n.* 反應

Our ***reaction*** to a joke is to laugh. 我們對笑話的反應是笑。

☐ **reading**〔'ridɪŋ〕*n.* 閱讀；讀書 *adj.* 讀書的；愛讀書的

He is fond of ***reading***. 他喜歡讀書。

☐ **real**〔'rɪəl〕*adj.* 實際的；眞實的 *n.* 實數；眞實 同 *true*

This is a ***real*** life story. 這是一篇眞實的故事。

☐ **rebel**〔'rɛbl̩〕*n.*, *adj.* 叛徒；謀反者 〔rɪ'bɛl〕*v.* 反叛；謀反

The ***rebels*** armed themselves against the government.

叛徒們武裝自己以反叛政府。

☐ **recall**〔rɪ'kɔl〕*v.* 記起；憶起 *n.* 回憶；回想 同 *remember*

I can ***recall*** stories that my mother told me years ago.

母親多年前給我講的故事，我還記得。

☐ **receipt**〔rɪ'sit〕*n.* 收據；收條 *v.* 開收據

Please send me a ***receipt*** for the money.

請給我一張關於此款的收據。

☐ **recognize**〔'rɛkəg,naɪz〕*v.* 認識；認得

He had changed so much that one could hardly ***recognize*** him. 他改變得太多，幾乎使人認不出來。

☐ **recommend**〔,rɛkə'mɛnd〕*v.* 介紹；推薦

I can ***recommend*** this soap. 我推薦用這種肥皂。

☐ **record**〔rɪ'kɔrd〕*v.* 記錄 〔'rɛkɚd〕*n.* 記錄

Listen to the speaker and ***record*** what he says.

靜聽演說者，並把他的話記錄下來。

☐ **recover**〔rɪ'kʌvɚ〕*v.* 恢復；使復元 同 *get over*

He is slowly ***recovering*** from his illness. 他正慢慢從病中復元。

□ **recreation**〔,rɛkrɪ'eʃən〕*n.* 娛樂；消遣

Is gardening a ***recreation*** or a form of hard work?

園藝是一種休閒活動呢，還是一種勞苦的工作？

□ **reduce**〔rɪ'djus〕*v.* 減少；減縮　同 *decrease*

He has been ***reduced*** almost to nothing. 他已瘦成一把骨頭了。

□ **refer**〔rɪ'fɚ〕*v.* 言及　同 *allude*

He often ***referred*** to me in his speech.

他在談話中常提到我。

□ **reference**〔'rɛfərəns〕*n.* 參考；諮詢　*v.* 加附註

You should make ***reference*** to a dictionary. 你應參考字典。

□ **refine**〔rɪ'faɪn〕*v.* 使精美；使文雅　同 *perfect*

Reading good books helped to ***refine*** her speech.

讀好的書有助於使她的言談文雅。

□ **reflect**〔rɪ'flɛkt〕*v.* 反射

A mirror ***reflects*** light. 鏡子反光。

□ **reflection**〔rɪ'flɛkʃən〕*n.* 影像；反射作用

He fell in love with his ***reflection*** in the water.

他愛上自己在水中的倒影。

□ **region**〔'ridʒən〕*n.* 地方；區域　同 *area*

Yunnan is a prohibited ***region*** for tourists in China.

雲南不許遊客進入。

□ **regulate**〔'rɛgjə,let〕*v.* 節制；規定

The traffic should be strictly ***regulated***.

交通應該嚴加整頓。

□ **reject**〔rɪ'dʒɛkt〕*v.* 拒絕；不受 同 *exclude*

He tried to join the army but was ***rejected.***

他想從軍但被拒絕了。

□ **relative**〔'rɛlətɪv〕*n.* 親戚 *adj.* 有關係的

We have so many ***relatives.*** 我們有很多親戚。

□ **relatively**〔'rɛlətɪvlɪ〕*adv.* 相對地；比較上

The matter is unimportant, ***relatively*** speaking.

比較說來，此事不重要。

□ **release**〔rɪ'lis〕*v.* 解開；釋放

Release the catch and the box will open.

拉開鉤子，盒子便開了。

□ **religion**〔rɪ'lɪdʒən〕*n.* 宗教；宗教信仰

What is your ***religion***? 你信奉何教？

□ **remain**〔rɪ'men〕*v.* 繼續；依然 同 *stay*

He ***remained*** poor all his life. 他終生貧窮。

□ **remove**〔rɪ'muv〕*v.* 除去；移動 同 *withdraw*

I was allowed to ***remove*** the bandage.

我獲准取下繃帶。

□ **repair**〔rɪ'pɛr〕*v.* 修理；修補 *n., pl.* 修理 同 *mend*

He ***repairs*** shoes. 他修補鞋子。

□ **repeat**〔rɪ'pit〕*v.* 重做；重說

Please ***repeat*** that. 請再說一遍。

☐ **replace**〔rɪ'ples〕*v.* 代替；更換

Have buses ***replaced*** trams in your town?

在你居住的城市裏，公共汽車已取代電車了嗎？

** tram〔træm〕【英】電車（在美國叫 streetcar）

☐ **report**〔rɪ'port〕*n.* 報導　*v.* 作報告

I'll ***report*** tomorrow. 我明天提出報告。

☐ **represent**〔,rɛprɪ'zɛnt〕*v.* 代表　同 *stand for*

We chose a committe to ***represent*** us.

我們選出一個委員會來代表我們。

☐ **reprint**〔ri'prɪnt〕*v.* 再印　〔'ri,prɪnt〕*n.* 再版（本）

Reprints are usually cheaper. 再版本通常比較便宜。

☐ **reputation**〔,rɛpjə'teʃən〕*n.* 名聲；名譽　同 *fame*

He is a man of good ***reputation***. 他是個名譽很好的人。

☐ **request**〔rɪ'kwɛst〕*v.* 請求；要求　*n.* 請求

We did it at his ***request***. 我們應他的請求而做此事。

☐ **require**〔rɪ'kwaɪr〕*v.* 需要　同 *need*

We shall ***require*** more help. 我們將需要更多的援助。

☐ **rescue**〔'rɛskjʊ〕*v.* 解救；救出　*n.* 解救

The dog ***rescued*** the little baby. 狗救了小男孩。

☐ **research**〔rɪ'sɝtʃ〕*v.* 研究　*n.* 研究；探索

He is engaged in ***research***. 他正從事於研究。

☐ **resemble**〔rɪ'zɛmbḷ〕*v.* 相似

She strongly ***resembles*** her mother. 她酷似她的母親。

□ **reservation** 〔ˌrɛzəˈveʃən〕 *n.* 隱藏；預訂（常作 *pl.*）
Have you made your ***reservations***?
你已訂好（房間等）沒有？

□ **reserve** 〔rɪˈzɝv〕 *v.* 保留；預定 同 *keep*
Reserve some milk for tomorrow. 留一點牛奶明天喝。

□ **resist** 〔rɪˈzɪst〕 *v.* 抵抗；對抗 同 *withstand*
He could ***resist*** no longer. 他再也無法抗拒了。

□ **resolve** 〔rɪˈzɑlv〕 *v.* 決定；下決心 同 *decide*
He ***resolved*** that nothing should hold him back.
他決心不為任何阻攔所挫。

□ **resort** 〔rɪˈzɔrt〕 *v.* 訴諸；求助 *n.* 聚集
If other means fail, we shall ***resort*** to force.
如果其他手段均失敗，我們將訴諸武力。

□ **resource** 〔rɪˈsors〕 *n.* 機智（常作 *pl.*）；資源（*pl.*）
He is a man of ***resources***. 他是個足智多謀的人。

□ **respect** 〔rɪˈspɛkt〕 *n.,v.* 尊敬
Show ***respect*** to those who are older. 尊敬長者。

□ **respond** 〔rɪˈspɑnd〕 *v.* 回應 同 *reply*
He ***responded*** with a kick. 他回踢一腳。

□ **responsible** 〔rɪˈspɑnsəbl̩〕 *adj.* 負責任的
The bus driver is ***responsible*** for the passengers' safety.
公共汽車的司機對乘客的安全負責任。

☐ **restore**〔rɪ'stor〕*v.* 歸還

The stolen document was soon ***restored*** to its owner.

失竊的文件不久便歸還原主。

☐ **restrain**〔rɪ'stren〕*v.* 克制；抑制 同 *limit*

You must not ***restrain*** them of their liberty.

你不可以約束他們的自由。

☐ **restrict**〔rɪ'strɪkt〕*v.* 限制

I am ***restricted*** to advising. 我受到限制，只能忠告。

☐ **resume**〔rɪ'zum〕*v.* 重新開始；繼續 同 *continue*

Resume reading where we left off.

接著以前停止的地方讀下去。

☐ **retain**〔rɪ'ten〕*v.* 保留 同 *maintain*

This cloth ***retains*** its color. 這布不褪色。

☐ **retire**〔rɪ'taɪr〕*v.* 撤退；退休

He ***retired*** at the age of sixty. 他於六十歲時退休。

☐ **retort**〔rɪ'tɔrt〕*v.* 反駁

He ***retorted*** the insult with another insult.

他對其侮辱還以侮辱。

☐ **retreat**〔rɪ'trit〕*v.* 撤退 同 *withdraw*

They were slowly ***retreating***. 他們正慢慢地撤退。

☐ **reveal**〔rɪ'vil〕*v.* 顯現；揭發

The fog lifted and ***revealed*** the harbor.

霧散了，而使港口顯現出來。

□ **revenge**〔rɪ'vɛndʒ〕*n.*, *v.* 報仇 　同 *get even with*

He contrived the murder out of ***revenge***.

他為復仇而計劃謀殺。

□ **reverence**〔'rɛvərəns〕*v.*, *n.* 尊敬 　同 *respect*

The professor is treated with ***reverence***.

那位教授深受大家的尊敬。

□ **reverse**〔rɪ'vɝs〕*n.*, *adj.*, *v.* 反轉（的）；逆轉（的）

They met with an unexpected ***reverse***. 他們遭到意外的惡運。

□ **revolution**〔,rɛvə'luʃən〕*n.* 改革；革命

The automobile caused a ***revolution*** in many ways.

汽車在許多方面都引起大變革。

□ **rid**〔rɪd〕*v.* 解除；免除 　同 *do away with*

What can ***rid*** a house of rats?

用什麼方法可以驅除屋內的老鼠？

□ **ridicule**〔'rɪdɪkjul〕*v.*, *n.* 譏笑 　同 *laugh at*

Doctors are often ***ridiculed*** in the plays.

醫生們常在戲劇裏被譏笑。

□ **rival**〔'raɪvl̩〕*n.*, *adj.*, *v.* 競爭（者）

He is my business ***rival***. 他是我商業上的競爭者。

□ **rotate**〔'rotet〕*v.* 使旋轉 　同 *turn*

Wheels, tops, and the earth ***rotate***. 輪，陀螺，和地球均旋轉。

□ **rotator**〔ro'tetɚ〕*n.* 旋轉物

The ***rotator*** in the fan has to be replaced. 風扇的旋轉物要換。

☐ **rough**〔rʌf〕*adj.*,*n.*,*v.* 粗糙（的）；崎嶇（的）；粗魯的（人）
This is a ***rough*** road. 這是條崎嶇的路。

☐ **route**〔rut〕*n.* 路　*v.* 定以路線
Which ***route*** did you take？他走那條路？

☐ **rub**〔rʌb〕*v.*,*n.* 揉；摩擦　同 *scrub*
I ***rubbed*** my hands on the towel. 我用毛巾擦手。

☐ **rubber**〔'rʌbɚ〕*n.* 橡皮；橡皮製成物（如膠鞋等）
Wear ***rubbers*** over your shoes when it is raining.
下雨時，在你的鞋上套上一雙雨套。

☐ **ruin**〔'ruɪn〕*n.* 毀滅　*n.*, *pl.* 遺跡　*v.* 毀滅
Gambling brought about his ***ruin***. 賭博毀了他。

☐ **rural**〔'rʊrəl〕*adj.* 鄉下的　*n.* 鄉村　同 *rustic*
He lived a ***rural*** life. 他過著田園生活。

☐ **rush**〔rʌʃ〕*v.* 衝　同 *hasten*
The river ***rushed*** along. 河水奔流。

S

☐ **sacred**〔'sekrɪd〕*adj.* 神聖的；獻給神的
This monument is ***sacred*** to the memory of the Unknown Soldier. 這座紀念碑是獻給無名戰士的。

☐ **sacrifice**〔'sækrə,faɪs〕*n.*, *v.* 供奉；犧牲
Parents often make ***sacrifices*** for their children.
父母爲了子女常做種種犧牲。

□ **safety**〔'seftɪ〕*n.* 安全

There is ***safety*** in numbers. 數目多比較安全；人多勢衆。

□ **salute**〔sə'lut〕*v.* 向……敬禮 *n.* 致敬

The soldier ***saluted*** the officer. 士兵向軍官敬禮。

□ **satellite**〔'sætl̩,aɪt〕*n.* 衞星

The moon is a ***satellite*** of the earth. 月球爲地球之衞星。

□ **satisfaction**〔,sætɪs'fækʃən〕*n.* 滿意

I heard the news with much ***satisfaction***.

聽到這個消息我非常滿意。

□ **satisfactory**〔,sætɪs'fæktərɪ〕*adj.* 令人滿意的

The arrangement was ***satisfactory*** to both parties.

這種安排雙方都滿意。

□ **savage**〔'sævɪdʒ〕*adj.* 野蠻的；粗俗的 *n.* 野人 同 *barbarous*

Gaudy colors please a ***savage*** taste.

炫麗的色彩討好粗俗的品味。

□ **scale**〔skel〕*n.* 規模 *v.* 成比例

They are preparing for war on a large ***scale***.

他們正在大規模地準備戰爭。

□ **scatter**〔'skætɚ〕*v.*, *n.* 散播；驅散 同 *disperse*

He is ***scattering*** about his money. 他在揮霍金錢。

□ **scenery**〔'sinərɪ〕*n.* 風景

I enjoy mountain ***sceneries*** very much.

我很喜歡山景。

□ **scent** 〔sɛnt〕 *n.* 氣味 *v.* 嗅出 同 *smell*

The hound ***scented*** a fox. 獵狗嗅出狐狸的踪跡。

□ **schedule** 〔'skɛdʒʊl〕 *n.* 計劃；時間表 *v.* 預定

I have a full ***schedule*** for next week.

我下週已經排滿預定要做的事。

□ **scheme** 〔skim〕 *n.* 陰謀 *v.* 計謀 同 *plan*

Their ***schemes*** to evade taxes were very crafty.

他們逃稅的計策十分巧妙。

□ **scientific** 〔,saɪən'tɪfɪk〕 *adj.* 科學的

The phenomenon has no ***scientific*** explanation.

這種現象沒有科學原理可解釋。

□ **score** 〔skor〕 *n.* 分數 *v.* 作記號

What's the ***score***？現在比數多少？

□ **screwdriver** 〔'skru,draɪvɚ〕 *n.* 螺絲起子

He used the ***screwdriver*** to pry open the can.

他用螺絲起子撬開罐頭。

□ **search** 〔sɝtʃ〕 *v.* 搜查 同 *seek, look for*

They ***search*** the woods for the lost child.

他們在樹林中搜索迷失的小孩。

□ **seat** 〔sit〕 *n.* 座位；座席

He took his ***seat*** as chairman. 他登上主席的寶座；他就任主席。

□ **secure** 〔sɪ'kjʊr〕 *adj.* 安全的 *v.* 保護；使安全 同 *safe*

You are ***secure*** from danger here. 你在這裏不用擔心危險。

☐ **select**〔sə'lɛkt〕*v.* 挑選 *adj.* 精選的

He was ***selected*** for the presidency. 他被選爲董事長。

☐ **sensation**〔sɛn'seʃən〕*n.* 感受

At this speed we do not feel the slightest ***sensation*** of motion. 以這種速度我們絲毫都沒有動的感覺。

☐ **sensitive**〔'sɛnsətɪv〕*adj.* 敏感的

He is very ***sensitive*** to cold. 他非常怕冷。

☐ **separate**〔'sɛpə,ret〕*v.* 分開 〔'sɛpərɪt〕*adj.* 分開的

The compound word is ***separated*** by a hyphen.

複合字由一個連接號分開。

☐ **serene**〔sə'rin〕*adj.* 安詳的；寧靜的 同 *peaceful*

The sight of the ***serene*** sea softened his sadness.

海洋寧靜的畫面減輕了他的悲痛。

☐ **serve**〔sɝv〕*v.* 服務 同 *work for*

She ***served*** the family faithfully for many years.

她在這個家忠實服務多年。

☐ **settle**〔'sɛtl̩〕*v.* 決定；解決 同 *resolve*

Their plans are now ***settled***. 此事現在圓滿解決了。

☐ **severe**〔sə'vɪr〕*adj.* 嚴苛的；嚴重的 同 *strict*

He was too ***severe*** on his children.

他對他的孩子太嚴厲。

☐ **shake**〔ʃek〕*v.* 搖動

He ***shook*** the fruit down. 他將果實搖落。

☐ **share**〔ʃɛr〕*n.*, *v.* 分

This is my ***share***. 這是我的一分。

☐ **sharp**〔ʃɑrp〕*adj.* 銳利的

The ***sharp*** edge of the ruler cut into his flesh.

尺鋒利的邊刺進了他的肌肉裏。

☐ **shelter**〔'ʃɛltɚ〕*n.* 庇護物

Trees are a ***shelter*** from the sun. 樹木可供遮蔭。

☐ **shiver**〔'ʃɪvɚ〕*n.*, *v.* 顫抖　同 *shake*

He ***shivers*** with cold. 他冷得顫抖。

☐ **shrink**〔ʃrɪŋk〕*v.*, *n.* 收縮

Woolen clothes often ***shrink*** when they are washed.

毛織品的衣服洗後常會收縮。

☐ **significant**〔sɪg'nɪfəkənt〕*adj.* 重要的；意味深長的

This is a ***significant*** development. 這是重要的發展。

☐ **silver**〔'sɪlvɚ〕*n.* 銀　*adj.* 銀的；清越的（聲音）

Silver is an element. Symbol: Ag.

銀爲一金屬元素。化學符號爲 Ag。

☐ **sincere**〔sɪn'sɪr〕*adj.* 誠摯的　同 *unaffected*

He is a ***sincere*** friend. 他是一個誠摯的朋友。

☐ **situation**〔ˌsɪtʃʊ'eʃən〕*n.* 位置　同 *place*

Choose an attractive ***situation*** for our camp.

選一個好的場地供我們紮營。

□ **skeleton**〔ˈskɛlətn̩〕*n.* 骨骼 *adj.* 骨骼的

A long illness made a ***skeleton*** out of him.

長期的臥病使他瘦骨如柴。

□ **skiing**〔ˈskiɪŋ〕*n.* 滑雪

There are many ***skiing*** resorts in Europe.

歐洲有許多滑雪勝地。

□ **slam**〔slæm〕*v.*（門窗等）砰然關起 *n.* 砰然聲 同 *bang*

The door ***slammed***. 門砰然閉起。

□ **slip**〔slɪp〕*v.* 滑

He ***slipped*** back the bolt. 他輕輕栓好門栓。

□ **snack**〔snæk〕*n.* 點心 *v.* 吃點心

He eats a ***snack*** before going to bed. 他睡前吃點心。

□ **sob**〔sɑb〕*n.*, *v.* 嗚咽；啜泣

She ***sobbed*** herself to sleep. 她啜泣後睡著了。

□ **solemn**〔ˈsɑləm〕*adj.* 嚴肅的；莊重的 同 *serious*

The organ played ***solemn*** music. 風琴奏出莊嚴的音樂。

□ **solid**〔ˈsɑlɪd〕*adj.* 固體的 *n.* 固體

When waters become ***solid*** we call it ice.

水變成固體時，我們稱之爲冰。

□ **solitary**〔ˈsɑlə,tɛrɪ〕*adj.* 單一的 *n.* 被遺棄的人

A ***solitary*** rider was seen in the distance.

遠處有一個獨行騎士出現。

☐ **solve** 〔sɑlv〕 *v.* 解答　同 *answer*

The mystery was never ***solved***. 這個奧祕始終未被解開。

☐ **soothe** 〔suð〕 *v.* 撫慰　同 *comfort*

The mother ***soothed*** the crying child.

母親撫慰哭叫的孩子。

☐ **spare** 〔spɛr〕 *v.* 赦免　*adj.* 節儉的；剩餘的

He ***spared*** his enemy. 他赦免了敵人。

☐ **specialize** 〔'spɛʃəl,aɪz〕 *v.* 使專門；專攻　同 *major*

Many students ***specialize*** in agriculture. 許多學生專攻農業。

☐ **specific** 〔spɪ'sɪfɪk〕 *adj.* 明確的　*n.* 特效藥　同 *definite*

There was no ***specific*** reason for the quarrel.

這場口角並無明確的緣由。

☐ **spectacle** 〔'spɛktəkḷ〕 *n., pl.* 眼鏡　*n.* 壯觀

A big army parade is a fine ***spectacle***.

大規模的陸軍閱兵極爲壯觀。

☐ **speculate** 〔'spɛkjə,let〕 *v.* 思索　同 *reflect*

The philosopher ***speculated*** about time and space.

這位哲學家思索時間和空間的問題。

☐ **spiritual** 〔'spɪrɪtʃuəl〕 *adj.* 精神的

The Dalai Lama is the ***spiritual*** leader of the Tibetans.

達賴喇嘛是西藏人精神上的領袖。

☐ **splice** 〔splaɪs〕 *v., n.* 編結而接起（繩或繩頭）　*n.* 結接　同 *join*

The geneticist ***spliced*** the genes to produced a new organism. 遺傳學家結合基因製造新生物。

☐ **spread**〔sprɛd〕*v.* 伸出；展開　*n.* 範圍
The bird ***spread*** its wings. 鳥展翅。

☐ **square**〔skwɛr〕*n.* 平方；正方形　*v.* 自乘
The ***square*** of 5 is 25. 五的平方是二十五。

☐ **squeak**〔skwik〕*v., n.* 吱吱而叫
A mouse ***squeaks***. 鼠吱吱叫。

☐ **stable**〔'stebḷ〕*n.* 畜舍　*v.* 納入廄中　同 *barn*
The ***stable*** was burned to the ground last night.
昨晚畜舍付之一炬。

☐ **stare**〔stɛr〕*v., n.* 凝視　同 *gaze*
The little girl ***stared*** at the toys in the window.
這小女孩凝視窗口的玩具。

☐ **state**〔stet〕*n.* 情形　*v.* 陳述
Everything was in a ***state*** of disorder. 一切都處於紊亂狀態。

☐ **statement**〔'stetmənt〕*n.* 陳述；（法庭上之）供述　同 *account*
Clearness of ***statement*** is more important than beauty of language. 敍述之淸楚比文字之美更重要。

☐ **static**〔'stætɪk〕*adj.* 靜止的　*n.* 靜電
Civilization does not remain ***static***, but changes constantly.
文明並非總是靜止的，而是經常地變動著。

☐ **status**〔'stetəs〕*n.* 身分；地位
Many young people desires ***status*** and security.
許多年輕人希冀社會地位與生活保障。

□ **steep**〔stip〕*adj*. 陡峭的　*v*. 浸

These are the ***steepest*** stairs I've ever climbed.

這些是我曾爬過最陡的樓梯。

□ **stethoscope**〔'stɛθə,skop〕*n*. 聽診器

He used a ***stethoscope*** to open the safe.

他用聽診器打開保險箱。

□ **stick**〔stɪk〕*n*. 棍　*v*. 插於

He hit me with a ***stick***. 他用棍打我。

□ **stiff**〔stɪf〕*adj*. 硬的；濃黏的

The jelly is not ***stiff*** enough. 這果凍不夠濃。

□ **stimulate**〔'stɪmjə,let〕*v*. 刺激　同 *stir*

Light ***stimulates*** the optic nerve. 光刺激視神經。

□ **stimulus**〔'stɪmjələs〕*n*. 激勵

Ambition is a great ***stimulus***. 雄心是一種很大的激勵。

□ **stock**〔stɑk〕*n*. 存貨　*v*. 供應

The store keeps a large ***stock*** of toys.

該店有大批的玩具存貨供應。

□ **strain**〔stren〕*v*. 拉緊　*n*. 氣質　同 *pull*

The weight ***strained*** the rope. 重量把繩子綳緊了。

□ **stream**〔strim〕*n*. 溪　*v*. 流

We crossed several ***streams***. 我們渡過好幾條溪水。

☐ **stress**〔strɛs〕*n.*, *v.* 強調

The English curriculum should ***stress*** both composition and reading. 英文課程對作文與閱讀應同予強調。

☐ **stretch**〔strɛtʃ〕*v.*, *n.* 伸展 同 *spread*

The forest ***stretches*** for miles. 這森林綿亙若干英里之長。

☐ **strict**〔strɪkt〕*adj.* 嚴格的 同 *severe*

He told the ***strict*** truth. 他講得是千眞萬確的實情。

☐ **strive**〔straɪv〕*v.* 努力 同 *struggle*

He is ***striving*** for success. 他努力追求成功。

☐ **stuff**〔stʌf〕*n.* 素質；材料 *v.* 塞

That boy has good ***stuff*** in him. 那孩子的素質很好。

☐ **submit**〔səbˈmɪt〕*v.* 屈服 同 *yield*

We shall never ***submit*** to slavery. 我們絕不甘受奴役。

☐ **substance**〔ˈsʌbstəns〕*n.* 物質 同 *stuff*

Coal is a black ***substance***. 煤是一種黑色物質。

☐ **substitute**〔ˈsʌbstəˌtjut〕*n.* 代用品 *v.* 以…代替…

We used honey as a ***substitute*** for sugar.
我們用蜂蜜作糖的代用品。

☐ **subtle**〔ˈsʌtl̩〕*adj.* 微妙的

Discrimination is more ***subtle*** now.
現在歧視比較不容易察覺出來。

** discrimination〔dɪˌskrɪməˈneʃən〕*n.* 歧視

☐ **sufficient**〔səˈfɪʃənt〕*adj.* 足夠的　回 *enongh*

Is £10 ***sufficient*** for the expenses of your journey?
十鎊夠你在路上花費嗎？

☐ **suggestion**〔səgˈdʒɛstʃən〕*n.* 建議

The picnic was her ***suggestion***. 這次郊遊是她的建議。

☐ **suit**〔sjut〕*n.* 訴訟；（衣服的）一套　*v.* 適合於

He started a ***suit*** to collect damages for his injuries.
他起訴請求賠償傷害。

☐ **summon**〔ˈsʌmən〕*v.* 召喚　回 *call*

The debtor was ***summoned*** to appear in court.
債務人被傳出庭。

☐ **superficial**〔ˌsupɚˈfɪʃəl〕*adj.* 膚淺的；表面的　回 *shallow*

Girls used to receive only a ***superficial*** education.
女孩們從前只受些皮毛教育。

☐ **superior**〔səˈpɪrɪɚ〕*adj.* 有優越感的　*n.* 優越者

The other girls disliked her ***superior*** manner.
其他女孩們不喜歡她那種自命不凡的態度。

☐ **superstition**〔ˌsupɚˈstɪʃən〕*n.* 迷信

A common ***superstition*** considered it bad luck to sleep in a room numbered 13.
一種普遍的迷信認為，在十三號房間睡覺很不吉利。

☐ **supplement**〔ˈsʌpləmənt〕*n.* 補編；附刊；補充物　*v.* 補充

He ***supplements*** his regular meals by eating between meals. 他在兩餐之間吃點東西來補充他的正餐。

□ **suppose**〔sə'poz〕*v.* 以爲 *n.* 想像

Yes, I ***suppose*** so. 是的，我以爲是這樣。

□ **suppress**〔sə'prɛs〕*v.* 鎭壓 回 *repress*

The troops ***suppressed*** the rebellion by firing on the mob.
軍隊向群衆開鎗而鎭壓住叛亂。

□ **supreme**〔sə'prim〕*adj.* 至高無上的 回 *highest*

The ***supereme*** commander remains the president.
最高司令仍是總統。

□ **surplus**〔'sɝplʌs〕*n.* 剩餘

Brazil has a big ***surplus*** of coffee. 巴西有很多剩餘咖啡。

□ **surrender**〔sə'rɛndɚ〕*v.,n.* 投降 回 *yield*

The captain had to ***surrender*** to the enemy.
該上尉不得不向敵人投降。

□ **surround**〔sə'raʊnd〕*v.* 包圍 *n.* 周圍

A wall ***surrounds*** the garden. 一座牆圍繞著這座花園。

□ **survey**〔sɚ've〕*v.,n.* 縱覽；調查

He ***surveyed*** the landscape. 他縱覽風景。

□ **survive**〔sɚ'vaɪv〕*v.* 生命較……爲長

He ***survived*** his wife for many years.
他在他太太死後還活很多年。

□ **suspect**〔sə'spɛkt〕*v.* 懷疑 〔'sʌspɛkt〕*n.* 嫌疑犯 回 *doubt*

I ***suspect*** him to be a liar. 我懷疑他是一個說謊者。

□ **suspend**〔səˈspɛnd〕*v.* 懸掛　同 *hang*

The lamp was ***suspended*** from the ceiling.

這燈由天花板懸吊下來。

□ **suspicion**〔səˈspɪʃən〕*n.* 懷疑

I have a ***suspicion*** that the servant is dishonest.

我懷疑這僕人不誠實。

□ **sustain**〔səˈsten〕*v.* 支撐　同 *support*, *maintain*

Arches ***sustain*** the weight of the roof.

拱支撐屋頂的重量。

□ **swear**〔swɛr〕*v.* 宣誓　*n.* 誓言

He ***swore*** an oath. 他發誓。

□ **sweep**〔swip〕*v.* 掃　*n.* 掃除　同 *clean*

I can't ***sweep*** without a broom. 沒掃帚我無法掃。

□ **swift**〔swɪft〕*adj.* 快的　同 *fast*, *quick*

Be ***swift*** to hear, slow to speak. 敏於聽而緩於言。

□ **switch**〔swɪtʃ〕*v.* 接通或切斷（電流）；轉換

Don't ***switch*** off yet, please. 請暫且不要關。

□ **sympathy**〔ˈsɪmpəθɪ〕*n.* 同情

He is a man of wide ***sympathies***. 他是個極富同情心的人。

□ **synthetic**〔sɪnˈθɛtɪk〕*adj.* 綜合的；合成的

Plastic is a ***synthetic*** substitute to rubber.

塑膠是橡膠的合成代用品。

☐ **system**〔'sɪstəm〕*n.* 身體；系統

Too much smoking is bad for the ***system***.

吸煙太多對身體有害。

T

☐ **tailor**〔'telɚ〕*v.* 縫製

The suit was well ***tailored***. 這套衣服縫製得很好。

☐ **talent**〔'tælənt〕*n.* 才幹；天才　回 *gift*

She has a ***talent*** for music. 她有音樂天才。

☐ **tame**〔tem〕*adj.* 柔順的　*v.* 使馴服　回 *gentle*

The squirrels are very ***tame***. 松鼠甚爲柔順。

☐ **teamwork**〔'tim,wɝk〕*n.* 協調合作

Football requires ***teamwork*** even more than individual skill. 足球需要隊員協調合作，甚於個人之技術。

☐ **technical**〔'tɛknɪkl̩〕*adj.* 技術上的

He handled the ***technical*** aspect of the study.

他處理研究的技術部分。

☐ **technician**〔tɛk'nɪʃən〕*n.* 專門技師

Skilled electrical ***technicians*** are needed to keep this equipment in good running condition.

這些裝備需要熟練的電氣技師，來使它維持正常運作。

□ **technique** 〔tɛk'nik〕 *n.* 技巧

Technique must be gained by practice.

技巧必須由練習而獲得。

□ **temper** 〔'tɛmpɚ〕 *n.* 性情 *v.* 緩和；調劑

He has a quick *temper*. 他的性情暴躁。

□ **temperature** 〔'tɛmprətʃɚ〕 *n.* 溫度

The nurse took the *temperatures* of all the patients.

護士爲所有的病人量體溫。

□ **temporary** 〔'tɛmpə,rɛrɪ〕 *adj.*, *n.* 暫時的（事物） 同 *transient*

The others were *temporaries* like me.

其他的人是像我這樣的臨時人員。

□ **tempt** 〔tɛmpt〕 *v.* 勾引

He was *tempted* to steal money. 他受誘惑而偷錢。

□ **tendency** 〔'tɛndənsɪ〕 *n.*, *pl.* 趨向；傾向 同 *inclination*

Wood has a *tendency* to swell if it gets wet.

木頭在濕時便會脹大。

□ **tender** 〔'tɛndɚ〕 *adj.* 柔和的；溫柔的 同 *gentle*

He patted the dog with *tender* hands.

他溫柔地以手拍拍那條狗。

□ **terrain** 〔'tɛren〕 *n.* 地方；地形

The jeep took a beating from the rugged *terrain*.

崎嶇的地形使吉普車震了一下。

** jeep〔dʒip〕 *n.* 吉普車

☐ **territory**〔ˈtɛrə,torɪ〕*n.* 領土
Gibraltar is British ***territory.*** 直布羅陀是英國的領土。

☐ **textile**〔ˈtɛkstḷ〕*adj.* 織的；織物的　*n.* 織物
Cloth is a ***texitile.*** 布是一種織物。

☐ **thorough**〔ˈθɝo〕*adj.* 完全的；徹底的　同 *complete*
He is a ***thorough*** scoundrel. 他是個徹頭徹尾的惡棍。

☐ **threaten**〔ˈθrɛtṇ〕*v.* 恐嚇；威脅　同 *menace*
He ***threatened*** to kill her. 他威脅說要殺死她。

☐ **ticket**〔ˈtɪkɪt〕*n.* 票；入場券
He lost the ***ticket*** on the train. 他在火車上掉了票。

☐ **tide**〔taɪd〕*n.* 潮；潮汐
Time and ***tide*** wait for no man. 歲月不待人。

☐ **tiny**〔ˈtaɪnɪ〕*adj.* 微小的　*n.* 微小之物；小孩
Protozoa are ***tiny*** animals. 原生動物是微小的動物。
** Protozoa〔,protəˈzoə〕*n.* 原生動物

☐ **tire**〔taɪr〕*v.* 使疲倦　同 *exhaust*
Walking ***tires*** me. 走路使我疲倦。

☐ **toil**〔tɔɪl〕*v.* 辛勞；辛苦工作　同 *work*, *labor*
The boy ***toiled*** day and night to feed his brother and sister. 男孩日夜辛苦工作以養活弟妹。

☐ **tolerate**〔ˈtɑlə,ret〕*v.* 容忍　同 *stand*
He had to ***tolerate*** his wife's mother. 他必須容忍他的岳母。

□ **tool**〔tul〕*n.* 工具　*v.* 駕駛

Books are a scholar's ***tools***. 書籍是學者的工具。

□ **torch**〔tɔrtʃ〕*n.* 火炬

He lighted the ***torch*** to guide their way through the cave.

他點燃火炬，帶領他們通過洞穴。

□ **torture**〔'tɔrtʃɚ〕*v.*, *n.*（使受）痛苦　回 ***torment***

He is ***tortured*** with anxiety. 他爲煩惱所苦。

□ **total**〔'totl̩〕*n.* 總額

His expenses reached a ***total*** of $100.

他的支出總額達一百元。

□ **tough**〔tʌf〕*adj.* 堅韌的　*n.* 流氓　回 *hard*

The steak was so ***tough*** that he couldn't eat it.

那牛排嚼不爛，所以他不能吃下去。

□ **trade**〔tred〕*n.*, *v.* 交易；買賣

He made a good ***trade***. 他做了一筆好買賣。

□ **tradition**〔trə'dɪʃən〕*n.* 傳說；傳統

This story is founded on ***tradition***. 這小說是以傳說爲根據。

□ **training**〔'trenɪŋ〕*n.* 訓練；教育

I asked the doctor where he had his ***training***.

我問那醫師他是在何處受教育的。

□ **transferrable**〔træns'fɝəbl̩〕*adj.* 可轉移的

The accounts were ***transferrable***. 帳目可以轉移。

☐ **transform** [træns'fɔrm] *v.* 使變形　同 *change*

The witch ***transformed*** men into pigs.

巫婆把人變成了豬。

☐ **translate** [træns'let, 'trænslet] *v.* 翻譯　同 *interpret*

Poetry is not easy to ***translate***.

詩歌不容易翻譯。

☐ **transmit** [træns'mɪt] *v.* 傳送　同 *forward*

I'll ***transmit*** the money through a special messenger.

我將派專差送達這筆錢。

☐ **transport** [træns'port] *v.* 運輸　['trænsport] *n.* 運輸

Wheat is ***transported*** from the farms to the mills.

小麥從農場運至麵粉廠。

☐ **transportation** [ˌtrænspɚ'teʃən] *n.* 輸送　同 *conveyance*

The railroad gives free ***transportation*** for a certain amount of baggage.

鐵路給予某定量內的行李免費運送。

☐ **treaty** ['tritɪ] *n.* 條約　同 *agreement*

A ***treaty*** of peace was signed between the two nations.

這兩個國家簽訂和平條約。

☐ **tremendous** [trɪ'mɛndəs] *adj.* 巨大的；驚人的

The boy came at a ***tremendous*** speed.

這孩子以極快的速度來了。

☐ **trend** [trɛnd] *n.*, *v.* 趨向；傾向

Prices are on the upward ***trend***. 物價有上漲的趨勢。

☐ **trifle**〔'traɪfl̩〕*n.* 瑣事、物　*v.* 浪費

It is only a ***trifle*** after all. 這終究不過是一件小事。

☐ **trim**〔trɪm〕*v.*, *n.* （使）整潔　回 ***tidy***

A bird ***trims*** its feathers. 鳥整飾它的羽毛。

☐ **triumph**〔'traɪəmf〕*n.* 勝利　*v.* 得勝

They came home in ***triumph***. 他們凱旋歸來。

☐ **trivial**〔'trɪvɪəl〕*adj.* 不重要的；瑣屑的　回 ***unimportant***

He added on his ***trivial*** expenses. 他瑣碎的開支增加。

☐ **tungsten**〔'tʌŋstən〕*n.* 鎢

Tungsten is extensively mined in China.

中國鎢礦的藏量非常豐富。

☐ **turbulent**〔'tɝbjələnt〕*adj.* 暴亂的　回 ***violent***

There is a ***turbulent*** mob on the street.

街上有一群暴徒。

U

☐ **ultimate**〔'ʌltəmɪt〕*adj.* 終極的　回 ***final***

What is your ***ultimate*** goal in life?

你人生的終極目標是什麼？

☐ **uncivilized**〔ʌn'sɪvl̩,aɪzd〕*adj.* 未開化的　回 ***wild***, ***rough***

In all parts of the world, civilized and ***uncivilized***, men cultivate the ground in order to live.

在世界所有開化及未開化地區，人們都爲了生活而耕種土地。

☐ **unconscious** 〔ʌn'kɑnʃəs〕 *adj.* 無知覺的 回 *senseless*
He was ***unconscious*** of his mistake. 他不知道自己的錯誤。

☐ **undergo** 〔,ʌndɚ'go〕 *v.* 遭受 回 *endure*
The explorers ***underwent*** much suffering.
探險者們遭受很多痛苦。

☐ **undertake** 〔,ʌndɚ'tek〕 *v.* 擔任
The lawyer ***undertook*** the case without a fee.
該律師免費承辦那宗案件。

☐ **unfortunate** 〔ʌn'fɔrtʃənɪt〕 *adj.*, *n.* 不幸的（人）
They sent the ***unfortunate*** naval commander into exile.
他們放逐那位不幸的海軍司令。

☐ **uniform** 〔'junə,fɔrm〕 *n.* 制服 *adj.* 相同的
Soldiers, policemen, and nurses wear ***uniforms***.
兵士，警察和護士都穿制服。

☐ **unique** 〔ju'nik〕 *adj.* 獨特的；唯一的 *n.* 獨一無二之物
The picture is thought to be ***unique***.
這幅圖畫被認爲是無與倫比的。

☐ **universe** 〔'junə,vɝs〕 *n.* 宇宙；天地萬物
Our world is but a small part of the ***universe***.
我們的世界只是宇宙的一小部分。

☐ **upholstery** 〔ʌp'holstərɪ〕 *n.*, *pl.* 室內裝飾品
The plush ***upholstery*** added an air of elegance to the room.
豪華的室內裝飾品，增添屋內高雅的氣氛。

** plush 〔plʌʃ〕 *adj.* 豪華的；奢侈的

☐ **urban**〔'ɝbən〕*adj.* 都市的 回 *civic*

Urban living has its disadvantages, too.

都市生活也有缺點。

☐ **urge**〔ɝdʒ〕*v.* 驅策 回 *push*

He ***urged*** his horse along with whip and spurs.

他以馬鞭和馬刺策馬前進。

☐ **utility**〔ju'tɪlətɪ〕*n.* 有用；效用

A fur coat has more ***utility*** in winter than in summer.

皮衣在冬天的用處大於夏天。

☐ **utter**〔'ʌtɚ〕*adj.* 完全的；非常奇怪的 *v.* 說出；吐露

These were the last words she ***uttered***.

這些就是她所說的最後的話。

V

☐ **vacant**〔'vekənt〕*adj.* 空的 回 *empty*

There are many ***vacant*** seats in the theater.

戲院裏有許多空座位。

☐ **vacation**〔ve'keʃən, və-〕*n.* 假期 *v.* 度假

There is a ***vacation*** from schoolwork every year in summer.

每年夏季學校放假。

☐ **vague**〔veg〕*adj.* 模糊的；不清楚的 回 *unclear*

In a fog everything looks ***vague***.

在霧中一切東西都顯得很模糊。

□ **vanish** 〔'vænɪʃ〕 *v.* 消失；消散　囘 *disappear*

Your prospects of success have ***vanished***.

你成功的希望已經化爲烏有了。

□ **various** 〔'vɛrɪəs〕 *adj.* 不同的；許多的

We have looked at ***various*** houses, but have decided to buy this one. 我們看了許多房子，但決定去買這棟了。

□ **vary** 〔'vɛrɪ〕 *v.* 改變；不同　囘 *change*

Customs ***vary*** with the times. 習俗隨時代而不同。

□ **vehicle** 〔'viɪkl̩〕 *n.* 車輛；傳達的工具

Language is the ***vehicle*** of thought.

語言是傳達思想的工具。

□ **velocity** 〔və'lɑsətɪ〕 *n.* 速度；迅速

A bullet from this gun goes with a ***velocity*** of 3,000 feet per second. 此槍發出的子彈，其速度爲每秒三千英尺。

□ **venture** 〔'vɛntʃɚ〕 *n.* 冒險；投機　*v.* 冒險從事

His courage was equal to any ***venture***. 他有勇氣從事任何冒險。

□ **vice** 〔vaɪs〕 *n.* 惡；惡習　囘 *evil*

Drunkenness is a ***vice***. 酗酒是一種惡習。

□ **vigo(u)r** 〔'vɪgɚ〕 *n.* 精力；活力　囘 *energy*

He is full of ***vigor***. 他精力充沛。

□ **violation** 〔,vaɪə'leʃən〕 *n.* 違背；妨礙

He was penalized for the ***violation***. 他因違規而被罰。

** penalize 〔'pinl̩,aɪz, 'pɛnl̩-〕 *v.* 科罰

□ **violent**〔'vaɪələnt〕*adj*. 猛烈的

Your ***violent*** outburst was not called for.

你不需要發那麼大的脾氣。

□ **vision**〔'vɪʒən〕*n*. 視力　回 *sight*

The old man's ***vision*** is poor. 這老人的目力不好。

□ **vital**〔'vaɪtl̩〕*adj*. 極重要的　回 *essential*

Perseverance is ***vital*** to success. 毅力是成功的重要條件。

□ **vocation**〔vo'keʃən〕*n*. 職業　回 *occupation*

She chose teaching as her ***vocation***. 她選擇教書做職業。

□ **volume**〔'vɑljəm〕*n*. 卷；册

We own a library of five hundred ***volumes***.

我們擁有一所藏書五百册的圖書館。

□ **voluntary**〔'vɑlən,tɛrɪ〕*adj*. 自願的　*n*. 自願做的事

Every year the Red Cross asks for ***voluntary*** service.

每年紅十字會都徵求志願服務。

W

□ **wage**〔wedʒ〕*n*. 工資；薪給　*v*. 從事；進行　回 *pay*

The servant was promised good ***wages***.

這僕人被允給予優厚的薪資。

□ **waitress**〔'wetrɪs〕*n*. 女服務生

The ***waitress*** earned more from her tips than her salary.

這女服務生賺的小費比薪水多。

□ **wander** 〔'wɑndɚ〕 *v.* 四處走；徘徊
I ***wandered*** over the countryside. 我在鄉村隨意地到處行走。

□ **weaken** 〔'wikən〕 *v.* 使弱
The illness has considerably ***weakened*** him.
這病使他變得很虛弱。

□ **weapon** 〔'wɛpən〕 *n.* 武器；兵器　同 *arms*
Are tears a woman's ***weapon***?
眼淚是女人的武器之一嗎？

□ **weary** 〔'wɪrɪ,'wirɪ〕 *adj.* 疲倦的　*v.* 使疲倦　同 *tired*
He feels ***weary*** in body and mind. 他身心都覺得疲倦。

□ **welfare** 〔'wɛl,fɛr,-,fær〕 *n.* 幸福；福利　同 *benefit*
The matter concerns my ***welfare***.
這事關係我的幸福。

□ **wheel** 〔hwil〕 *n.* 輪；旋轉　*v.* 用車子搬運
The rubbish is ***wheeled*** out to the dump.
垃圾用車子運到垃圾場。

□ **while** 〔hwaɪl〕 *n.* 時間
He sang to her and looked in her eyes all the ***while***.
他對她歌唱，同時注視著她的雙眸。

□ **whisper** 〔'hwɪspɚ〕 *v.* 耳語；作沙沙聲　*n.* 耳語；微量　同 *murmur*
He is ***whispering*** to his neighbor.
他在向鄰座的人耳語。

□ **widespread** 〔'waɪd'sprɛd〕 *adj*. 普及的；遼潤的

English is a ***widespread*** language.

英語是一種應用很廣的語言。

□ **wildly** 〔'waɪldlɪ〕 *adv*. 粗野地；狂暴地

The man shot ***wildly*** at the crowd.

那人瘋狂地朝人群開槍。

□ **wire** 〔waɪr〕 *v*. 拍電報　*n*. 鐵絲；終線

Please ***wire*** me the result. 請打電報告訴我結果。

□ **withdraw** 〔wɪð'drɔ,wɪθ-〕 *v*. 取回；撤退　同 *retreat*

The troops ***withdrew***. 軍隊撤退。

□ **wonder** 〔'wʌndɚ〕 *n*. 奇蹟　*v*.想知道

Television is one of the ***wonders*** of modern science.

電視是現代科學的奇蹟之一。

□ **work** 〔wɝk〕 *v*. 工作；勞動　同 *toil*

He ***works*** in a bank. 他在一家銀行做事。

□ **worship** 〔'wɝʃəp〕 *v*.,*n*. 崇拜；禮拜　同 *respect*

People go to church to ***worship*** God.

人們到教堂去禮拜上帝。

□ **worth** 〔wɝθ〕 *adj*. 值得　*n*. 價值

The book is ***worth*** reading. 這書值得讀。

□ **wrench** 〔rɛntʃ〕 *v*.,*n*. 猛扭；扭傷

He ***wrenched*** his back falling from the horse.

他從馬上跌下來的時候扭傷了背。

Y·Z

☐ **yearn** 〔jɝn〕 *v.* 渴望；思念 同 *desire*

I ***yearn*** for the country again. 我渴望重遊該國。

☐ **yield** 〔jild〕 *v.* 生產；出產 *n.* 生產量 同 *produce*

Our farm ***yields*** well. 我們農場的生產量很豐富。

☐ **zeal** 〔zil〕 *n.* 熱心；熱誠 同 *eagerness*

A good citizen feels ***zeal*** for his country's welfare.

一個好公民熱心於國家的福利。

☐ **zone** 〔zon〕 *n.* 地帶；區域

What comes after death is a twilight ***zone***.

死後的世界仍是一個謎。

** twilight 〔'twaɪ,laɪt〕 *adj.* 晦暗的

ECL單字測驗

• *Vocabulary Test*

1. ________is used very much in the body of airplanes.
   A. Copper　　B. Silver
   C. Aluminum　　D. Chromium

2. An asbestos wall will________fire.
   A. resist　　B. maintain
   C. sustain　　D. keep

3. Cancel means most nearly________.
   A. hear　　B. record
   C. listen　　D. erase

4. All matter is made of tiny particles called________.
   A. molecules　　B. bricks
   C. sand　　D. water

5. Would you like to buy anything else? No, thanks, ________else.
   A. something　　B. anything
   C. nothing　　D. everything

6. Sometimes the tires will not hold on to the road. There is a________action.
   A. slipping　　B. sticking
   C. braking　　D. wonderful

7. If you splice a wire, you________.
   A. take it off　　B. separate it
   C. bend it　　D. join it together

8. When you accelerate, you________.
   A. take out　　B. increase speed
   C. slow down　　D. stop

9. This is my favorite food. Favorite means________.
A. disgusting B. distasteful
C. delicious D. preferable

10. This broken typewriter needs________.
A. leaking B. fixing
C. turning D. working

11. What are some of the________you can use in writing a book?
A. guides line B. guiding line
C. guide lines D. guides lines

12. ________are used for measuring the progress of time.
A. Scales B. Watches
C. Microscopes D. telescopes

13. ________is a means of protection.
A. Offense B. Survival
C. Camouflage D. Attack

14. Quarter of twelve refers to________.
A. time B. money
C. fuel gage D. height

15. Manufacturing is usually done in________.
A. farm lands B. factories
C. forests D. fairs

16. Joe's friends have an________in their home.
A. extra room B. extras room
C. extra rooms D. extras rooms

17. Spring is________.
A. a beautiful flower B. a strong wind
C. a heat wave D. a season of the year

18. There is very little________in a classroom.
A. physical activity B. activity physical
C. physically active D. actively physical

19. Another________is Independence Day.
A. patriot holiday B. patriotic holiday
C. patriotism holiday D. patrioteer holiday

20. If the air has much moisture in it, we can say the moisture________is high.
A. contain B. content
C. constant D. contents

21. Drizzle is a________form of precipitation.
A. frozen B. liquid
C. vapor D. water

22. The technicians took many________of Joe's leg.
A. X-rayed B. X-rays
C. X-raying D. X-ray

23. If 18 is added to 36, the________is 54.
A. equal B. quotient
C. total D. number

24. Many thousands of people in the United States get a two-week________with pay.
A. travels B. vacation
C. benefit D. work

25. A bill for food in a restaurant is referred to as ________for food.
A. a check B. a checker
C. a checking D. a checks

26. James took his________with him.
A. over bag B. tonight bag
C. overnight bag D. night bag

27. A stethoscope is used to listen to the________.
A. heart and lungs B. blood circulation
C. stomach D. blood pressure

28. Boating has become the________for many people in the United States.
A. favorite work B. favorite recreation
C. favorite exercise D. favorite job

29. When using an________, you should wear goggles.
    A. electric wire B. electric light
    C. electric torch D. electric eye

30. The cast of a play is the________in the play.
    A. actors and actresses B. scenery
    C. action D. director

31. Gasoline is easily ignited. It is________.
    A. saturated B. flammable
    C. accumulated D. liquid

32. "Liquid gold" is used for________.
    A. fuel B. jewelry
    C. pressure D. treasure

33. The unit used to measure electric current is the ________.
    A. volt B. shock
    C. thermostat D. temperature

34. The scientific way of solving problems is by________.
    A. to experiment B. experimented
    C. experimentation D. experimenting

35. Eventually a person will pay for his errors. The word "errors" refers to________.
    A. corrections B. mistakes
    C. purchases D. fault

36. Mr. Adams is a safe driver. He is a________operator.
    A. best B. more good
    C. good D. better

37. Petroleum products include both oil and________.
    A. coal B. mercury
    C. liquids D. gasoline

38. The process of convection is very important in the study of________.
    A. language B. sound waves
    C. weather D. ecology

39. Magazines for general readers usually ______ articles, fiction, cartoons, and poetry.
A. contain　　B. compose of
C. consist　　D. comprise of

40. Any object with an over-abundance of electrons has a ______ charge.
A. positive　　B. similar
C. negative　　D. minor

41. Mr. Brown appears tense when he drives. In other words, he ______ tense.
A. seems　　B. becomes
C. isn't　　D. looks

42. ______ coming from the sun furnish most of the heating of the earth and its atmosphere.
A. Heat waves　　B. Earth waves
C. Dense waves　　D. The light

43. Gradually increase the pressure on brakes to make ______.
A. a quick stop　　B. a smooth stop
C. an abrupt stop　　D. a slow stop

44. Another term for a service station is ______.
A. barn　　B. lubricating device
C. gas station　　D. garage

45. Electric lamps are ______.
A. chemical lights　　B. light bulbs
C. generated gas lights　　D. fluorescent lamp

46. A fire extinguisher is used to ______.
A. build a fire　　B. hasten a fire
C. put out a fire　　D. make a fire

47. Artificial light refers to ______.
A. man-made light　　B. natural light
C. sufficient light　　D. sunlight

48. A rainbow is________.
A. a band of colors
B. an artificial light
C. a bent filament
D. sufficient light

49. A skilled driver is a person who is________.
A. poor in driving
B. not capable of driving
C. proficient in driving
D. a technician

50. Before the 16th century, the________of magnets was considered magical.
A. attracting property
B. attract property
C. property attract
D. attractable property

51. Air forms________for truck tires.
A. to cushion
B. a cushion
C. a cushions
D. cushion

52. A person who hears________of the facts in a lecture does not understand.
A. halves
B. half
C. halfway
D. halfways

53. A guest in a home is a________.
A. visitor
B. host
C. pet
D. pest

54. Studying makes people________tired.
A. often
B. physically
C. always
D. mentally

55. Cotton comes from________.
A. a plant
B. an animal
C. a mineral
D. a man

56. A milk shake is a________.
A. fruit
B. sandwich
C. kitchen gadget
D. drink

57. ________makes silver shine.
A. Water
B. Humidity
C. Polish
D. Air

58. Snakes use ________ as a defensive weapon.
A. poison B. claws
C. horns D. hand

59. When you buy ________, the tailor will measure it for you.
A. a car B. a suit
C. a wacth D. watch

60. To send money home, you may use a ________.
A. money reserve B. money order
C. money-changer D. money keeper

61. The early airplanes flew for only ________.
A. a short bit B. far distances
C. short distances D. a far distance

62. The geography of a country is ________.
A. the varied regions B. the trade centers
C. the textile mills D. the different places

63. A gymnasium is a place where one may have ________.
A. physical activity B. mental exercises
C. medical attention D. psychological practice

64. A freezing climate is a ________.
A. hot climate B. mild climate
C. warm climate D. cold climate

65. Labor Day honors all the ________ in the United States.
A. work people B. worked people
C. working people D. worked-people

66. The real American cowboy was a ________.
A. neat person B. tough person
C. weak person D. shy person

67. Screwdrivers and pliers are considered ________.
A. courses B. toys
C. medicine D. tools

68. ________is a common alloy.
A. Silver B. Officer
C. Gas D. Brass

69. The faucet is________.
A. fixing B. buying
C. leaking D. breaking

70. Mr. Smith, I'd like________Mr. Jones.
A. to produce B. to product
C. to introduce D. to intrude

71. Wire is used in our________.
A. communicate system B. communication system
C. commune system D. communicated system

72. ________yourself in such a manner that credit will be reflected on your country.
A. Mistake B. Export
C. Conduct D. Import

73. Heat is produced as electricity flows through________.
A. a glass prism B. tungsten wire
C. natural light D. cotton thread

74. Specialized study requires a large amount of________.
A. abbreviating B. reading
C. distractions D. creations

75. In learning to operate a machine, you must start as a beginner and progress________.
A. skillfully B. gradually
C. suddenly D. quickly

76. If you are fined for a traffic violation, you receive ________.
A. a letter B. a ticket
C. money D. paper

77. Petroleum that is pumped out of the ground is not immediately useful. It must be________.
A. deposited B. refined
C. produced D. preserved

78. The needle of a compass is also called a________.
A. magnet B. rotator
C. stick D. bar

79. Static electricity is not useful to man because it is not________.
A. magnetized B. controlled
C. transferrable D. dynamic

80. Do not jerk the wrench. Apply________pressure instead.
A. sudden B. gradual
C. normal D. slow

81. The "707" was________west over the Rocky Mountains.
A. heading B. following
C. leading D. flying

82. Never store flammables in________containers.
A. closed B. open
C. full D. dry

83. Striking a match produces a________reaction.
A. natural B. chemical
C. familiar D. lightful

84. How did Henry get to school this morning? He came by ________.
A. car B. running
C. walking D. jumping

85. An ounce of prevention is worth a pound of________.
A. care B. help
C. cure D. pure

86. Safety belts are devices for________.
A. seats B. hangars
C. wheels D. train

87. ________is done to remove the decayed part of a tooth.
A. Drilling B. Filling
C. Pulling D. Rubbing

88. Many activities are the_______of the states.
A. responsibility B. responsible
C. responsive D. respond

89. Turn the faucet knob to________. If you don't, the water will keep on running.
A. "on" B. "off"
C. "drain" D. "flow"

90. The news is given________in news stories.
A. clearly B. subjectively
C. objectively D. unclearly

91. Snowflakes are________.
A. mashed potatoes B. soft ice crystals
C. scrap for clothes D. comfortable to live

92. A thermostat________room temperature.
A. regulates B. shuts off
C. switches on D. turns off

93. Mr. Jones has both woodworking and________tools in his home workshop.
A. metal worked B. metalworking
C. working metal D. metal work

94. Many magazines present the news through________rather than by articles.
A. ads B. photographs
C. special sections D. words

95. ________is delivered to the engine by the fuel system.
A. Lubrication B. Gasoline
C. Electric power D. Brake

96. Scientific proof means that________has been done.
A. experimentation B. experience
C. a contest D. experimenting

97. Crude oil is eventually_______into synthetic rubber.
A. transformed B. poured
C. conveyed D. transmitted

98. The student was a ________ on the bus.
A. passage B. passenger
C. passive D. passman

99. I need to ________ a habit of listening and taking notes.
A. build B. force
C. form D. establish

100. The earth acts as a ________.
A. huge compass B. huge reference
C. huge magnet D. huge ball

101. A wire connecting a positive pole to a negative pole is called ________.
A. a bar magnet B. an electrical circuit
C. a switch D. electric wire

102. A danger zone is a ________.
A. smoking area B. dangerous area
C. safety zone D. safe area

103. Lightning is caused by ________.
A. clouds B. static electricity
C. thunder D. rain

104. An instructor will usually indicate main points by ________.
A. repeating B. answering questions
C. abbreviations D. examination

105. Paint driers are a ________.
A. process for the refining of oil
B. deposit of oil
C. by-product of oil D. rest of oil

106. Downtown traffic is usually very ________.
A. weak B. heavy
C. tight D. light

107. Charles has gone forward in pilot training. He has ________.
A. advanced B. stopped
C. failed D. succeeded

108. The upwind currents over the mountain regions can give a plane a good shaking. Passengers often become ________.
A. bumpy B. timid
C. nervous D. calm

109. I understand very little of what the instructor says. Very little means ________.
A. only a small part B. almost all
C. not anything D. nothing

110. Air, under pressure, can be changed to a ________.
A. water B. solid
C. gas D. liquid

111. The ocean of air around the earth is called the ________.
A. currents B. cushion
C. atmosphere D. high-pressure

112. If a speech is dull, it is ________.
A. irregular B. a lecture
C. uninteresting D. interesting

113. If water is moving through a pipe, it is said to be ________.
A. emitting B. flowing
C. transmitted D. transported

114. We say teamwork is when ________ together.
A. everyone disagrees B. everyone works well
C. everything is put D. everyone is disappointed

115. The principal job of a waitress in a restaurant is to ________.
A. take orders and serve food
B. wash the dishes
C. cook the food
D. make friends with customers

116. A dressing room at a swimming pool is ________.
A. a place where people eat
B. a place where people change clothes
C. a place where people swim
D. a place where people sleep

117. Preventive maintenance is the practice of________.
A. "It never rains, but it pours."
B. "Too many irons in the fire".
C. "A stitch in time saves nine".
D. "An inch of time is an inch of gold".

118. The magnet in a compass________.
A. rotates freely
B. points in every direction
C. rotates in one direction
D. points directly

119. Can you lend me a pencil? I want________.
A. to borrow a pencil from you
B. to loan a pencil to you
C. you to buy a pencil for me
D. to lend you a pencil

120. If people live in a wildly unsettled state, they are________.
A. in an uncivilized condition
B. in an uncivilized area
C. developing a country
D. in an civilized area

121. John was very attentive in class. Attentive means ________.
A. to get much attention
B. to pay close attention
C. to be noisy in class
D. to be quiet in class

122. To "slam" on the brakes, is to________.
A. step on the brakes in an erratic manner
B. gradually increase the brake pressure
C. stop suddenly
D. stop slowly

123. A "VIP" is________.
A. a very important person
B. a kind of drink
C. an abbreviation for an organization
D. a science project

124. A good conductor is a substance which allows______.
A. electrons to remain in one position
B. electrons to multiply
C. electrons to move freely
D. electrons to impact

125. To be passive means__________.
A. to be in a passing position
B. to do nothing, just be quiet
C. to be doing something all of the time
D. negative

126. Our homes are lighted by___________.
A. electromagnets suspended in a vertical position
B. chemical energy converted to electrical energy
C. mechanical energy converted to electrical energy
D. electrical energy converted to light energy

127. Do you have any <u>kinsfolk</u> living in this city?
A. relatives B. neighbors
C. friends D. classmates

128. My country has a <u>dense</u> forest.
A. light B. average
C. thick D. big

129. The play has had an <u>awfully</u> long run.
A. very B. unsuccessful
C. exciting D. extreme

130. He is <u>free</u> to go to town when he finishes his work.
A. permit B. restricted
C. scheduled D. permitted

131. The automobile in the United States today is a <u>major</u> method of transportation.
A. rank B. minor
C. principal D. important

132. He has to <u>compute</u> the range again.
A. leave B. figure
C. erase D. make

133. Wire conducts electric current.
A. carries B. disperses
C. corresponds D. brings

134. Bill met a fellow by the name of Francis.
A. friend B. place
C. woman D. man

135. Would you mind if I borrowed your pencil?
A. care B. believe
C. see D. know

136. Air can be compressed.
A. condensed B. made a gas
C. expanded D. boiled

137. We don't have to report to class today.
A. tell B. speak
C. leave D. go

138. John asked, "How frequently do you go to the theater?"
A. long B. much
C. far D. often

139. Is there any rough terrain in your country?
A. water B. land
C. sea D. mountain

140. The velocity of the projectile depends upon its weight and propellant.
A. speed B. distance
C. height D. width

141. The earth is surrounded by the atmosphere.
A. expanded B. expended
C. encircled D. crowded

142. John said, "I will get all the materials needed to repair the house."
A. obtain B. detain
C. submit D. buy

143. The <u>exterior</u> of the car was very clean.
A. upholstery B. steering wheel
C. outside D. inside

144. Accidents sometimes <u>occur</u> in the home workshop.
A. prevent B. stay
C. happen D. begin

145. It is necessary that a lubrication system provides <u>sufficient</u> oil.
A. enough B. expected
C. reserve D. good

146. Portable electric hand drills are used for <u>drilling</u> holes in materials.
A. cutting B. screwing
C. sawing D. boring

147. He was <u>lucky</u> to be able to get tickets for the play.
A. not going B. apt
C. kind D. fortunate

148. Robert had some <u>correspondence</u> from Thomas.
A. coversation B. letters
C. calls D. jobs

149. Robert plans to <u>enter</u> flying school this year.
A. go to B. quit
C. cancel D. leave

150. What grade do you <u>hope to obtain</u> in this course.
A. want to get B. expect to give
C. need to fail D. need to give

151. Most <u>newcomers</u> to this country are in need of housing information.
A. bargains B. worker
C. inhabitants D. immigrants

152. John was not pleased with the <u>overall</u> performance of his automobile.
A. part B. entire
C. separate D. shape

153. The instructor was known to have made extensive studies.
A. exploratory B. specific
C. thorough D. great

154. The movie will begin at 1900 sharp.
A. approximately B. around
C. minutes D. exactly

155. You are permitted to seek advice on career or personal problems.
A. counsel B. children
C. custom D. reason

156. Sometimes it is necessary to have a check approved.
A. torn up B. cancelled
C. certified D. decided

157. The data is being recorded for further use.
A. date B. facts
C. dictionary D. work

158. The first aircraft were simple.
A. difficult B. not complex
C. camouflaged D. hard

159. Edison got over 1200 patents.
A. overlooked B. obtained
C. threw away D. won

160. He gets very tired by the end of the week.
A. becomes B. obtains
C. arrives D. wants

161. In the United States education system, the board of education appoints the superintendent.
A. clerk B. neighbor
C. teacher D. supervisor

162. They're going to study their lesson.
A. getting to B. having to
C. intending to D. wanting to

163. We are having a <u>severe heat wave</u>.
A. warm weather B. extremely hot weather
C. cold spell D. cold weather

164. Warm air usually contains <u>more humidity</u> than cold air.
A. more moisture B. less moisture
C. less freezing D. more freezing

165. You should <u>use your head</u> when driving in heavy traffic.
A. turn your head often B. think intelligently
C. look straight ahead D. be careful with your head.

166. It was too <u>nippy</u> to walk to school this morning.
A. hot B. rainy
C. cold D. cool.

167. The engine <u>provides</u> power for the air conditioning system.
A. takes B. furnishes
C. deprives D. gives

168. The six-inch rule is used to measure the <u>linear distance</u> between two points.
A. straight line distance
B. angle distance
C. curved distance
D. length distance

169. Spare-time photography, stamp collecting, and woodworking are only a few of the <u>hobbies</u> of people in the United States.
A. occupation during spare time
B. profession during working time
C. jobs in the evenings
D. occupation during part-time

170. In American high school , every student spends an hour a day in <u>physical education</u>.
A. study of physics B. exercises and sports
C. homework exercises D. physical science

171. What is the population in your country?
A. number of people
B. percentage of men
C. weather conditions
D. national system

172. The leader often makes certain commitments.
A. definite obligations
B. indefinite committees
C. established patterns
D. indefinite obligations

173. Henry and Bob had a room with a private bath.
A. a bath for just their use
B. a bath for everyone to use
C. a bath that they could use
D. a bath that they could not use

174. The skunk uses chemical warfare by ejecting an offensive liquid.
A. giving out a sweet liquid
B. injecting a poisonous liquid
C. biting with sharp teeth
D. giving off a bad-smelling liquid

175. If safety rules are observed, accidents will be kept at a minimum.
A. the highest level
B. the lowest level
C. the average level
D. the largest level

176. The pilot was unable to land because of a sudden burst of wind.
A. quick strong wind
B. sharp head wind
C. slow calm wind
D. cold wind

177. John wanted some black coffee.
A. coffee with sugar and cream
B. coffee without cream
C. coffee with ice
D. coffee without ice

178. We have some bitter cold weather in winter.
A. mild weather
B. disagreeable weather
C. pleasant cool weather
D. warm weather

179. The dentist said that Mr. Brown had a <u>pretty large cavity</u>.
   A. lot of very white teeth
   B. rather large decayed area
   C. very large filling
   D. good teeth

180. Bill said he made a <u>freehand sketch</u> before he started work.
   A. drawing done without instruments
   B. drawing done with instruments
   C. photographic copy of drawing
   D. drawing done without helping from others

Test

ECL單字測驗解答

1. (C)	16. (A)	31. (B)	46. (C)	61. (C)
2. (A)	17. (D)	32. (A)	47. (A)	62. (A)
3. (D)	18. (A)	33. (A)	48. (A)	63. (A)
4. (A)	19. (B)	34. (C)	49. (C)	64. (D)
5. (C)	20. (B)	35. (B)	50. (A)	65. (C)
6. (A)	21. (B)	36. (C)	51. (B)	66. (B)
7. (D)	22. (B)	37. (D)	52. (B)	67. (D)
8. (B)	23. (C)	38. (C)	53. (A)	68. (D)
9. (D)	24. (B)	39. (A)	54. (D)	69. (C)
10. (B)	25. (A)	40. (C)	55. (A)	70. (C)
11. (C)	26. (C)	41. (A)	56. (D)	71. (B)
12. (B)	27. (A)	42. (A)	57. (C)	72. (C)
13. (C)	28. (B)	43. (B)	58. (A)	73. (B)
14. (A)	29. (C)	44. (C)	59. (B)	74. (B)
15. (B)	30. (A)	45. (B)	60. (B)	75. (B)

76.（B）	101.（B）	126.（C）	151.（D）	176.（A）
77.（B）	102.（B）	127.（A）	152.（B）	177.（B）
78.（A）	103.（B）	128.（C）	153.（C）	178.（B）
79.（B）	104.（A）	129.（A）	154.（D）	179.（B）
80.（B）	105.（C）	130.（D）	155.（A）	180.（A）
81.（A）	106.（B）	131.（C）	156.（C）	
82.（B）	107.（A）	132.（B）	157.（B）	
83.（B）	108.（C）	133.（A）	158.（B）	
84.（A）	109.（A）	134.（D）	159.（B）	
85.（C）	110.（D）	135.（A）	160.（A）	
86.（A）	111.（C）	136.（A）	161.（D）	
87.（A）	112.（C）	137.（D）	162.（C）	
88.（A）	113.（B）	138.（D）	163.（B）	
89.（B）	114.（B）	139.（B）	164.（A）	
90.（C）	115.（A）	140.（A）	165.（B）	
91.（B）	116.（B）	141.（C）	166.（C）	
92.（A）	117.（C）	142.（A）	167.（B）	
93.（B）	118.（A）	143.（C）	168.（A）	
94.（B）	119.（A）	144.（C）	169.（A）	
95.（B）	120.（A）	145.（A）	170.（B）	
96.（A）	121.（B）	146.（D）	171.（A）	
97.（A）	122.（C）	147.（D）	172.（A）	
98.（B）	123.（A）	148.（B）	173.（A）	
99.（C）	124.（C）	149.（A）	174.（D）	
100.（C）	125.（B）	150.（A）	175.（B）	

Part IV

ECL 常考成語

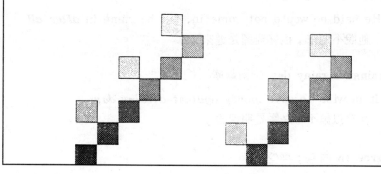

A

☐ **a narrow escape from** 倖脫；倖免

More than once he had ***a narrow escape from*** being eaten by sharks. 他不只一次幾乎被鯊魚吃掉。

** shark〔ʃɑrk〕*n.* 鯊

☐ **account for** 解釋（= *explain*）

There is no ***accounting for*** one's taste.
【諺】人的好惡是無法解釋的。

☐ **add up** 加起來

Every time I ***add*** these figures ***up***, I get a different answer.
每次我將這些數字加起來，所得結果都不一樣。

☐ **after a while** 過一會兒

I began to work again ***after a while***.
我過了一會就又開始工作。

☐ **after all** 畢竟；終究

He said he would not come in, but he came in ***after all***.
他說不進來，但終究還是進來了。

☐ **against a rainy day** 未雨綢繆

It is wise to save money ***against a rainy day***.
存錢以備不時之需是明智的。

☐ **agree to** 同意；接受

He ***agreed to*** this plan immediately. 他立刻同意這個計劃。

☐ **all but** 幾乎；差不多（＝*nearly*;*almost*）

The child was ***all but*** run over by the car.
那小孩幾乎被汽車輾過。

☐ **all of a sudden** 突然（＝*suddenly*）

He cried out ***all of a sudden***. 他突然放聲大哭。

☐ **all the time** 始終

All the time I was here. 我始終在此。

☐ **approve of** 贊成

Her father will never ***approve of*** her marrying such a poor man. 她父親決不會贊成她嫁給這樣窮的一個人。

☐ **as a matter of fact** 事實上；實際上

As a matter of fact, he didn't know it either.
事實上他也不知道。

☐ **as a rule** 照例的；通常的（＝*usually*）

I go there twice a week ***as a rule***.
我通常一個禮拜去那裏兩次。

☐ **as compared with** 比較（＝*compared to*）

It is a great improvement ***as compared with*** what it was last year. 跟去年比，那是很大的改進。

☐ **as for** 至於；關於（＝*about*；*concerning*）

As for me, I have nothing to say about it.
至於我，我對這件事無話可說。

☐ **as it is** 實際上（＝*as a matter of fact*）

I thought conditions would get better, but ***as it is***, they are getting worse. 我以情況會好轉，但事實上反趨惡化。

☐ **as it were** 好像是（＝*so to speak*）

He became, ***as it were***, a kind of hero from a strange land. 他好像成了一個異鄉來的英雄。

☐ **as soon as** 即刻；一～就～

As soon as you finish your job, let me know.

你一做完工作就通知我。

☐ **as usual** 如常

He was late ***as usual***. 他如往常一樣遲到了。

☐ **as well as** 和；及（＝*in addition to*）

She has experience ***as well as*** knowledge.

他既有經驗又有知識。

☐ **at a loss** 迷惑（＝*perplexed*）

I am ***at a loss*** for an answer. 我不知道該如何回答。

☐ **at first** 起初；開始時（＝*in the beginning*）

At first she didn't like painting.

起初她並不喜歡繪畫。

☐ **at hand** 在手邊

I don't have any good reference book ***at hand***.

我手邊沒有什麼好的參考書。

☐ **at last** 終於（＝*finally*）

The holidays came ***at last***. 假期終於來了。

☐ **at once A and B** 既A又B（＝*both A and B*）

The expression was ***at once grand and sweet***.
這個說法既堂皇又好聽。 ** grand〔grænd〕*adj*. 堂皇的

☐ **at random** 隨便；漫無目的

The books were chosen ***at random***. 那些書是順手挑來的。

☐ **at the back of** 在其後

There is a garden ***at the back of*** the house.
在房子後面有庭園。

☐ **at the mercy of** 在～之掌握中

The small grocer was ***at the mercy of*** people he owed money to. 此小店的命運全在其債權人的掌握中。

** grocer〔ˈgrosɚ〕*n*. 食品雜貨商

☐ **at the same time** 同時（＝*simultaneously*）

The two runners reached the finish line ***at the same time***.
兩位選手同時抵達終線。

☐ **at times** 有時；偶而（＝*once in a while*）

He comes to see us ***at times***. 他偶而來看我們。

☐ **attend to** 照料；照顧（＝*take care of*）

He foolishly left an inexperienced young assistant to ***attend to*** some very important customers.
他愚蠢地讓一個沒有經驗的年輕助手，照顧一些非常重要的客人。

** assistant〔əˈsɪstənt〕*n*. 助手

B

□ **be about to do** 正要；將要

We ***were about to leave*** when you telephoned.

你打電話來時，我們正要離開。

□ **be accustomed to** 習慣於

He ***was accustomed to*** hard work. 他習慣於辛苦的工作。

□ **be aware of** 明白；察覺

Are you ***aware of*** your real position？

你明白你眞正的處境嗎？

□ **be busy + V-ing** 忙於

He ***is busy getting*** ready for the journey.

他忙於準備旅行。

□ **be capable of** 有能力的

She ***is capable of*** teaching French. 她有能力教法文。

□ **be composed of** 由～所合成

Water ***is composed of*** hydrogen and oxygen.

水由氫和氧所組成。

** hydrogen〔'haɪdrədʒən〕*n*.【化】氫

oxygen〔'ɑksədʒən〕*n*.【化】氧

□ **be covered with** 爲～所覆蓋

The mountain ***was covered with*** snow. 山爲雪所覆蓋著。

☐ **be dependent on** 依賴～的

A child ***is dependent on*** its parents.
小孩依靠其雙親。

☐ **be different from** 不同於

Nylon ***is different from*** silk. 尼龍和絲不同。

☐ **be engaged in** 忙於

He ***is engaged in*** letter-writing. 他正忙於寫信。

☐ **be fond of** 喜歡；愛好

Alan ***is fond of*** candy. 愛蘭喜歡糖果。

☐ **be full of** 充滿

The tank ***is full of*** water. 水箱裝滿了水。

** tank〔tæŋk〕*n.* 槽

☐ **be good at** 擅長；精通

He ***is*** very ***good at*** French. 他精通法文。

☐ **be ignorant of** 不知道；不明白

He ***is ignorant of*** the fact. 他不知道這事實。

☐ **be in trouble** 處於困難之中

If he doesn't come up with money fast, he'll ***be in trouble*** soon. 如果他不快點把錢拿出來，很快就會有麻煩。

☐ **be in (full) bloom** 花（盛）開著

The cherry trees are ***in full bloom*** now.
櫻花現在正盛開著。

☐ **be independent of** 獨立；脫離關係

A wife can have property ***independent of*** her husband.
一個妻子可以獨立置產而與其夫無關。

☐ **be inferior to** 較低的；較差的

A lieutenant ***is inferior to*** a captain.
中尉低於上尉。　　** lieutenant〔luˈtɛnənt〕*n.* 陸軍中尉

☐ **be late for** 遲的；晚的

Don't ***be late for*** work. 上班不要遲到。

☐ **be made of** 由～製成的

The desk ***is made of*** wood. 這張桌子是由木頭做成的。

☐ **be prepared for** 準備好（＝*be ready for*）

I ***am prepared for*** either event.
我已有應付任何一件事的準備。

☐ **be proud of** 以～爲榮

He ***is proud of*** his family. 他以家庭爲榮。

☐ **be ready for** 爲～做準備

You should ***be ready for*** the worst.
你應該做最壞的準備。

☐ **be similar to** 相似

Gold ***is similar*** in color ***to*** brass.
金和黃銅的顏色相似。　　** brass〔bræs〕*n.* 黃銅

□ **be supposed to** 應該

Everybody ***is supposed to*** know the law.

每個人都應該知道這條法律。

□ **be used to + V-ing** 習慣於

She ***was used to getting*** up early every day.

她習慣於每天早起。

□ **be willing to do** 願意；樂意

I ***am*** quite ***willing to pay*** the price you asked.

我十分願意付出你所要求的價錢。

□ **be worthy of** 應得的

Her courage ***was worthy of*** praise. 她的勇氣值得稱讚。

□ **bear ～ in mind** 記住；切記（= *remember*）

You must constantly ***bear in mind*** that haste makes waste.

你必須將欲速則不達一語常記在心。　** haste〔hest〕*n.* 匆忙

□ **become of** 發生；變成

What will ***become of*** his family if he dies?

如果他死了，他家會變成什麼樣？

□ **behind the times** 落伍；不時髦

The science books of 30 years ago are ***behind the times*** now. 三十年前的科學書籍現在已經落伍了。

□ **between ourselves** 請守秘密；不可外揚（= *confidential*）

Between ourselves, I don't think he'll live much longer.

這是我們私下的話，我想他活不久了。

☐ **blow one's top** 大發雷霆（= *lose one's temper* ）

When the umpire called Joe out at first, Joe ***blew his top***.

當裁判起初判喬出局時，喬大發雷霆。

** umpire〔'ʌmpaɪr〕*n*.（競技之）裁判員

☐ **breathe down one's neck** 威脅；緊迫釘人

Too many creditors were ***breathing down his neck***.

太多的債主在逼迫他。 ** creditor〔'krɛdɪtɚ〕*n*. 債權人

☐ **burn down** 全部焚毀

Before the fireman were able to arrive, both buildings were already ***burned down***. 在救火人員到達前，兩幢建築都燒毀了。

☐ **burst into** 突然發出

She ***burst into*** tears at the news.

她聽到消息，突然哭了出來。

☐ **by accident** 意外；偶然（= *unexpectedly*）

When I was in London, I met an old schoolmate from America ***by accident***.

我在倫敦時，意外地碰見了一位從美國來的老同學。

☐ **by chance** 偶然地；意外地（= *by accident* ）

I met him ***by chance***. 我偶然遇到他。

☐ **by degrees** 漸漸；逐步（= *step by step* ）

I withdrew from business ***by degrees***.

我一步步地慢慢退出事業。

☐ **by no means** 決不

The wine in this country is ***by no means*** as good as that in France. 這個國家的酒絕對沒有法國的好。

☐ **by the way** 順便一提；還有

We shall expect you; ***by the way***, dinner will be at eight. 我們期待你來；還有，晚飯八點開飯。

☐ **by virtue of** 憑藉著；由於

He was promoted ***by virtue of*** his ability.
他由於有才能而被提升。 ** promote〔prə'mot〕*v.* 擢升

☐ **by way of** 經由（= *via*）

They came ***by way of*** Dover. 他們經由多佛來此。

C

☐ **call for** 取；接

He will ***call for*** his credentials tomorrow.
他明天會來取他的證件。

** credential〔krɪ'dɛnʃəl〕*n.*(*pl*) 證件

☐ **call on** 拜訪（= *visit*）

Mr. Brown ***called on*** an old friend while he was in the city. 布朗先生在城裏時，拜訪了一位老朋友。

☐ **call up** 提醒；使想起

The picture of the Capitol ***called up*** memories of our class trip. 國會大廈的照片，喚起了班上旅行的回憶。

☐ **cannot but do** 不得不；難免

I ***cannot but think*** that he is still alive.

我不得不認為他尚且活著。

☐ **cannot help +V-ing** 不得不

I ***couldn't help laughing*** at the sight.

見到此種景象，我不由地笑了。

☐ **carry on** 從事；忙於

Bill and his father ***carried on*** a hardware business.

比爾和他父親經營一家五金行。

** hardware (ˈhɑrd,wɛr) *n.* 五金器具

☐ **catch sight of** 突然看到

I suddenly ***caught sight of*** a man who was hiding.

我突然看到一個隱藏著的人。

☐ **catch up with** 追及；趕上

You have to work hard in order to ***catch up with*** the rest of the class. 你得用功以趕上班上其他同學。

☐ **check out** 結帳離開（旅館）

The last guest ***checked out*** of his room in the morning.

最後一個旅客早上付款離開了旅館。

☐ **cling to** 黏著；堅持

The little girl ***clung to*** her mother.

那小女孩黏著她母親不放。

□ **come about** 發生（＝*happen*）

Sometimes it is hard to tell how a quarrel ***comes about***.
有時候很難說爭吵是如何發生的。

□ **come from** 來自

The disease usually ***comes from*** infection.
這種疾病通常來自傳染。 ** infection〔ɪnˈfɛkʃən〕*n.* 傳染；感染

□ **come true** 實現

At last his dream had ***come true***. 最後他的夢想終於實現了。

□ **consist in** 在於

True wealth does not ***consist in*** what we have, but in what we are. 真正的財富不在於我們擁有什麼，而在於我們是什麼。

□ **consist of** 包含；以～組成

The committee ***consists of*** ten members. 委員會由十人組成。

□ **control one's temper** 忍住怒氣

He ***controlled his temper*** despite the provocation.
他雖被挑撥，但仍忍住怒氣。

** provocation〔ˌprɑvəˈkeʃən〕*n.* 激怒

□ **count on**（**upon**）依賴；信託（＝*rely on*）

The team was ***counting on*** Joe to win the race.
全隊都靠喬來贏得比賽。

□ **cut in** 插嘴；打斷（＝*interrupt*）

I wish you would not keep ***cutting in*** with your remarks.
我希望你不要一直插嘴批評。

D

☐ **deal with** 處理

How shall we ***deal with*** this problem ?

我們如何處理這個問題？

☐ **depend on** 依賴；依靠

He ***depends on*** his pen for a living. 他靠筆桿爲生。

☐ **devote oneself to** 專注；致力於

He ***devotes himself to*** the study. 他致力於此項研究。

☐ **dispense with** 免除；不用（＝*do without*）

It is so warm today that I can ***dispense with*** an overcoat.

今日天氣甚暖，我可以免穿大衣。

☐ **dispose of** 處置；除去

Jim's mother asked him to ***dispose of*** the garbage.

吉姆的母親叫他把垃圾倒掉。

☐ **do away with** 廢除；停止

The city has decided to ***do away with*** overhead wires.

市府決定廢除空中電線。

** overhead〔ˈovɚˌhɛd〕*adj*. 經過頭上的；在上面的

☐ **dress up** 盛裝

You should ***dress*** yourself ***up*** for the party.

你應盛裝赴宴。

□ **due to** 由於；因爲（＝*owing to*）

The accident was ***due to*** careless driving.

這意外事件起因於駕駛不慎。

E

□ **end up** 結束（＝*finish*）

If you continue to steal, you'll ***end up*** in prison.

如果你繼續行竊，你總有一天會坐牢。

□（**every**）**now and then** 經常；時時

John comes to visit me ***every now and then.***

約翰常常來拜訪我。

F

□ **far from** 一點也不（＝*anything but*）

Your work is ***far from*** satisfactory.

你的工作一點也不令人滿意。

** satisfactory〔,sætɪs'fæktərɪ〕*adj.* 令人滿意的

□ **feel like + V-ing** 欲；想

I don't ***feel like eating*** just now. 我現在不想吃。

□ **figure out** 想出；理解

I can't ***figure out*** that man. 我無法了解那個人。

☐ **find out** 發現；查出來

He watched the birds to ***find out*** where they go.
他觀察那些小鳥以查出牠們飛往何處。

☐ **for a while** 暫時

Please wait here ***for a while.*** 請暫時在此稍候。

☐ **for ever** 永遠；終身

He is discharged ***for ever.*** 他被終身免職。

** discharge〔dɪsˈtʃɑrdʒ〕*v.* 解除職務

☐ **for good** 永久的（= *forever*）

He says he's leaving the country ***for good.***
他說他此次離國將不再回來。

☐ **for nothing** 免費

I got the roller skates ***for nothing.***
我免費獲得這雙溜冰鞋。 ** ***roller skate*** 輪式溜冰鞋

☐ **for one's life** 爲了保全性命；拚命地

He ran ***for his life.*** 他拚命地跑。

☐ **for the most part** 大概；大體上

Their products are, ***for the most part***, of excellent quality. 他們的產品大體來說，品質優良。

☐ **for the time being** 目前；暫時

I haven't any note paper, but this envelope will do ***for the time being.*** 我沒有任何信紙，但這個信封可暫時派上用場。

** envelope〔ˈɛnvəˌlop〕*n.* 信封

☐ **form a habit of** 養成～習慣

He ***formed a habit of*** smoking while writing.

他養成了寫作時抽煙的習慣。

☐ **frankly speaking** 坦白說（＝ *to speak frankly* ）

Frankly speaking, I think she is a good teacher.

坦白說，我認爲她是位好老師。

☐ **from time to time** 時常；間或

I saw Mary in the library ***from time to time.***

我偶而在圖書館看見瑪麗。

G

☐ **generally speaking** 概言之；大概（＝ *in general* ）

Generally speaking, the people are not willing to work hard. 一般而言，這些人不願意辛苦工作。

☐ **get along with** 和睦相處

We can't ***get along with*** the Jones family.

我們和瓊斯一家處得不好。

☐ **get away with** 逃避懲罰

She never arrives on time at the office, but she somehow manages to ***get away with*** it.

她從不準時到達辦公室，但她總是能設法逃避懲罰。

** ***manage to*** 設法辦到

☐ **get going** 開始（＝*get started*）

The foreman told the workmen to ***get going***.

工頭告訴工人開始工作了。

** foreman〔'formən〕*n.* 工頭；領班

☐ **get over** 恢復；痊癒（＝*recover from*）

It took me a long time to ***get over*** my cold.

過了好久，我的感冒才痊癒。

☐ **get rid of** 擺脫；除去

It is very fortunate that we ***got rid of*** the rascal.

我們能擺脫那個惡棍，眞是幸運。

** rascal〔'ræskḷ〕*n.* 流氓；惡棍

☐ **get the better of** 勝過；超越

The tennis player ***got the better*** of his opponent.

這位網球選手勝過他的對手。

** opponent〔ə'ponənt〕*n.* 對手

☐ **get through** 完成（＝*complete*；*finish*）

She ***got through*** a lot of work this morning.

她今天上午做了不少事。

☐ **give in to** 屈服；投降（＝*yield to*）

He ***gave in to*** the temptation. 他對誘惑屈服了。

☐ **give rise to** 引起（＝*cause*）

Such conduct might ***give rise to*** misunderstandings.

這種行爲可能導致誤解。

□ **give up** 放棄

They did not ***give up*** hope. 他們沒有放棄希望。

□ **give way to** 讓步；屈服

They will ***give way to*** you if your opinion is reasonable.
如果你的見解有道理，他們會對你讓步的。
** opinion〔əˈpɪnjən〕*n.* 意見；見解

□ **go on errands** 辦差事

The boy used to ***go on errands*** for her.
這男孩以前常爲她辦事。 ** ***used to*** 以前如此

□ **go over** 複習

They ***went over*** their lessons together at night.
晚上他們一起複習功課。

□ **grow up** 長大；成熟

I ***grew up*** on a farm. 我在農莊裏長大。

H

□ **had better** 最好

You ***had better*** follow his advice.
你最好聽從他的勸告。

□ **hand over** 交給他人

They ***handed*** the thief ***over*** to the police. 他們將小偷交給警方。

□ **have a liking for** 特別喜歡

John ***has a liking for*** apples. 約翰特別喜歡蘋果。

□ **have influence on〔upon〕** 對～有影響

He ***has*** a great ***influence on*** those around him.

他對周遭那些人有很大的影響力。

□ **have something to do with** 與～有關

This ***has something to do with*** you. 這與你有關。

□ **hear from** 接得信件

I ***hear from*** my boyfriend every week.

我每星期都收到男朋友寄來的信。

□ **hear of** 聽說

I have never ***heard of*** such a thing.

我從來沒聽說過這種事。

□ **here and there** 四處

We went ***here and there*** looking for berries.

我們四處尋找漿果。

□ **hold one's tongue** 保持緘默；住嘴（= *keep silent*）

The teacher told Fred to ***hold his tongue***.

老師叫福萊德住嘴。

□ **hurry up** 趕緊；趕快

Hurry up, or you'll be late for work.

趕快，否則你上班要遲到了。

I

☐ **if necessary** 在必要時

Arrest them, ***if necessary***. 必要時把他們逮捕起來。

** arrest〔ə'rɛst〕*v.* 逮捕

☐ **if only** 但願（＝*I wish*）

If only it would stop raining。眞希望雨能停。

☐ **in a hurry** 匆忙的；匆促

They were ***in a hurry*** to leave. 他們趕著離開。

☐ **in addition to** 除～之外（＝*besides*）

In addition to English, he has to study a second foreign language. 除英文外，他還要學第二外國語。

☐ **in advance** 預先（＝*beforehand*）

He wants to draw his salary ***in advance***.
他要預支薪水。 ** draw〔drɔ〕*v.* 支領；領取

☐ **in the back of** 在～後面（＝*behind*）

There is a garden ***in the back of*** the house.
這房子後面有一花園。

☐ **in behalf of** 代表

John accepted the championship award ***in behalf of*** the team. 約翰代表全隊接受冠軍獎章。

** award〔ə'wɔrd〕*n.* 獎品

□ **in charge of** 負責管理

The girl ***in charge of*** refreshments forgot to order ice cream. 負責點心的女孩忘了訂購冰淇淋。

□ **in comparison with** 較之；比較（＝*compared with*）

He is rather dull ***in comparison with*** the others.
比起其他人，他相當遲鈍。

□ **in despair** 絕望地

They gave up the experiment ***in despair.***
他們絕望地放棄實驗。　　****** experiment〔ɪk′spɛrəmənt〕*n.* 實驗

□ **in favor of** 贊成；支持

I am ***in favor of*** a change. 我贊成改變。

□ **in front of** 在～的前面（＝*ahead of*）

There are some trees ***in front of*** the house.
房屋前有幾棵樹。

□ **in need of** 需要

He is seriously ***in need of*** medical attention. 他極需就醫。

□ **in particular** 特別；尤其（＝*especially*）

I noticed her eyes ***in particular.***
我特別注意了她的眼睛。

□ **in public** 公然；公開的

Actors are used to appearing ***in public.***
演員習於公開露面。

□ **in reference to** 關於（ = *concerning*）

In reference to the test tomorrow, it is postponed.

關於明天的考試，已經延期了。

** postpone〔post'pon〕*v.* 延擱

□ **in search of** 尋找（ = *looking for* ）

I am at present ***in search of*** a house.

我目前正在找房子。

□ **in spite of** 雖然；儘管…仍

They went out ***in spite of*** the rain.

儘管下雨，他們還是外出。

□ **in terms of** 以～觀點

He tends to think of everything ***in terms of*** money.

他傾向以錢度量一切。

□ **in the distance** 在遠處（ = *far off* ）

A ship could be seen ***in the distance***.

在遠處可以看到一艘船。

□ **in the end** 終於；最後

In the end they reached a place of safety.

最後他們到達安全的地方。

□ **in the long run** 終於；最後

I believe that the honest will win ***in the long run***.

我相信誠實的人最後會獲勝。

□ **in view of** 鑒於；由於

In view of rising labor costs, many companies have turned to automation. 鑒於勞工成本提高，許多公司已轉向自動化。

** automation〔,ɔtə'meʃən〕*n.* 自動操作

□ **insist on** 堅持；強調

There is a gentleman who ***insists on*** seeing you.

有位先生堅持要見你。

□ **instead of** 代替（＝*in place of*）

The boys went fishing ***instead of*** going to school.

這些男孩去釣魚而沒去學校。

□ **It is worth while ＋ V-ing** ～是值得的

It is worth while seeing the museum. 參觀博物館是值得的。

K

□ **keep an eye on** 注意；留心（＝*watch*）

We have to ***keep an eye on*** the opportunities for business.

我們必須注意貿易機會。

□ **keep early hours** 早睡早起（＝*keep good hours*）

It is good for our health to ***keep early hours***.

早睡早起有益身體健康。

□ **keep pace with** 並駕齊驅

This horse is too old to ***keep pace with*** the others.

這匹馬太老了，無法與其他馬並駕齊驅。

☐ **keep up with** 趕得上

Helen works so fast that no one in the office can ***keep up with*** her. 海倫做得這麼快，辦公室裏沒有一個人趕得上她。

☐ **kill time** 消磨時間

He read books just to ***kill time*** while he waited for his friends. 他讀書只是爲了在等朋友時消磨時間。

L

☐ **later on** 過些時

He will find it wrong ***later on***. 過些時候他會發現那是錯的。

☐ **learn ～ by heart** 熟記；能背出

I have ***learned*** this poem ***by heart***. 我能背得出這首詩。

☐ **leave out** 遺漏；忽略

She ***left out*** an important detail in her account.
她的帳目漏掉了一個重要項目。 ** detail〔'ditel〕*n.* 細目；條款

☐ **let down** 放下；擱下

She ***let down*** her hair. 她放下頭髮。

☐ **live on** 靠～過活

I don't know what he ***lives on***. 我不知道他以什麼爲生。

☐ **look after** 照料；看顧（= *attend to*）

John's mother told him to ***look after*** his younger brother.
約翰的母親叫他看顧弟弟。

□ **look at** 檢查（＝*inspect*）

Will you please ***look at*** the battery of my car？

請檢查一下我車上的電瓶好嗎？

□ **look for** 尋找

What have you been ***looking for*** upstairs？你在樓上找什麼？

□ **look forward to** 期待；盼望

The children are ***looking forward to*** the holidays.

孩子們盼望著假期。

□ **look into** 調查（＝*investigate*）

The police are ***looking into*** the past record of the man.

警方正在調查那人過去的記錄。

□ **look out** 小心；當心（＝*watch out*）

Look out for cars as you cross the streets.

穿越車道時要當心車輛。

□ **look up to** 尊敬（＝*respect*）

They all ***look up to*** him as their leader.

他們都尊他為領袖。

M

□ **make allowances for** 顧慮到；斟酌

We must ***make allowances for*** his youth.

我們必須體諒他年輕。

□ **make an effort to** 努力；盡力

I will ***make every effort to*** help you.

我會盡一切力量幫助你。

□ **make both ends meet** 僅足餬口；收支相抵

He had to work hard to ***make both ends meet***.

他必須辛苦工作才能使收支相抵。

□ **make it** 趕上；到達（＝*come*）

You can ***make it*** if you hurry. 如果你趕快，還來得及。

□ **make out** 了解

They could not ***make out*** what the child had drawn.

他們看不懂這小孩子畫的東西。

□ **make up** 組成

A car is ***made up*** of different parts.

汽車由不同零件組成。

□ **make up for** 補償；彌補（＝*compensate for*）

Her intelligence ***made up for*** her lack of personal charm.

她的聰明彌補了容貌美之缺乏。

□ **more or less** 多少；有些（＝*somewhat*）

Most people are ***more or less*** selfish.

大多數人多少有些自私。

N

□ **no less than** 有～之多；不少於

My father has ***no less than*** two thousand books.

我父親的書有兩千本之多。

□ **no longer** 不復；不再（＝*not any more*）

A visit to the moon is ***no longer*** a fantastic dream.

到月球去旅行不再是空想。

** fantastic〔fæn'tæstɪk〕*adj.* 空想的；幻想的

□ **no more** 不再

His voice is heard ***no more***. 他的聲音再也聽不見了。

□ **no sooner ～ than** 一～即～（＝*as soon as*）

No sooner were the picnic baskets unpacked ***than*** it began to rain. 野餐盒剛一打開就開始下雨了。

□ **not in the least** 毫不（＝*not at all*）

I am ***not in the least*** afraid of ghosts. 我一點都不怕鬼。

□ **nothing but** 祇；不過（＝*merely*）

He is ***nothing but*** an ordinary man.

他只不過是個平常人而已。

O

☐ **of late** 近來；不久前（＝*lately*）

There have been too many high school dropouts ***of late***.

近來高中生退學的太多。 ** dropout〔'drɑp,aʊt〕*n.* 中途退學之學生

☐ **on account of** 因爲；由於

The picnic was held in the gym ***on account of*** the rain.

野餐因下雨而改在體育館舉行。 gym〔dʒɪm〕*n.* 體育館

☐ **on business** 因商務；因公

No admittance except ***on business***. 非公莫入。

** admittance〔əd'mɪtn̩s〕*n.* 准入；許入

☐ **on purpose** 故意

The clown fell down ***on purpose***. 小丑故意摔倒。

☐ **on the contrary** 相反地

You think I have nothing to do, but ***on the contrary***, I am very busy. 你以爲我無事可做，但相反地，我卻非常常忙碌。

☐ **once and for all** 堅決地；最終地

I told him ***once and for all*** that I wouldn't go.

我斷然告訴他我不願意去。

☐ **once in a while** 有時；偶而（＝*occasionally*）

Once in a while he goes with us to the movies on Saturday night. 有時他在星期六晚上和我們去看電影。

☐ **out of order** 壞了

Our television set is ***out of order***. 我們的電視機壞了。

☐ **out of the question** 不可能（＝*impossible*）

We can't go out in this weather; it's ***out of the question***.
我們不能在這種天氣下出去，那是不可能的。

P

☐ **participate in** 參與；分享

She ***participated in*** every board meeting.
她參與每次的董事會。

☐ **pay attention to** 注意

Please ***pay attention to*** these instructions.
請注意這些指示。

☐ **pick out** 選擇；挑選

He ***picked out*** the best book. 他挑選最好的書。

☐ **play an important role in** 扮演重要的角色

He ***plays an important role in*** politics.
他在政治上扮演重要的角色。

☐ **point out** 指出

He ***pointed out*** that there is little chance of success.
他指出成功的機會很少。

□ **prevent A from** 阻止或預防A變成B

We ***prevented the fire from spreading***. 我們阻止火勢蔓延。

□ **put off** 延期（＝*postpone*）

Never ***put off*** until tomorrow what you can do today.
今日事，今日畢。

□ **put one's finger on** 確實找出

He finally ***put his finger on*** the cause of the trouble.
他終於找到那件麻煩的起因。

□ **put up with** 忍耐（＝*tolerate*）

I can't ***put up with*** the noise any longer.
我無法再忍耐那噪音了。

Q

□ **quite a few** 相當多的；頗有幾個

Quite a few students were absent yesterday.
昨天有相當多的學生缺席。

R

□ **read between the lines** 讀出弦外之音

Some kinds of poetry make you ***read between the lines***.
有些詩要你從字裏行間體會全意。

□ **refer to** 提及

The minister ofen ***refers to*** the Bible.

牧師常提及聖經。 ＊＊ minister〔ˈmɪnɪstɚ〕 *n.* 牧師

□ **refrain from** 自制；克制（＝*keep oneself from*）

He politely ***refrained from*** telling her what he thought of her character.

他很有禮貌地克制自己，沒有告訴她他對其人品之看法。

□ **result in** 導致；造成

Eating too much often ***results in*** sickness.

暴食常導致疾病。

□ **right away** 立刻（＝*immediately*）

The Red Cross aids disaster victims ***right away.***

紅十字會立刻援助災民。 ＊＊ victim〔ˈvɪktɪm〕 *n.* 受害者

□ **run errands** 出差；跑腿

Jim ***ran errands*** for all our neighbors.

吉姆為我們所有的鄰居跑腿。

□ **run out of** 耗盡

We've ***run out of*** typing papers. 我們的打字紙用完了。

□ **run short of** 缺乏

We're ***running short of*** sugar. 我們的糖不夠了。

S

□ **search for** 尋找；搜求（＝*seek for*）

She is ***searching for*** her lost child.
她正在尋找她迷路的孩子。

□ **see ～ off** 送行

He went to the airport to ***see*** her ***off***. 他到機場爲她送行。

□ **set down** 寫下；記載

He ***set down*** all his important thoughts in his dairy.
他將重要的想法記在日記中。

□ **set up** 開設

The school has ***set up*** a special class to help poor readers.
學校開設了特別班，以幫助閱讀能力差的學生。

□ **show up** 出現；到達

We waited for an hour, but he did not ***show up***.
我們等了一個小時，但他沒有出現。

□ **sit up** 不睡；熬夜

Mother did not allow us to ***sit up*** all night.
媽媽不許我們徹夜不眠。

□ **so far** 到目前爲止

He has written only one novel ***so far***.
他到目前爲止只寫了一本小說。

☐ **something of** 有幾分

He is ***something of*** a scholar. 他略有學問。

☐ **sooner or later** 遲早

You will repent it ***sooner or later***.
你遲早會後悔的。 ** repent〔rɪ'pɛnt〕*v.* 悔悟

☐ **stand out** 顯著；突出

Mary was very tall and ***stood out*** in the crowd.
瑪麗個子很高，在群衆中相當突出。

☐ **stand up for** 堅持；維護

If you don't ***stand up for*** your rights, no one else will do it for you.
如果你不維護自己的權利，沒有人會代替你維護。

☐ **stay up** 不眠；熬夜

I went to bed at nine, but these fellows ***stayed up*** till dawn. 我九點就去睡，但這些傢伙一直熬夜到天亮。
** dawn〔dɔn〕*n.* 黎明；破曉

☐ **stay out** 留在外頭；不在家裏 反 *stay in*（待在家裏）

Kate made her parents very anxious by ***staying out*** until midnight. 凱特半夜還留在外頭，使她的父母非常著急。

☐ **stick to** 堅持；固執

You will surely succeed if you ***stick to*** your job.
如果你執守工作，你一定會成功。

T

☐ **take advantage of** 利用

The cat ***took advantage of*** the high grass to creep in on the bird. 貓利用高草隱蔽慢慢接近小鳥。

☐ **take after** 像；相似（= *resemble* ）

The baby really ***takes after*** his father.
這小孩眞像他父親。

☐ **take care of** 照顧；管理（= *look after* ）

She stayed home to ***take care of*** the baby.
她留在家裏照顧嬰兒。

☐ **take ～ into consideration** 顧及；考慮

The chairman should ***take*** the minority opinion ***into consideration***. 主席應顧及少數人的意見。

☐ **take over** 接管

He expects to ***take over*** the business when his father retires. 他期望在父親退休後接管這份事業。

** retire〔rɪ'taɪr〕*v*. 退休

☐ **take part in** 參加（= *participate in* ）

She'll ***take part in*** the beauty contest. 她將參加選美。

☐ **take place** 發生；舉行（= *happen* ）

The car accident ***took place*** only a block from his home.
車禍就發生在離他家一條巷子的地方。

☐ **take to one's heels** 開始跑；跑開

When he heard the police coming, the thief ***took to his heels.*** 聽到警察來的時候，小偷就逃走了。

☐ **think nothing of** 輕視；認爲無所謂

She seems to ***think nothing of*** lying.
她似乎認爲說謊沒什麼了不起。

☐ **to be sure** 無疑；當然

He works slowly, ***to be sure***, but he does a good job.
他工作確實很慢，但他慢工出細活。

☐ **to begin with** 首先；第一（＝ *first of all* ）

To begin with, I don't like its color. 首先，我不喜歡其顏色。

☐ **to say nothing of** 姑且不論；更不用說（＝ *not to mention* ）

We can't afford a car, ***to say nothing of*** the fact that we have no garage.
我們買不起汽車，更不用說沒有車庫這件事實。

☐ **turn in** 就寢（＝ *go to bed* ）

We were tired, so we ***turned in*** at about nine o'clock.
我們累了，所以九點左右便就寢了。

☐ **turn over** 移交；交付

The inventory was ***turned over*** to the broker.
存貨清單已交給經紀人。

** inventory〔ˈɪnvən,tɔrɪ〕*n.* 存貨清單

broker〔ˈbrokɚ〕*n.* 經紀人

☐ **turn up** 出現；到達

He promised to come, but so far he has not ***turned up***.
他答應要來，但到現在卻還沒到達。

U

☐ **up to date** 時髦的；最新式的

You must have ***up-to-date*** ideas. 你的思想必須能趕上時代。

☐ **use one's head** 動腦筋

You'll know why if you just ***use your head***.
你只要動腦筋就會知道爲什麼。

W

☐ **wait for** 等待；期待

The children ***waited*** impatiently ***for*** the summer vacation.
小孩不耐地期待暑假。

☐ **wear out** 磨損；耗盡

He has already ***worn out*** the shoes I bought for him last month. 他已經把我上個月買給他的鞋給磨壞了。

☐ **weather permitting** 天氣許可的話；天氣好的話

Weather permitting, we'll go on a picnic.
天氣許可的話，我們就去野餐。

□ **what is more** 再者；而且（＝*moreover*）

He is handsome, and ***what is more***, he is considerate.
他英俊，而且又體貼。

□ **with a view to＋V-ing** 爲了要；旨在

We have established the institute ***with a view to*** diffusing scientific knowledge. 我們創設本學會，旨在普及科學知識。

** diffuse〔dɪˈfjuz〕*v.* 傳播；廣布

□ **with all** 縱使；雖然（＝*for all*）

With all his money, he was very unhappy.
他雖然有錢，卻非常不快樂。

□ **with care** 小心地；謹愼地（＝*carefully*）

He carried the glassware ***with care***.
他小心地搬運玻璃器皿。 glassware〔ˈglæs,wɛr〕*n.* 玻璃器皿

□ **with regard to** 關於

With regard to this, there is no disagreement among the member nations. 關於此事，會員國之間並無歧異。

□ **work out** 解決問題；找出答案

John ***worked out*** his math problems all by himself.
約翰全靠自己解答數學問題。

□ **worth＋V-ing** 値得

She said life wouldn't be ***worth living*** without a friend.
她說沒有友誼，人生就不値得活下去。

☐ **would like to** 想；願意

I ***would like to*** go with you. 我想和你們一塊兒去。

Y

☐ **yield to** 讓步；屈服（＝*give way to*）

We will never ***yield to*** force. 我們決不向暴力屈服。

ECL成語測驗

● *Idiomatic Test*

1. The lumber projected out from the building. It ________.
   A. extended out　　B. flattened out
   C. evened out　　D. stretched out

2. This car ________ the one they put out last year.
   A. is alike　　B. is similar
   C. is similar to　　D. like

3. If a person is ________ breaking the law, he must be tried soon.
   A. accused　　B. charged of
   C. accusing of　　D. charged with

4. My fountain pen is in bad condition. It isn't ________ right.
   A. fixing　　B. write
   C. fluctuating　　D. working

5. I would like to think about your suggestion for ________.
   A. a timing　　B. a while
   C. then　　D. the time being

6. The chair is ________ the room.
   A. in the back　　B. in back to
   C. at the back of　　D. on the back

7. If you burn the midnight oil, you ________.
   A. light a fire　　B. get very angry
   C. study late at night　　D. study early at night

8. In taking notes, you should ________ the main points.
   A. explain　　B. pick out
   C. avoid　　D. pick up

9. John sure________that assignment.
A. messing up B. mess up
C. messed up D. mess

10. Oscar got a good________on his trip to Paris.
A. shaking up B. shook up
C. shook D. shocked

11. John was in a hurry. He________the gas as soon as he was on the highway.
A. let up B. stepped on
C. turned off D. stopped

12. Children learn very early how to________the time.
A. say B. tell
C. telling D. saying

13. Fiction magazine articles are________by a writer.
A. published B. subscribed
C. printed D. made up

14. If you call on someone, you________him.
A. phone B. telephone
C. called D. visit

15. The man talks________loud for me to understand him.
A. too B. to
C. two D. X

16. Henry wanted to________about the bus schedule.
A. find out B. found out
C. find D. found

17. I had already________the movie before Bill told me about it.
A. see B. been
C. seen D. gone

18. If you take notes you will________.
A. make slow progress B. forget easily
C. make better grades D. pass the exam

19. Oxygen________ as a liquid than as a gas.
A. takes space B. takes less space
C. is harder to handle D. takes least space

20. John started to run________ he got out of class.
A. soon as B. as soon as
C. sooner D. soon

21. Bob let a mechanic look at his brakes.
A. inspect B. repair
C. remove D. fix

22. We can call for our grades at the office next Tuesday.
A. give B. take
C. get D. leave

23. John said, "I will go over my notes after class."
A. read B. put aside
C. know D. finish

24. "When can you end up this job?", inquired the instructor.
A. finish B. start
C. continue D. begin

25. Can you make it at 1400 hours?
A. sleep B. come
C. build D. leave

26. Come on, Joe, It's time to get going.
A. to come B. to think
C. to stop D. to go

27. Generally speaking, you are correct.
A. The general spoke B. As a rule
C. Always D. That is

28. In back of the house there is a garage.
A. Behind B. In front of
C. On top of D. Inside

29. Please do not <u>cut in</u> when someone is talking.
A. continue B. stop
C. converse D. interrupt

30. Is anything the matter with you <u>besides</u> your broken toe?
A. in addition B. in side of
C. in spite of D. in addition to

31. Do you think you will ever <u>get through</u> this course?
A. get B. start
C. continue D. finish

32. Diplomas are <u>issued</u> to high school graduates.
A. sold B. given out
C. taught D. given

33. Gold is used <u>very much</u> in jewelry manufacturing.
A. expensively B. extensively
C. intensively D. frequently

34. We'd better <u>get going</u> if we want any lunch.
A. be on our way B. be away
C. let out D. leaving

35. Can't the doctor <u>get</u> Tom's <u>fever down</u>?
A. reduce it B. help it
C. cut it out D. calm it

36. Come on, Tom, it's time to <u>hit the sack.</u>
A. go to bed B. hit the books
C. hit the road D. take the bag

37. <u>Instead of</u> going to class, Henry went to town.
A. Rather than B. Because of
C. If not D. In spite of

38. If Henry <u>sticks to it</u>, he will make it as a pilot yet.
A. stays up B. stays out
C. stays with it D. stays long

39. The mechanic failed to fix the engine.
A. hurried to fix B. worked to fix
C. did not fix D. stopped to fix

40. Consulting a dictionary is a good way to learn new words.
A. Picturing B. Holding
C. Referring to D. Looking for

41. We don't get used to new foods very quickly.
A. find many B. be accustomed to
C. become accustomed to D. eat

42. What's your favorite song in the show so far?
A. until now B. at this distance
C. for this time D. to this time

43. After getting home we turned in right away.
A. turned around B. returned
C. went to bed D. turn in

44. There are signs all over the place.
A. just here B. over there
C. everywhere D. somewhere

45. Roger was very ill, but he is back on his feet now.
A. walking now B. back in bed again
C. without shoes again D. well again

Test

ECL成語測驗解答

1.（A）	9.（C）	17.（C）	25.（B）	33.（B）	41.（B）
2.（C）	10.（A）	18.（C）	26.（D）	34.（A）	42.（A）
3.（D）	11.（B）	19.（B）	27.（B）	35.（A）	43.（C）
4.（D）	12.（B）	20.（B）	28.（A）	36.（A）	44.（C）
5.（B）	13.（D）	21.（A）	29.（D）	37.（A）	45.（D）
6.（C）	14.（D）	22.（C）	30.（D）	38.（C）	
7.（C）	15.（A）	23.（A）	31.（D）	39.（C）	
8.（B）	16.（A）	24.（A）	32.（B）	40.（C）	

Part V

ECL 精選文法

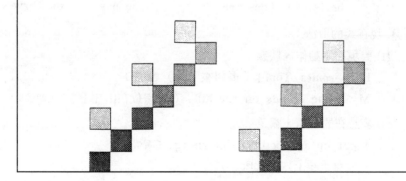

1 時　式 (1)　基本時式

●要點提示

1. **基本時式**：現在式、過去式、未來式。
2. **現 在 式**：指現在的動作、狀態、習慣、職業、不變的真理或格言。
3. **過 去 式**：指過去的動作、狀態、習慣、經驗。
4. **未 來 式**：指未來的動作、狀態、意志。

§ 1. 基本時式

動詞因動作或狀態時間的不同，而分為現在、過去、未來三種時式，稱為基本時式。

§ 2. 現在式

A. 動詞形式：動詞的現在式，除了 be 動詞和 have 動詞之外，都用原形。但如果主詞是第三人稱單數時，動詞字尾要加 -s 或 -es 。

⇨ be , have 則因人稱、數的不同，而有下列變化：

be：	I am	we are	**have**：	I have	we have
	you are	you are		you have	you have
	he is	they are		he has	they have

B. 現在式的用法：

(1) 表現在的動作、狀態

Here ***comes*** Tom！（湯姆來了！）〔動作〕

My house ***stands*** on the hill.（我家位在山丘上。）〔狀態〕

(2) 表現在的習慣、職業

I ***get*** up at six every morning.〔習慣〕

（我每天早上六點起床。）

He ***teaches*** English in a high school.〔職業〕
（他在一所中學裏教英文。）

(3)表不變的眞理或格言
The earth ***moves*** round the sun.
（地球繞著太陽運行。）

§ 3. 過去式

A. 動詞形式：一般動詞的過去式，可分爲兩種，一是規則動詞，在字尾加 -d 或 -ed ；一是不規則動詞，可參照字典。be 動詞的過去式如下：

單數：I was / you were / he was

複數：we〔you, they〕were

B. 過去式的用法：表過去的動作、狀態、習慣、經驗

(1) We ***went*** to Tainan last week.〔動作〕
（我們上週去台南。）

(2) She ***was*** beautiful.（她很美。）〔狀態〕

(3) I often ***went*** swimming.（我常去游泳。）〔習慣〕

(4) I never ***saw*** koalas.（我從沒看過無尾熊。）〔經驗〕

§ 4. 未來式

用「will〔shall〕＋原形動詞」來表示未來的動作、狀態、意志。

(1) He ***will come*** back tomorrow.（他明天會回來。）〔動作〕

(2) He ***will be*** at home tonight.〔狀態〕
（他今晚會在家。）

(3) I ***will get*** up early tomorrow morning.〔說話者的意志〕
（我明天早上會早起。）

2 時　式(2)　進行式

●要點提示

1. **現在進行式**：指現在進行中的動作或狀態、反覆的動作或習慣、最近的未來。
2. **過去進行式**：指過去某時刻進行中的動作或狀態、過去反覆的動作或習慣、過去打算却未能達成的動作。
3. **不用進行式的動詞**：***see***，***hear***，***like*** 等。

§ 1. 現在進行式

A. 形式：現在進行式由「Be動詞的現在式＋V-ing（現在分詞）」所組成。

B. 用法：

(1) 表現在進行中的動作或狀態

He ***is running***.（他正在跑。）〔動作〕

It ***is snowing*** outside.（外面正在下雪。）〔狀態〕

(2) 表現在反覆的動作或習慣

She ***is*** always ***complaining***.（她總是抱怨。）

⇨現在進行式表反覆的動作或習慣時，常與頻率副詞always,usually連用。

(3) 表最近的未來

We ***are leaving*** here tomorrow.（我們明天將離開這兒。）

⇨現在進行式用於最近的未來，通常是表「來去」的動詞，並常與表未來的時間副詞連用。

⇨「be going to＋原形動詞」表不久的將來的預定或意圖。

It ***is going to*** rain tonight.（今夜將會下雨。）

I ***am going to*** buy a camera.（我將買一部照相機。）

§ 2. 過去進行式

A. 形式：過去進行式由Be動詞的過去式＋V-ing所組成。

B. 用法：

⑴ 表過去某時刻進行中的動作或狀態

She ***was playing*** the piano when I visited her.

（我拜訪她時，她正在彈鋼琴。）

⑵ 表過去反覆的動作或習慣

Father ***was*** always ***painting*** a picture on his holidays.

（父親總是在假期中畫圖。）

⑶ 表過去打算却未能達成的動作

She ***was going*** to attend the concert last night.

（她昨晚本來想去參加音樂會。——但因故未能去）

§ 3. 不用進行式的動詞

下列動詞通常不用進行式：

A. 感官動詞 see, hear, smell, feel, taste 等指本能自然的動作，時間很短暫，不用進行式。

I ***see*** a girl in the park.（我在公園裏看到一個女孩。）

⇨ look, listen 爲表動作的感官動詞（see, hear 等則表結果），可用進行式。

She ***is looking*** at the picture.（她正在看那幅畫。）

B. 表情感狀態的動詞，如 like, know, remember 等，及表事實狀態的動詞，如 belong, have 等，不用進行式。

I ***know*** his sister.（我認識他妹妹。）

This house ***belongs*** to my aunt.（這房子屬於我伯母。）

3 時　式(3)　完成式

● 要點提示

1. **現在完成式**：指動作的完成、結果、經驗、繼續。
2. **過去完成式**：指過去動作的完成、經驗、繼續。
3. **現在完成進行式**：指過去動作持續到現在。

§ 1. 現在完成式

A. 形式：現在完成式由「have〔has〕＋過去分詞」所組成。

B. 用法：

(1) 表動作的完成

I ***have*** just ***finished*** my homework.（我剛剛做完家庭作業。）

He ***has*** not ***come*** yet.（他還沒來。）

⇨ 現在完成式表現在剛剛完成的動作時，常與 just, now, already, yet 等副詞連用。

(2) 表動作的結果

My father ***has gone*** to Hawaii.（我父親已去夏威夷。）

He ***has become*** a teacher.（他已成為一位老師。）

(3) 表經驗

I ***have*** never ***seen*** pandas.（我從未看過熊貓。）

⇨ 現在完成式表經驗時，常與 ever, never, once, often, before 等副詞連用。

⇨ have been to ～作「曾經去過～」解，表經驗。

I ***have been to*** Europe.（我曾去過歐洲。）

(4) 表動作的繼續

His father ***has been*** dead for ages.（他父親過世已多年了。）

I ***have collected*** coins for many years.

（我收集硬幣有很多年了。）

⇨ ago, yesterday, last year 等表過去的時間副詞與過去式連用，不可用現在完成式。

I ***saw*** him yesterday.（我昨天看到他。）

§ 2. 過去完成式

過去完成式由「had＋過去分詞」所組成，表過去某時之前完成的動作、過去的經驗、過去某時之前動作的繼續。

(1) When I called on him, he ***had*** already ***finished*** his lunch.

（我去拜訪他時，他已吃完午餐。）

(2) As I ***had seen*** him before, I recognized him at once.

（因爲我曾見過他，我立刻認出他。）

(3) Everything ***had gone*** well up to that time.

（直到那時，一切都很順利。）

⇨ 表過去兩個不同時發生的動作或狀態時，先發生的用過去完成式，後發生的用簡單過去式。

I ***had seen*** him before he ***saw*** me.

（在他看見我之前，我就看到他了。）

§ 3. 現在完成進行式

現在完成進行式由「have〔has〕been＋V-ing」所組成，表過去某時開始，一直到現在仍在進行的動作。

She ***has been playing*** the piano since this morning.

（她從今天早上到現在一直彈鋼琴。）

I ***have been studying*** English for four years.

（我已學了四年英文了。——現在還在學）

EXERCISES

A. 選出正確的答案

1. She_________to church on Sunday. (① go ②went ③goes)
2. Tom_________English tomorrow. (① study ② will study ③ studied)
3. I_________her yesterday. (① met ② meets ③ meet)
4. _________you get up at seven tomorrow morning? (① Did ② Will ③ Do)
5. They_________very tall. (① is ② am ③ are)

B. 將括弧內的動詞改為適當的形式

1. She always (sing) songs.
2. Two and five (make) seven.
3. He (leave) for Boston last night.
4. I (call) you tomorrow.
5. (Be) Tom a high school student last year?

C. 將下列句子改為進行式

1. He watches TV.
2. Mary plays the piano very well.
3. It rained.
4. The baby cried.
5. The sun sets in the west.

D. 改正下列句子的錯誤

1. I am knowing Mr. Tanaka very well.

2. My father is hearing the radio now.
3. Tom is runing very fast.
4. My mother does not cleaning the room now.
5. He is seeing the picture.
6. I have bought a camera yesterday.
7. Tom has already gets up.
8. I have written a letter yet.
9. I have known Mr. Young very well.
10. They are living in Dallas for five years.

E. 在空格中填入適當的字

1. We have_________married for ten years.
2. He_________just finished his homework.
3. My sister_________already gone to bed when I came home.

Answers to Exercises

A. 1. ❸ 2. ❷ 3. ❶ 4. ❷ 5. ❸

B. 1. sings（指現在的習慣） 2. makes（指不變的眞理）
3. left（指過去的動作） 4. will call（指未來的動作）
5. Was（指過去的狀態）

C. 1. watches ⇨ ***is watching*** 2. plays ⇨ ***is playing***
3. rained ⇨ ***was raining*** 4. cried ⇨ ***was crying***
5. sets ⇨ ***is setting***

D. 1. *am knowing* → ***know*** 2. *is hearing* → ***is listening to***
3. *runing* → ***running*** 4. *does not* → ***is not***
5. *seeing* → ***looking at*** 6. *have bought* → ***bought***
7. *gets* → ***got*** 8. *have written* → ***have not written***
9. *have known* → ***know*** 10. *are living* → ***have lived***

E. 1. been 2. has 3. had

4 動狀詞 (1) 不定詞

● 要點提示

1. **不定詞與不定詞的否定**：***to*** ＋原形動詞、***not to*** ＋原形動詞。
2. **名詞的用法**：作主詞、受詞、補語。
3. **形容詞的用法**：修飾名詞、作補語。
4. **副詞的用法**：修飾動詞、形容詞、副詞、全句。
5. **不定詞意義上的主詞**：指句中的主詞或受詞。

§ 1. 不定詞與不定詞的否定

不定詞由「to＋原形動詞」所組成，可用作名詞、形容詞或副詞，其否定是在不定詞前加 not，即「 not to ＋原形動詞 」。

I told him ***not to come***.（我叫他不要來。）

⇨感官動詞 see 等和使役動詞 let 等之後須接原形不定詞（省略 to 的不定詞）。

§ 2. 名詞的用法

不定詞作名詞時，可用作主詞、受詞或補語。

(1) ***To study*** French is difficult.（學法文很難。）〔主詞〕

(2) He tried ***to solve*** the problem.（他設法解決問題。）〔受詞〕

(3) My wish is ***to become*** a lawyer.（我希望成爲一名律師。）〔補語〕

⇨不定詞作主詞時，可用形式主詞 It 代替，句型是「It is…to～」。

It is wrong ***to tell*** a lie.（說謊是不對的。）

⇨不定詞作受詞時，可用形式受詞 it 代替，句型是「主詞＋動詞＋it ＋補語＋ to ～」。

I found *it* easy ***to swim***.（我發覺游泳很簡單。）

§ 3. 形容詞的用法

不定詞作形容詞時，修飾名詞，或作補語。

(1) He has a plan ***to go*** abroad.（他有出國的計畫。）〔修飾名詞〕

(2) He seems ***to be*** sick.（他似乎生病了。）〔補語〕

⇨ 被修飾的名詞是不定詞中介詞意義上的受詞時，介詞不可省略。

He has no *house* ***to live in***.（他沒有房子可住。）

⇨「Be 動詞＋不定詞」的作用與助動詞相似。

We ***are to meet*** him here.（我們預定在這裏和他見面。）

§ 4. 副詞的用法

不定詞作副詞時，可修飾動詞、形容詞、副詞或全句。

(1) We go to school ***to study***.（我們到學校讀書。）〔修飾動詞〕

(2) It is likely ***to rain***.（天可能會下雨。）〔修飾形容詞〕

(3) It is never too late ***to mend***.（亡羊補牢,猶未晚也。）〔修飾副詞〕

(4) ***To tell*** the truth, I don't like her.

（老實說，我不喜歡她。）〔修飾全句〕

⇨ to be sure「一定～」, be willing to「願意～」, enough to「足以～」等是不定詞的慣用語。

I *am willing* ***to help*** her.（我願意幫助她。）

§ 5. 不定詞意義上的主詞

A. 不定詞意義上的主詞與主要動詞的主詞相同

He seems ***to be*** tired.（他似乎累了。）

B. 不定詞意義上的主詞與主要動詞的受詞相同

She asked *me* ***to read*** the book.（她要求我讀那本書。）

C. 用 for ～, of ～時

It is easy **for** *him* ***to speak*** Chinese.

（對他而言，說中文很簡單。）

It is kind **of** *you* ***to help*** me.（非常感激你幫助我。）

5 動狀詞 (2) 動名詞

● 要點提示

1. **動名詞**：原形動詞＋ ***ing***
2. **動名詞的用法**：作主詞、受詞、補語。
3. **介系詞＋動名詞**
4. **動名詞意義上的主詞**：指句中的主詞或受詞。
5. **動名詞與不定詞**：***enjoy, admit*** …＋***V-ing***、***want, agree*** …＋ ***to V***

§ 1. 動名詞

動名詞由「原形動詞＋ ing」所組成，兼具動詞與名詞之性質。

sleep → ***sleeping*** know → ***knowing***

⇨注意動詞字尾的變化：stop → ***stopping*** come → ***coming***

§ 2. 動名詞的用法

A. 作主詞

Rising early is good for our health.（早起對健康有益。）

B. 作受詞

I like ***traveling*** by train.（我喜歡搭火車旅行。）

C. 作補語

His hobby is ***watching*** wild birds.（他的嗜好是觀賞野鳥。）

⇨動名詞作補語時，不要與現在進行式混淆。

He ***is watching*** wild birds.（他正在觀賞野鳥。）

§ 3. 介系詞＋動名詞

動名詞可作without, for, in, of 等介系詞的受詞。

(1) He went out *without* ***saying*** good-by.
（他沒說再見就出去了。）

(2) Thank you *for* ***inviting*** me.（謝謝你邀請我。）

(3) He is interested *in* ***reading*** books.（他對讀書感興趣。）

(4) I am fond *of* ***climbing*** mountains.（我喜歡爬山。）

§ 4. 動名詞意義上的主詞

A. 動名詞意義上的主詞與主要動詞主詞相同

He insisted on ***going*** with us.（他堅持和我們一起去。）

B. 動名詞意義上的主詞與主要動詞的受詞相同

He is proud of *his son* ***being*** a doctor.
（他以兒子是醫生爲傲。）

I can't excuse *him*〔*his*〕***telling*** a lie.（我不能原諒他說謊。）

⇨作動名詞意義主詞的代名詞亦可用所有格。

C. 由上下文推斷

The pain in *my* throat makes ***speaking*** quite impossible.
（喉部的痛使我無法講話。）〔speaking 的意義主詞可推測爲 I〕

§ 5. 動名詞與不定詞

A. enjoy, admit, avoid, repent 等動詞只可用動名詞爲受詞。

We *enjoyed* ***skiing*** last winter.（去年冬天，我們享受滑雪的樂趣。）

B. want, agree, refuse, plan 等動詞只可用不定詞爲受詞。

He *agreed* ***to become*** chairman.（他同意成爲主席。）

⇨有些動詞可接不定詞和動名詞，但意義上有出入。

I *remember* ***to see*** him.（我會記得去看他。——尚未去看）

I *remember* ***seeing*** him.（我記得看過他。——已看過了）

6 動狀詞 (3) 分詞

●要點提示

1. **分詞的種類與功用：**
   A. 種類：現在分詞、過去分詞。
   B. 功用：進行式、完成式、被動語態、形容詞。
2. **分詞作形容詞的用法：** 修飾名詞、作補語。
3. **分詞的意義：** 現在分詞表主動，過去分詞表被動。

§ 1. 分詞的種類與功用

A. 分詞的種類：分詞可分為現在分詞和過去分詞兩種，現在分詞是由「原形動詞＋ ing 」所組成。

B. 分詞的功用：現在分詞可形成進行式，過去分詞可形成完成式與被動語態，二者皆可作形容詞。

(1) Tom is ***writing*** a letter.（湯姆正在寫一封信。）〔進行式〕

(2) Tom has just ***written*** a letter.（湯姆剛寫完一封信。）〔完成式〕

(3) This letter was ***written*** by Tom.〔被動語態〕
（這封信是湯姆寫的。）

⇨現在分詞和過去分詞皆可作形容詞。

a ***falling*** leaf（正在飄落的樹葉）
a ***broken*** glass（打破了的玻璃）

§ 2. 分詞作形容詞的用法

A. 修飾名詞：分詞可置於名詞前後，修飾名詞。

(1) 分詞＋名詞：單一的分詞修飾名詞時
He told us a very ***touching story.***
（他告訴我們一個很動人的故事。）

He bought a ***used*** *car* at a low price.

(他以低價買到一部中古車。)

⑵ 名詞＋分詞：分詞作句中受詞之補語時

I know the *girl* ***playing*** the piano.

(我認識那個彈鋼琴的女孩。)

She has a *dog* ***named*** Mary.(她有一隻名叫瑪麗的狗。)

B. 作補語

⑴ 主詞補語：

The boy kept ***crying***.(那男孩一直哭。)

I got ***excited*** seeing the game.

(能看那場比賽，我感到很興奮。)

⑵ 受詞補語：

I saw the *sun* ***rising*** over the horizon.

(The sun was rising over the horizon.)

(我看到太陽升上地平線。)

I heard my *name* ***called***.(我聽到有人叫我的名字。)

(My name was called.)

§ 3. 分詞的意義

現在分詞表主動的意思，而過去分詞表被動的意思。

⑴ The girl ***singing*** there is Susie.(正在那邊唱歌的女孩是蘇西。)

⑵ I climbed the high mountain ***covered*** with snow.

(我攀登白雪覆蓋的高山。)

⇨「have〔get〕+受詞+現在分詞」作「使維持(某種狀態)」解。

I am sorry to **have kept** *you* ***waiting***.(很抱歉,讓你久等了。)

⇨「have〔get〕＋受詞＋過去分詞」作「使～；被～」解。

I **had** *my watch* ***repaired***.(我把錶拿去修理。)〔表使役〕

I **had** *my watch* ***stolen***.(我的錶被偷了。)〔表被動〕

EXERCISES

A. 選出正確的答案

1. The teacher told Tom ________the book.（① read ② to read ③ reading）
2. She has no house________.（① live ② to live ③ to live in）
3. I saw ________ fast.（① he run ② him run ③ him to run）
4. He decided ________ a trip to London.（① to make ② make ③ making）
5. They want ________ golf.（① play ② to play ③ playing）
6. He insisted on ________ Susie.（① visit ② visiting ③ to visit）
7. I remember________him two years ago.（① seeing ② to see ③ of seeing）
8. I'm looking forward________from you on this matter.（① to hear ② hear ③ to hearing）
9. The doctor advised me ________up smoking.（① giving ② give ③ to give）
10. He was very glad ________ you.（① see ② to see ③ seeing）

B. 將括弧內的動詞改為適當的形式

1. The boy（wash）the car is my brother.
2. This is the doll（make）by my mother.
3. Do you know that（run）man?
4. I bought a ball-point pen（make）in Germany.
5. I found the garden（cover）with snow.
6. A boy（name）George came to see me.

C. 改正下列句子的錯誤

1. I could not avoid laugh.
2. He was delighted hear the news.
3. I finished to type the letter.
4. I am fond of play the violin.
5. I heard them to sing loudly.

D. 在空格中填入適當的字

1. He has a lot friends to play ________.
2. She is looking for a house to live ________.
3. This river is dangerous to bathe ________.
4. Do you have any people to rely ________ ?

E. 將下列各題中的句子合併成簡單句

1. These are pictures. They were painted by him.
   → These are ______________________________.
2. I found Jane. She was sitting on the bench.
   → I found ______________________________.

Answers to Exercises

A. 1. ❷ 2. ❸ 3. ❷ 4. ❶ 5. ❷ 6. ❷ 7. ❶ 8. ❸ 9. ❸ 10. ❷

B. 1. washing 2. made 3. running 4. made
   5. covered 6. named

C. 1. *laugh* → ***laughing*** 2. *hear* → ***to hear***
   3. *to type* → ***typing*** 4. *play* → ***playing***
   5. *to sing* → ***sing***

D. 1. with 2. in 3. in 4. on

E. 1. pictures painted by him 2. Jane sitting on the bench

7 被動語態 Passive Voice

● 要點提示

1. **被動語態**： Be 動詞＋過去分詞
2. **語態的變換**
3. **被動語態的時式**：以 Be 動詞的變化來表示。
4. **by 的省略**：指行為者泛指一般人時。
5. **介系詞不用 by 的情形**： ***to***, ***with***, ***it*** 等。

§ 1. 被動語態

被動語態表示被動的動作或狀態，由「 Be 動詞＋過去分詞 」所組成。另一種語態是主動語態，表示主動的動作或狀態。

主動語態…He ***speaks*** English.（他講英語。）

被動語態…He will ***be punished***.（他將受罰。）

§ 2. 語態的變換

現在式主動語態改為被動語態方法如下：

（主詞）（動詞）（受詞）

＜主動語態＞ He loves her.（他愛她。）

＜被動語態＞ She is loved by him.（她為他所愛。）

① 主動態的受詞作被動態的主詞。受格須改為主格。her → ***she***

② 動詞改為「 Be 動詞＋過去分詞」。Be 動詞按新主詞的人稱，數而變化。loves → ***is loved***

③ 主動態的主詞改為受格，其前加 by，置於句尾。He → ***by him***

§ 3. 被動語態的時式

被動語態的時式以 Be 動詞的變化來表示，過去分詞則不變。

(1) You ***are loved*** by your parents.（你被你的父母所愛。）〔現在式〕

(2) The door ***was shut*** by her.（門是她關的。）〔過去式〕

(3) A letter ***will be written*** by Tom.（有封信將由湯姆來寫。）〔未來式〕

(4) The book ***has been read*** by John.（約翰已唸過那本書了。）〔現在完成式〕

⇨上句分析如下：

被動語態 [been read]

The book ¦has been¦ read by John.

現在完成式 [has been]

(5) A doghouse ***is being made*** by Terry.

（泰瑞正在蓋一間狗屋。）〔現在進行式〕

⇨上句分析如下：

被動語態 [being made]

A doghouse ¦is being¦ made by Terry.

現在進行式 [is being]

§ 4. by 的省略

當行爲者（即 by ～）指一般人時，常將 by ～省略，但若特指某行爲者時，則不可省略。

English ***is spoken*** (by them) in England.（在英國，人們講英語。）

§ 5. 介系詞不用 by 的情形

有些動詞改爲被動語態時，介系詞不用 by, 而用 to, with, in 等。

He ***is*** well ***known*** *to* the people.（他爲人們所熟知。）

The mountain ***is covered*** *with* snow.（山爲雪所覆蓋。）

He ***was caught*** *in* a shower.（他爲驟雨所困。）

⇨句中含助動詞的被動語態句型是「助動詞＋原形Be動詞＋過去分詞」。

Many stars ***can be seen*** (by us) tonight.

（今晚我們可以看到許多星星。）

EXERCISES

A. 選出正確的答案

1. He has his trousers ________ every day.
   (① press ② to press ③ pressing ④ pressed)
2. This week we've had the house ________ into by thieves.
   (① break ② breaking ③ broken ④ broke)
3. Don't worry about what you have done. Let it ________ at once. (① be forgotten ② forget ③ forgotten ④ to be forgotten)
4. I am having my house ________, which is why there is such a mess everywhere.
   (① paint ② painted ③ painting ④ paints)

B. 將下列句子改為被動語態

1. They don't love him.
2. She will write a letter.
3. John always uses the pen.
4. He invited us to the party.
5. She is painting a picture.

C. 將下列句子改為主動語態

1. The window was opened by her.
2. Tom is loved by them.
3. A box will be made by Tom tomorrow.
4. By whom was this novel written?
5. The story has been read by many people.

D. 將括弧內的動詞改為適當的形式

1. The letter has (be) written by Jimmy.
2. English is (speak) by them.
3. Is she (love) by her parents?
4. The cake was (make) by Mary.

E. 在空格中填入適當的字

1. They were caught ________ a shower on their way home.
2. I was frightened ________ the ghost.
3. The table is covered ________ a cloth.
4. What language is spoken ________ that country?
5. Good care must be taken ________ the children.
6. They are absorbed ________ listening to music.
7. The doctor is known ________ the world.

Answers to Exercises

A. 1. ❹ 2. ❸ 3. ❶ 4. ❷

B. 1. He is not loved by them.
2. A letter will be written by her.
3. The pen is always used by John.
4. We were invited to the party by him.
5. A picture is being painted by her.

C. 1. She opened the window. 2. They love Tom.
3. Tom will make a box tomorrow. 4. Who wrote this novel?
5. Many people have read the story.

D. 1. been 2. spoken 3. loved 4. made

E. 1. in 2. at 3. with 4. in
5. of 6. in 7. to

8 假設法 Subjunctive Mood

● 要點提示

1. **與現在事實相反的假設：**

   If …＋動詞〔助動詞〕的過去式，～***would*** ＋原形動詞

2. **與過去事實相反的假設：**

   If …＋過去完成式，～***would have*** ＋過去分詞

3. **與未來事實相反的假設：**

   If …＋動詞的過去式〔***were to*** ＋原形動詞〕，～***would*** ＋原形動詞

§ 1. 與現在事實相反的假設

A. 與現在事實相反的假設句型是「 If …＋動詞〔助動詞〕的過去式, ～would ＋原形動詞」。

If he ***were***〔***was***〕rich, he ***would build*** a new house.

（如果他有錢，他會建一幢新房子。）

⇨條件子句中的 Be 動詞原則上要用 were, 但口語上亦可用 was。

⇨ would 可用 should, could, might 代替。

If I ***were***〔***was***〕healthy, I ***could go*** with them.

（如果我健康的話，我會跟他們去。）

B. 「 I wish …＋過去式」表示與現在事實相反的願望。

I wish I ***were*** rich.（我但願我很富有。）

C. 「 as if …＋過去式」亦表示與現在事實相反的假設。

She behaves *as if* she ***were*** a queen.

（她的舉止宛如皇后。）

§ 2. 與過去事實相反的假設

A. 與過去事實相反的假設句型是「 If …＋過去完成式，～would have ＋過去分詞」。

If you ***had worked*** harder, you ***would have succeeded.***

（如果你工作努力點，你可能已經成功了。）

B.「 I wish …＋過去完成式」表示與過去事實相反的願望。

I wish I ***had passed*** the examination.

（我希望我已經通過考試了。）

§ 3. 與未來事實相反的假設

A. 與未來事實相反的假設句型是「 If …＋動詞的過去式〔 were to ＋原形動詞〕，～would ＋原形動詞」。

If your father ***knew*** this, he ***would be*** angry.

（如果你父親知道了，他會生氣的。）

⇨ If 子句中用「 were to ＋原形動詞」時，表示未來絕對不可能發生的事。

If the sun ***were to rise*** in the west, I ***would marry*** you.

（如果太陽從西方出來，我就嫁給你。）

B.「 I wish …＋助動詞的過去式＋原形動詞」表示未來不可能實現或可能性極小的願望。

I wish I ***could meet*** my uncle tomorrow.

（我希望明天能見到我叔叔。）

C.「 If … should ＋原形動詞，祈使句」表示未來可能性極小的假設。

If he ***should come*** late, tell him to wait.

（萬一他來遲了，告訴他等著。）

⇨只有在條件子句用「 should ＋原形動詞」時，主要子句才可用祈使句。

EXERCISES

A. 選出正確的答案

1. If I ________ a car, I would send you there.
   (① have ② has ③ had)
2. He swims as if he ________ a fish.
   (① were ② is ③ did)
3. If I ________ your address, I would have written to you.
   (① knew ② had known ③ know)
4. If I ________ to part from her, what would my future be?
   (① am ② were ③ would)
5. ________ the King live long! (① May ② Will ③ Wish)

B. 將括弧內的動詞改為適當的形式

1. If I (be) rich, I could buy a piano.
2. He always behaves as if he (know) everything.
3. If he (be) more careful then, he would not have been run over by the car.
4. I wish I (be) much taller.
5. (Be) he here now, I would tell him not to be rude.
6. If she (not marry) him then, she would be happy now.
7. If he (take) my advice, he would have got the prize.
8. If I (be) to tell them the truth, they would be surprised.
9. It's high time you (have) a haircut.
10. A wise man (not say) such a thing.

C. 改正下列句子的錯誤

1. If I had money, I would have bought the dictionary.
2. If I am you, I would not do such a thing.
3. I wish I can speak English more fluently.
4. He talks as if he is a Japanese.
5. If you had not helped me, I had failed.

D. 在空格中填入適當的字

1. I wish I ________ a man.
2. He looks ________ if nothing were the matter.
3. If I ________ wings, I could fly to you.
4. I ________ I know how to swim.
5. If you ________ come earlier, you might have seen her.

Answers to Exercises

A. 1. ❸ 2. ❶ 3. ❷ 4. ❷ 5. ❶

B. 1. were 2. knew 3. had been 4. were 5. Were
6. had not married 7. had taken 8. were 9. had
10. would not say

C. 1. *would have bought* → ***would buy*** 2. *am* → ***were***
3. *can* → ***could*** 4. *is* → ***were***
5. *had failed* → ***would have failed***

D. 1. were 2. as 3. had 4. wish 5. had

9 助動詞 Auxiliary Verbs

● 要點提示

1. 助動詞的特性：助動詞＋原形動詞。
2. can 的用法：指能力、許可、推測、可能。
3. must 的用法：指義務、必要、禁止、推測。
4. may 的用法：指許可、推測、祈願。
5. should 的用法：指義務、推測。

§ 1. 助動詞的特性

A. 助動詞後的主要動詞須用原形。

He ***can speak*** English.（他會說英文。）

B. 主詞是現在式第三人稱單數時，助動詞不加 -s 或 -es 。

C. 助動詞本身只有現在式和過去式。

D. 含助動詞的過去式句型爲「助動詞過去式＋原形動詞」。

She ***could sing*** well.（她可以唱的很好。）

E. 有助動詞的疑問句，或否定句，不須再借用 do〔does〕。

Can you swim?（你會游泳嗎？）〔疑問句〕

You ***cannot*** swim.（你不會游泳。）〔否定句〕

§ 2. can 的用法

can 的過去式是 could, 否定式是 cannot 或 can't 。

A. 表能力

She ***could*** play the piano.（她會彈鋼琴。）

⇨ be able to 亦表能力，可代替 can, 形成未來式。

He ***will be able to*** overtake me.（他能趕過我。）

B. 表許可

You ***cannot*** go out tonight.（你今晚不可外出。）

C. 表推測、可能

The road ***can*** be blocked.（路可能會被堵塞了。）

⇨ cannot 可表否定的推測。

The rumor ***cannot*** be true.（那謠言不可能是眞的。）

§ 3. must 的用法

must 本身無過去式，須以同義的 have to的過去式had to 來代替。

A. 表義務、必要

Must I go home now?（我必須現在回家嗎？）

Yes, you ***must***.（是的，你必須。）

No, you ***need not***. / No, you ***don't have to***.（不，你不必。）

B. 表禁止：must not 表禁止，作「不准」解。

You ***must not*** play here.（你不准在這裏玩。）

C. 表推測

She ***must*** be sick.（她一定是生病了。）

§ 4. may 的用法（過去式是might）

A. 表許可

May I smoke? No, you ***may not***.（我可以吸煙嗎?不，你不可以。）

⇨若欲表强烈的禁止，則用No, you ***must not***。

B. 表推測

He ***may*** be sick.（他可能生病了。）

C. 表祈願

May God bless you!（願上帝祝福你！）

§ 5. should 的用法

should 是shall 的過去式，但有其獨立的用法。

A. 表義務（= ought to）

He ***should*** study more.（他應該更用功些。）

B. 表推測

Mary took dancing lessons for years, she ***should*** be an excellent dancer.（瑪麗學了幾年的舞蹈，她該是位優秀的舞者。）

EXERCISES

A. 選出正確的答案

1. Must I do it at once? No, you ________ not.
   (① may ② need ③ can)
2. Never ________ I expect to see her there.
   (① did ② would ③ should)
3. He ________ be a coward, for he is not afraid to go into the cave alone. (① may ② must ③ cannot)
4. She often plays when she ________ work.
   (① may ② would ③ should)
5. You ________ go in, for the notice says "Keep off."
   (① may not ② must not ③ need not)

B. 改正下列句子的錯誤

1. You ought not go out on such a cold day.
2. You need not to hurry.
3. I may met her before, but I hardly remember I have.
4. He must has begun it earlier.

C. 依照各組句意，在空格中填入適當的助動詞

1. { Water cannot be had for nothing here.
   { We ________ pay for water here.
2. { You are allowed to swim.
   { You ________ swim.
3. { You don't have to worry about trifles
   { You ________ not worry about trifles.

4. {We must love our neighbors.
We ________ to love our neighbors.

5. {Is it possible that it is true?
________ it be true?

6. {You are prohibited from eating sweets.
You ________ not eat sweets.

7. {I want to visit you tomorrow.
________ I visit you tomorrow?

D. 在下列空格中填入適當的助動詞

1. It is strange that you ________ know it.
2. He was so obstinate that he ________ not listen to my suggestions.
3. He said he would come and he ________ come.
4. John lives in London, and so ________ his parents.
5. I gave him no answer for fear that I ________ annoy him.

Answers to Exercises

A. 1. ❷ 2. ❶ 3. ❸ 4. ❸ 5. ❷

B. 1. *not go* → ***not to go*** 2. *not to hurry* → ***not hurry***
3. *may met* → ***may have met*** 4. *must has begun* → ***must have begun***

C. 1. must 2. may 3. need 4. have
5. Can 6. must 7. May

D. 1. should 2. would 3. did 4. do
5. should

10 連接詞 Conjunctions

●要點提示

1. **連接詞的作用**：連接單字、片語、子句。
2. **對等連接詞**：連接文法上作用相同的單字、片語、子句。
3. **從屬連接詞**：連接從屬子句與主要子句。
4. **兩個單字以上構成的連接詞**：***so … that～***，***as soon as …***。

§ 1.連接詞的作用

連接詞可用來連接單字、片語或子句。

(1) *Bob* ***and*** *John* are good friends.（鮑伯和約翰是好朋友。）〔單字〕

(2) Do you go home *by bus* ***or*** *on foot*?
（你搭車回家還是走路回家？）〔片語〕

(3) ***When*** I came home, Mother was cooking.
（我回家時，母親正在做菜。）〔子句〕

§ 2. 對等連接詞

and, but, so, or 等連接文法上作用相同的單字、片語或子句，稱爲對等連接詞。

(1) She speaks English ***and*** French.（她說英文和法文。）

(2) Animals are guided by instinct, ***but*** man by reason.
（動物受本能支配，但人類却受理性支配。）

(3) Emi is kind, ***so*** every one likes her.
（愛咪很親切，所以每個人都喜歡她。）

⇨「not … but ～」作「不…而～」解，含選擇的意思。

He is ***not*** my father ***but*** my uncle.（他不是我父親，而是我叔叔。）

⇨「命令句＋ and …」,「命令句＋ or …」皆含有條件句的作用。
Work hard, ***and*** you will succeed.（努力工作，你就會成功。）
Hurry up, ***or*** you will miss the train.
（快點，否則你會錯過火車。）

§ 3. 從屬連接詞

that, if, whether, although, because, till, as（當…）等引導名詞子句或副詞子句，稱爲從屬連接詞。

A. 引導名詞子句，作句中的主詞、受詞或補語

(1) It is true ***that*** she was born in New York.
（她生於紐約是眞的。）〔主詞〕

(2) I don't know ***if*** he will succeed.（我不知道他是否會成功。）〔受詞〕

(3) The question is ***whether*** he will come or not.
（問題是他會不會來。）〔補語〕

B. 引導副詞子句，表讓步、原因、時間、目的、條件等

(1) ***Although*** he was tired, he did not give up.
（雖然累了，但他不罷手。）〔表讓步〕

(2) I stayed at home ***because*** it rained.
（因爲下雨，我留在家裏。）〔表原因〕

(3) Don't get off the bus ***till*** it stops.
（公車未停前不要下車。）〔表時間〕

§ 4. 兩個單字以上構成的連接詞—— so … that ～, as soon as …, no sooner … than ～

(1) I was ***so*** tired ***that*** I didn't go with them.
（我太疲倦了，以致於沒有跟他們去。）

⇨「 so that … may ～」作「爲了～；以便～」解，表目的。

(2) ***As soon as*** he came home, he went out again.
（他一回到家，就再度出去。）

EXERCISES

A. 選出正確的答案

1. The phone rang ________ we were going out.
(①when ②because ③until)

2. My father does not smoke, ________ he drinks a little.
(① so ② because ③ but)

3. Old ________ she was, she managed to walk to the station.
(① though ② because ③when)

4. Get up early, ________ you will be late.
(① and ② so ③ or)

5. ________ I was sick, I did not go to school.
(①Although ②As ③Whether)

6. It is ten years ________ he came up to Tokyo.
(①when ②since ③ till)

B. 在右欄中選出適當的子句，以構成完整的句子

1. If you are busy	① You can eat whatever you like.
2. It is three years	② unless you hurry.
3. It began to rain	③ as soon as I got home.
4. She is such a nice girl	④ since they got married.
5. Now that you are well again	⑤ I will go there in place of you.
6. You will miss the train	⑥ that everybody wants to be lovers with her.

C. 改正下列句子的錯誤

1. Work hard, or you will become rich.
2. He can speak not only English and French.
3. I was so tired but I could not walk.
4. No sooner had he seen the policeman when he began to run away.

D. 在空格中填入適當的字

1. He is not my brother_________my cousin.
2. Which do you like, spring_________fall.
3. A true friend helps you _________ you are in trouble.
4. _________ he is rich, he is not happy.
5. He is both kind_________gentle.
6. He asked me_________I was tired or not.
7. I believe_________ she will help you.
8. It was not_________ he had lunch that he began to practice the violin.

Answers to Exercises

A. 1. ❶ 2. ❸ 3. ❶ 4. ❸ 5. ❷ 6. ❷

B. 1. ❺ 2. ❹ 3. ❸ 4. ❻ 5. ❶ 6. ❷

C. 1. *or* → ***and*** 2. *and* → ***but also***
3. *but* → ***that*** 4. *when* → ***than***

D. 1. but 2. or 3. when 4. Though 5. and
6. whether 7. that 8. until

11 介系詞 Prepositions

● 要點提示

1. **介系詞的位置**：名詞、代名詞、動名詞之前。
2. **介系詞的功用**：指場所、時間、原因、目的、手段、材料、部分、方向、所有、除外、附加、關連、身分、職位。

§ 1. 介系詞的位置

介系詞置於名詞、代名詞或動名詞之前，形成形容詞片語或副詞片語。

(1) The boy on the bench is Tom.（坐在長凳上的是湯姆。）〔形容詞片語〕

(2) A tall tree stands beside the church.（教堂旁有一棵高樹。）〔副詞片語〕

⇨下面的例句中，介系詞和受詞分開。

What are you talking ***about***?（你在說什麼啊？）

§ 2. 介系詞的功用

A. 表場所：at, in, on, under, by, above, behind, beside

I was born ***in*** a small village ***in*** Hokkaido.

（我生於北海道的一個小村落。）

on the table（在桌上）　　***by*** the window（在窗戶旁）

B. 表時間：at, in, on, by, after, during, till, since

at one o'clock（在一點鐘）　　***in*** 1987（在一九八七年）

during the night（在夜間）　　***since*** yesterday（從昨天起）

C. 表原因：for, of, from, at

He died ***of*** cancer.（他死於癌症。）

Africa is suffering ***from*** famine.（非洲正受飢荒之苦。）

D. 表目的：for, on

He has gone to Europe ***on*** business.（他已因公前往歐洲。）

E. 表手段、方法：with, by, on

He cut his finger ***with*** a knife.（他用刀切手指。）

F. 表材料：from, of

Wine is made ***from*** grapes.（葡萄酒是由葡萄製成的。）

G. 表部分：of

Of all the students in the school, he is the best one.
（在全校所有學生中，他是最好的。）

H. 表方向：toward, to, for

He went ***to*** school.（他去上學。）

I looked ***toward*** the school.（我朝學校的方向看。）

I. 表所有：of

The capital ***of*** Japan is Tokyo.（日本的首都是東京。）

J. 表除外、附加：except, besides

I know nothing ***except*** this.
（除此之外，我一無所知。）〔表除外〕

Everybody, ***besides*** the teacher, was glad.
（不但老師，每個人都高興。）〔表附加〕

K. 表關連：of, about, on

Have you ever heard ***of*** him?（你有他的消息嗎？）

L. 表身份、職位：as

He took a position ***as*** a teacher in a public school.
（他在一所公市學校中擔任教師的職位。）

EXERCISES

A. 選出正確的答案

1. Most people work ________ money. (①with ②to ③for)
2. He left ________ New York. (①to ②for ③of)
3. Don't write your letter ________ red ink. (①by ②for ③in)
4. Milk is made ________ cheese. (①of ②from ③into)
5. He will come home ________ an hour. (①in ②for ③at)
6. That store sells many things ________ furniture.
(①beside ②besides ③aside)

B. 改正下列句子的錯誤

1. The concert is given at Monday.
2. American cider is made of apples.
3. The moon moves on the earth.
4. What club do you belong at?
5. We've studied English during four years.
6. Are you for it or to it?

C. 在空格中填入適當的介系詞

1. In Hawaii it is warm even ________ winter.
2. I happened to see him ________ my way home.
3. He left here ________ saying a word.
4. She has been ill in bed ________ last Sunday.
5. He is ________ the best novelists of today.
6. Something is wrong ________ this telephone.

7. Do you know anything ________ the bird ?
8. He went there ________ foot and came back ________ bus.

D. 由下面五個答案中，選出最適當的一個

1. ________ the storm, they had to stay there three days.
2. ________ your help I was able to achieve it.
3. He went to England ________ studying English literature.
4. ________ today's paper, there was a big fire in Tokyo.
5. The boy took the examination ________ his illness.

① according to ② for the purpose of ③ in spite of
④ owing to ⑤ thanks to

Answers to Exercises

A. 1. ❸ 2. ❷ 3. ❸ 4. ❷ 5. ❶ 6. ❷

B. 1. *at* → ***on*** 2. *of* → ***from***
3. *on* → ***round*** 4. *at* → ***to***
5. *during* → ***for*** 6. *to* → ***against***

C. 1. in 2. on 3. without 4. since
5. among 6. with 7. about 8. on, by

D. 1. 1. ❹ 2. ❺ 3. ❷ 4. ❶ 5. ❸

12 形容詞·副詞 Adjectives, Adverbs

●要點提示

1. **形容詞的用法**：修飾（代）名詞、作補語、作名詞。
2. **副詞的用法**：修飾動詞、形容詞、副詞、全句。
3. **疑問副詞**：***when***, ***where***, ***how***, ***why***。
4. **關係副詞**：指兼具連接詞作用的副詞。

§ 1. 形容詞的用法

A. 修飾（代）名詞

形容詞修飾（代）名詞時，通常置於（代）名詞前。

He lives in a ***large*** house.（他住在一間大房子裏。）

⇨形容詞修飾 -thing 時，則置於其後。

I want ***something cold***.（我要喝點冷的。）

B. 作補語

I found the baby ***asleep.***（我發現嬰兒睡著了。）

⇨ asleep, afraid, aware 等形容詞常用作補語。

C. 作名詞

「the ＋形容詞」作名詞使用。

The rich are not always happy.（富有的人並不總是快樂的。）

§ 2. 副詞的用法

副詞可修飾動詞、形容詞、其他副詞（片語，子句）或全句。

(1) He swims ***well***.（他游泳游得很好。）〔修飾動詞〕

(2) This car is ***very*** expensive.（這輛車很貴。）〔修飾形容詞〕

(3) He can play the violin ***pretty*** well.
（他小提琴拉得相當好。）〔修飾副詞〕

(4) ***Certainly*** I knew it.（我當然知道此事。）〔修飾全句〕

§ 3. 疑問副詞

when, where, why, how 分別表時間、地方、原因、程度或方法。

Why were you absent yesterday？（你昨天爲何缺席？）

Where did he come from？（他來自何處？）

§ 4. 關係副詞

關係副詞是兼有連接詞作用的副詞，通常用於表時間、地方、理由、方法等名詞之後，引導形容詞子句，這些名詞稱爲關係副詞的先行詞，有時可以省略。

(1) The time ***when*** this took place was five o'clock.
（這事發生的時間是五點鐘。）〔表時間〕

(2) The village ***where*** I was born is very small.
（我出生的村莊非常小。）〔表地方〕

(3) That is (the reason) ***why*** I cannot consent.
（那就是我不能同意的理由。）〔表理由〕

(4) This is (the way) ***how*** it happened.
（那就是這樣發生的。）〔表方法〕

⇨兼有連接詞作用的代名詞，稱爲關係代名詞，包括 who（先行詞爲人），which, that（先行詞爲物），what（無先行詞）。

(1) The girl ***who*** is singing there is Jane.
（在那邊唱歌的女孩是珍。）

(2) The river ***which*** we cross is very wide.
（我們橫渡的那條河很寬。）

(3) She is the prettiest girl ***that*** I have ever seen.
（她是我見過最漂亮的女孩。）
→先行詞有最高級時，關係代名詞用 that 。

(4) He gave me ***what*** I wanted.（他給我我想要的。）

EXERCISES

A. 選出正確的答案

1. Have you finished your homework ________ ?
(① still ② just now ③ already)
2. Have you ________ been to Canada? (① ever ② once ③ yet)
3. There is ________ time for argument, I'm afraid.
(① a few ② few ③ little)
4. How ________ the rose smells!
(① sweet ② sweeter ③ sweetly)
5. He has forgotten ________ he promised.
(①which ②what ③ that)

B. 改正下列句子的錯誤

1. He came to home late last night.
2. I am very thirsty. Give me cold something to drink.
3. There are times when everyone feels a little sadly.
4. I am necessary to read this book.
5. Please call on me when you are convenient to do so.
6. The result was different from I had expected.
7. I visited the town which he was born.

C. 依例改寫下列各句

〔例〕He is an early riser. → He rises early.

1. He is a good tennis player.
2. Tom is a fast runner.
3. Bob is a good speaker of Japanese.

4. The man spent a happy life.

D. 在空格中填入適當的字

1. ________ do you come from?
2. ________ is that man over there?
3. ________ is Mr. Smith? Is he an engineer?
4. ________ is the weather today?
5. ________ about going on a picnic tomorrow?
6. Africa is the place ________ I should like to visit.
7. That is ________ I do not like him.
8. Did anyone see ________ way Mary went?
9. I don't know ________ she put her gloves.

Answers to Exercises

A. 1. ❸ 2. ❶ 3. ❸ 4. ❶ 5. ❷

B. 1. *to home* → ***home***
2. *cold something* → ***something cold***
3. *sadly* → ***sad***
4. → ***It is necessary for me to read …***
5. → …***when it is convenient for you to do so***
6. *I had expected* → ***what I had expected***
7. *which* → ***where***

C. 1. He plays tennis well. 2. Tom runs fast.
3. Bob speaks Japanese well. 4. The man lived happily

D. 1. Where 2. Who 3. What 4. How 5. How
6. that (which) 7. why 8. which 9. where

13 句 型 Patterns

● 要點提示

1. 句　　型：依動詞的性質可分為五種。
2. 第一句型：S + V（主詞＋動詞）
3. 第二句型：S + V + SC（主詞＋動詞＋主詞補語）
4. 第三句型：S + V + O（主詞＋動詞＋受詞）
5. 第四句型：$S+V+O_1+O_2$（主詞＋動詞＋間接受詞＋直接受詞）
6. 第五句型：S+V+O+OC（主詞＋動詞＋受詞＋受詞補語）

§ 1. 句　型

句子四要素的組合可形成五種基本句型。補語與受詞的需要與否視動詞的種類和意義而定。

〔句子四要素：主詞（S），動詞（V），補語（C），受詞（O）〕

⇨修飾語並非句子的主要要素，在基本句型中不予考慮。

§ 2. 第一句型：S＋V

此句型的動詞都是完全不及物動詞，不需要受詞或補語。

She (S) ***laughed*** (V).（她笑了。）

My (修飾語（形容詞）) ***parents*** (S) ***live*** (V) in Taipei (修飾語（副詞片語）).（我父母住在台北。）

⇨There is〔are〕…，Here is〔are〕… 屬於本句型。

⇨適用於此句型的動詞有 come, go, start, arrive, live 等。

§ 3. 第二句型：S＋V＋SC

此句型的動詞是不完全不及物動詞，必須加主詞補語。

He (S) ***became*** (V) a (修飾語（形容詞）) ***teacher*** (SC) of English (修飾語（形容詞片語）).（他變成一位英文老師。）

She looks young.（她看起來很年輕。）
S V SC

⇨適用於此句型的動詞有Be動詞, become, look, feel, smell, grow等。

§ 4. **第三句型**：S＋V＋O

此句型的動詞都是完全及物動詞，必須接受詞。

I saw Mary.（我看到瑪麗。）
S V O

He bought a ***camera*** made in Germany.（他買了一台德國製的照像機。）
S V 修飾語（形容詞） O 修飾語（形容詞片語）

§ 5. **第四句型**：S＋V＋O_1＋O_2（O_1＝間接受詞, O_2＝直接受詞）

此句型的動詞都是授與動詞, 必須接直接受詞(物)與間接受詞（人）。

He teaches us English.（他教我們英文。）
S V O_1 O_2

My ***sister told me*** a long ***story.***（我姊姊告訴我一個長的故事。）
修飾語（形容詞） S V O_1 修飾語(形容詞) O_2

⇨若將直接受詞與間接受詞的位置調換，則間接受詞前必須加介系詞。

He sent a letter ***to*** her.（他寄一封信給她。）

⇨適用於此句型的動詞有send, show, ask, lend, bring, buy, give等。

§ 6. **第五句型**：S＋V＋O＋OC

此句型的動詞都是不完全及物動詞，必須加受詞補語以作說明。

We call him John.（我們叫他約翰。）
S V O OC

She kept us waiting for her answer for over a week.
S V O 分詞片語作受詞補語（OC）

（她讓我們等她的回音等了一個多星期。）

⇨適用於此句型的動詞有appoint, call, keep, make, elect, find等。

EXERCISES

A. 寫出下列各句屬於何種句型

1. He is an old man.
2. They speak English very well.
3. My father bought me a camera.
4. It rained heavily.
5. We elected him chairman.
6. They painted the wall white.
7. Please tell me your name.
8. She was very tired.

B. 分別寫出下列各句的S，V，O，C

1. We go to church on Sundays.
2. This train leaves at eight in the evening.
3. She looked very happy.
4. They call him Captain.
5. Our teacher told us a very interesting story.
6. She smelled the roses in the vase.

C. 將括弧內的字重組，使成為正確的句子

1. I (hungry, am).
2. His father (hard, worked).
3. He (the, washed, car).
4. I gave (a, my, doll, sister).
5. We call (Hana, cat, the).

D. 將下列各句的直接受詞和間接受詞的位置對調，並加入適當的字

1. He left me a message.
2. She brought us a lot of cakes.
3. My father gave me some money.
4. He showed us beautiful pictures.
5. She made her daughter a pretty dress.

Answers to Exercises

A. 1. 第二句型　2. 第三句型　3. 第四句型　4. 第一句型
5. 第五句型　6. 第五句型　7. 第四句型　8. 第二句型

B. 1. S－We，V－go
2. S－train, V－leaves
3. S－She, V－looked, C－happy
4. S－They, V－call, O－him, C－Captain
5. S－teacher, V－told, O－us, story
6. S－She, V－smelled, O－roses

C. 1. I (am hungry).　2. His father (worked hard).
3. He (washed the car).　4. I gave (my sister a doll).
5. We call (the cat Hana).

D. 1. He left a message to me.
2. She brought a lot of cakes for us.
3. My father gave some money to me.
4. He showed beautiful pictures to us.
5. She made a pretty dress for her daughter.

14 附加問句・主詞與動詞的一致

● 要點提示

1. 附加問句：指敘述句後所加的問句。
2. 主詞與動詞的一致

§ 1. 附加問句

敘述句後所加的問句稱爲附加問句。肯定的敘述句須用否定的附加問句，否定的敘述句則用肯定的附加問句。

You are a student, ***aren't you***?（你是個學生，不是嗎？）

You don't speak French, ***do you***?（你不說法文，是嗎？）

A. 敘述句中無 Be 動詞，have（有），或其他助動詞時，附加問句的主詞前要用 do, does 或 did。

John went home, ***didn't he***?（約翰回家了，不是嗎？）

⇨ have, has, had 不作「有」解時，附加問句的主詞前不可用 have, has, had, 而要用 do, does, did。若作「有」解，則二者皆可。

You *had* a letter from home, ***didn't you***?

（你收到家書，不是嗎？）〔這裡的 had 相當於 received（收到）〕

B. 敘述句與附加問句動詞的時態要相同。

Mary will be a teacher, ***won't she***?

（瑪麗會成爲老師，不是嗎？）

C. 敘述句與附加問句的主詞必須指同一人或事物。敘述句的主詞無論屬於何種詞類，附加問句的主詞一律用人稱代名詞。

Bob can drive a car, ***can't he***?（鮑伯會開車，不是嗎？）

Being idle is the cause of his failure, ***isn't it***?

（懶惰是他失敗的原因，不是嗎？）

§ 2. 主詞與動詞的一致

A. 主詞爲單數，用單數動詞。

The jury ***consists*** of twelve persons.

（陪審團由十二人組成。）

⇨ 不定詞、動名詞、名詞片語、名詞子句作主詞時，動詞用單數。

Cooking ***takes*** most of her time.

（烹調佔去她大部份的時間。）

That he is dead ***seems*** certain.（他死亡似乎可確定。）

B. 主詞爲複數，用複數動詞。

Flowers ***are*** loved by everybody.（花爲衆人所愛。）

C. 主詞爲一個集合名詞時，若指一個集合整體，用單數動詞；若指組成集合體的份子，則用複數動詞。

My family ***is*** living in Taipei.（我家住在台北。）

My family ***are*** taking seperate vacations.

（我家人個別渡假。）

⇨ 有些集合名詞不能作複數，如 clothing, poetry, scenery 等。

D. 主詞爲不定代名詞時，動詞視不定代名詞後的名詞而定。

Most of his *students* ***are*** lazy.

（他的學生大多懶惰。）

Most of *it* ***is*** spoilt.（它大部份壞了。）

⇨ 如果只有 all，後面沒有 of 片語，則代表「人」或「動物」時用複數動詞；若表「事物」則用單數動詞。

All ***are*** quite well.（大家都很健康。）〔人〕

All ***sounds*** very strange to me.

（我聽起來一切都很奇怪。）〔事物〕

EXERCISES

在空格中填入適當的動詞

1. None of the money (1 is 2 are) left.
2. Half of the apples (1 is 2 are) rotten.
3. He lives in Tokyo, ________ he?
4. She is very pretty, ________ she?
5. They don't play golf, ________ they?

Answers to Exercises

1. is 2. are 3. doesn't 4. isn't 5. do

15 分詞構句 Participial Construction

● 要點提示

1. **分詞構句**：指現在分詞代替「連接詞＋主詞＋動詞」。
2. **獨立分詞構句**：指分詞構句意義上的主詞與主要子句的主詞不同。

§ 1. 分詞構句

以現在分詞代替子句中的「連接詞＋主詞＋動詞」，稱爲分詞構句，可表時間、理由、條件。

(1) ***Walking*** along the street, I met Nancy. 〔時間〕
＝*When I was walking* along the street, I met Nancy.
（沿著街走時，我遇到南西。）

(2) ***Being*** ill in bed, Tom could not come. 〔理由〕
＝*As he was* ill in bed, Tom could not come.
（湯姆因爲臥病在床而不能來。）

(3) ***Turning*** to the right, you will find the church. 〔條件〕
＝*If you turn* to the right, you will find the church.
（右轉，你就會看到教堂。）

§ 2. 獨立分詞構句

分詞構句意義上的主詞與主要子句的主詞不同時，稱爲獨立分詞構句，意義上的主詞必須列於分詞前。

It being rainy, we put off the athletic meet.
＝*As it was* rainy, we put off the athletic meet.
（因爲下雨，所以我們把運動會延期。）

EXERCISES

A. 將下列各句改為分詞構句的形式

1. If you go straight on, you will get to the station.
2. When he saw the policeman, he ran away.
3. As it was very late at night, she had to take a taxi.
4. We could not go fishing, because it rained heavily.

B. 在空格中填入適當的字

1. { When night came on, she went indoors.
   Night ________ ________, she went indoors.
2. { As I didn't know what to do, I went to him for advice.
   ________ ________ what to do, I went to him for advice.
3. { As soon as he left school, he went into business.
   ________ ________ school, he went into business.

C. 改正下列句子的錯誤

1. Seeing from a distance, it looked like a human face.
2. Being a fine day, I went out for a walk.
3. Knowing not where the station was, I asked a woman the way there.

Answers to Exercises

A. 1. Going straight on, you will get to the station.
2. Seeing the policeman, he ran away.
3. It being very late at night, she had to take a taxi.
4. It raining heavily, we could not go fishing.

B. 1. coming, on 2. Not, knowing 3. On, leaving

C. 1. *Seeing* → ***Seen*** 2. → ***It being a fine day***, … 3. → ***Not knowing*** …

16 比 較 Comparison

● 要點提示

1. **形容詞與副詞的等級**：原級、比較級、最高級。
2. **原級的比較**：***as*** ⋯***as*** ～, ***not so*** 〔***as***〕⋯***as***～, 形容詞＋ ***to***
3. **比較級的比較**：比較級 ＋ ***than*** ⋯
4. **最高級的比較**：（ ***the*** ）＋最高級＋ ***of*** 〔***in***〕⋯

§ 1. 形容詞與副詞的等級

形容詞與副詞的等級分為原級、比較級、最高級三種。其變化如下：

	（原級）	（比較級）	（最高級）
① 規則變化⋯⋯⋯	tall（高的）	tall***er***	tall***est***
（單音節的字）	fast（快）	fast***er***	fast***est***
② 加more, most⋯	famous（有名的）	***more*** famous	***most*** famous
（多音節的字）	slowly（緩慢）	***more*** slowly	***most*** slowly
③ 不規則變化⋯⋯	good（好的） well（好的）	***better***	***best***
	much（多） many（多）	***more***	***most***

§ 2. 原級的比較

A. as ＋原級＋ as ⋯「和⋯一樣」

He is ***as tall as*** you.（他和你一樣高。）

B. not so 〔as〕＋原級＋ as ⋯「不如⋯那般」

He does***n't*** study ***so hard as*** I.（他不像我那麼用功讀書。）

⇨在一般會話中，也可以用 not as ～ as ⋯。

C. 形容詞＋ to

superior（優於）, inferior（劣於）, senior（年長於）, junior（年幼於）等接 to 亦可表示比較。

This machine is ***superior to*** mine.（這部機器比我的好。）

§ 3. 比較級的比較

「比較級＋ than …」作「比…」解。

Susie is ***shorter than*** I.（蘇西比我矮。）

I got up ***earlier than*** my brother.（我比我哥哥起的早。）

⇨ 比較級前可以加數詞。

He is ***two years older than*** I.（他大我二歲。）

⇨ 欲加強比較的程度時，可於比較級前加much, a little 等字。

He runs ***much faster than*** I.（他跑得比我快多了。）

⇨「the ＋比較級，the ＋比較級」作「越…越～」解。

The sooner you do it, ***the better*** it will be.

（你越早去做此事，此事成效越好。）

§ 4. 最高級的比較

三者以上比較時用最高級。形容詞的最高級前須加 the, 副詞的最高級則可有可無。

A.（the）＋最高級（＋名詞）＋ of ＋複數名詞

He is the ***tallest***（boy）of us.（他是我們之中最高的男孩。）

B.（the）＋最高級（＋名詞）＋ in ＋單數名詞

He runs（the）***fastest*** in our class.

（他是我們班上跑得最快的。）

⇨「one of the ＋最高級＋（複數名詞）」作「最…之一」解。

She is one of the ***most popular*** singers in Taiwan.

（她是台灣最受歡迎的歌手之一。）

⇨ 沒有明確和其他人或物相比時，最高級前不加 the。

This method is ***simplest*** and ***easiest***.（此法最簡易不過了。）

EXERCISES

A. 將括弧內的字改為適當的形式

1. This flower is (pretty) than that one.
2. I can play the guitar as (well) as he.
3. Mt. Fuji is the (high) mountain in Japan.
4. Which do you like (well), roses or lilies?
5. I like tulips (well) of all flowers.

B. 改正下列句子的錯誤

1. He has many more books than I.
2. You can play better baseball than he.
3. Japan is not larger than Australia.
4. Jiro is the youngest of his family.
5. This is the biggest apple in them.
6. The later half of the program was very interesting.
7. I prefer walking than riding.
8. He has more money than he cannot spend.
9. The article is more inferior than the sample.
10. I think the heat of this year is much severer than last year.

C. 依照括弧內的指示，改寫下列各句

1. John is the tallest boy in this class. (改原級)
2. Nothing is so precious as health. (改比較級)
3. As you go up, the air becomes rare. (The higher …)
4. He is not so young as he looks. (He looks …)
5. I am your senior by three years. (不用 senior)
6. I have never seen a more beautiful sight than this. (改最高級)

D. 在空格中填入適當的字

1. She is more intelligent, but ________ beautiful than you.
2. Frank is senior ________ my brother by two years.
3. Mary is as old ________ Jane.
4. Happiness lies not so much in riches ________ in contentment.

Answers to Exercises

A. 1. prettier 2. well 3. highest
4. better 5. best

B. 1. *many more* → ***more*** 〔***much more***〕
2. *play better baseball* → ***play baseball better***
3. *not larger than* → ***not so large as***
4. *of* → ***in*** 5. *in* → ***of*** 6. *later* → ***latter***
7. *than* → ***to*** 8. *cannot* → ***can*** 9. *than* → ***to***
10. *than last year* → ***than that of last year***

C. 1. No other boy in this class is so tall as John.
2. Nothing is more precious than health.
3. The higher you go up, the rarer the air becomes.
4. He looks younger than he is.
5. I am older than you by three years.
6. This is the most beautiful sight that I have ever seen.

D. 1. less 2. to 3. as 4. as

ECL文法測驗

● *Grammatic Test*

1. Chromium is used for ________ auto bodies.
   A. trim　　B. trims
   C. trimming　　D. triming

2. Energy can ________ by the generator.
   A. be converted　　B. converting
   C. converted　　D. be convert

3. Thunderclouds have a heavy charge of ________.
   A. electron　　B. electrics
   C. electronics　　D. electricity

4. Visiting American homes gives you an opportunity ________ English.
   A. speak　　B. speaking
   C. to speak　　D. spoken

5. John ________ the food on this stove every day.
   A. cooks　　B. cooking
   C. cook　　D. is cooking

6. Did she write a letter? Yes, she ________ a letter.
   A. write　　B. wrote
   C. written　　D. writes

7. The Declaration of Independence ________ the American colonies free.
   A. declared　　B. declaring
   C. declare　　D. declares

8. John should not ________ with the policeman.
   A. have argued　　B. argued
   C. arguing　　D. be argued

9. George________in New York this weekend.
   A. will be B. will
   C. won't D. would

10. The red car________by Henry.
   A. seen B. was seen
   C. were seen D. have been seen

11. Did you________any English while you were in New York?
   A. learn B. learned
   C. learning D. learnt

12. Hot air________from the ground.
   A. rising B. rise
   C. rised D. rises

13. Grinders are used for________tools.
   A. sharpen B. sharpened
   C. sharpening D. sharp

14. The Indians hunted buffalo,________the meat for food.
   A. use B. using
   C. used D. uses

15. If a policeman stops you for driving too fast, do not ________with him.
   A. argued B. arguing
   C. argument D. argue

16. Classes in high school usually________at 8 A.M..
   A. starting B. start
   C. are start D. starts

17. You should________athletic equipment every day.
   A. check out B. checking
   C. checked D. be checking

18. If we________we won't miss the bus.
   A. rushes B. rushing
   C. rush D. rushed

19. Your next training phase________more physical activity.
    A. may require   B. requiring
    C. is require   D. require

20. Tom can go,________?
    A. will he   B. can't he
    C. won't he   D. can he

21. Visiting with Americans________you an opportunity to speak English.
    A. give   B. gives
    C. giving   D. given

22. What did Bill see about an hour ago? He________a DC-9.
    A. see   B. seen
    C. saw   D. was seeing

23. Tom always________at the base just on time.
    A. arrives   B. arriving
    C. come   D. coming

24. Do you always hear the telephone when it________?
    A. ringing   B. rings
    C. ring   D. rang

25. A certain policy must be________.
    A. establishing   B. establishes
    C. established   D. establish

26. After________all day, Tom was tired.
    A. working   B. worked
    C. work   D. to work

27. The mechanic________the motor.
    A. disassembled   B. disassemble
    C. disassembling   D. is disassembled

28. Bill is an insurance man. He is________in the insurance business.
    A. engaged   B. engage
    C. engages   D. engaging

29. Before________the house, he closed all the windows.
A. left B. leave
C. leaving D. being left

30.__________is fun when the snow is nice.
A. To ski B. Ski
C. Skiing D. To skiing

31. Many people________from sunrise to sundown.
A. work B. working
C. works D. worked

32. Electric drills are used to_________holes in wood or other material.
A. bore B. bored
C. boring D. bores

33. I would like________to the instructor about this matter.
A. to talk B. talk
C. for to talk D. talking

34. It may be months before John________to graduate.
A. ready B. is ready
C. readied D. has readied

35.__________go to the movies tonight.
A. Lets B. Leave us
C. Let D. Let's

36. I________for half an hour.
A. have been reading B. been reading
C. have reading D. read

37. While________TV, Tom saw some pictures of his home.
A. watch B. watching
C. watched D. seeing

38. Did________to the park on a picnic?
A. you going B. you go
C. you gone D. you went

39. ________ some time studying at home.
A. He have spent B. He spend
C. He spending D. He must spend

40. John has ________ of books that I have.
A. double the amount B. twice the number
C. the quantity twice D. twice the sum

41. Some people get a holiday________.
A. for work B. with work
C. to work D. from work

42. Henry has a new car, ________? Yes, he does.
A. doesn't he B. don't he
C. does he D. hasn't he

43. You are a student in the Language School, ________?
Yes, I am.
A. are you B. aren't you
C. is you D. am you

44. If you are sick, ________ at headquarters.
A. check out B. checking out
C. checked out D. checking

45. If Tom________, he will finish the job today.
A. working fast B. work fast
C. works more faster D. works fast

46. Is the Language School in this________?
A. direct B. direction
C. directed D. directing

47. You should not allow your stay at the Language School ________ you physically.
A. to weak B. to weaken
C. weakness D. weakenning

48. You are students from Chile, ________?
A. are you? B. aren't I?
C. aren't you? D. arent you?

49. A loose filling ________ be taken care of at once.
A. hasn't B. has
C. shouldn't D. should

50. Early to bed and early to rise, ________ a man healthy, wealthy, and wise.
A. happy B. making
C. bring D. make

51. Calipers are used ________ the distance between two surfaces.
A. to measuring B. to measured
C. to measures D. to measure

52. ________ to a movie yesterday?
A. Do you go B. Did you go
C. Don't you go D. Did you went

53. How long did it ________ to finish the term paper?
A. spend you B. take you
C. cost you D. charge you

54. They were here, ________?
A. were they B. wasn't they
C. weren't they D. was they

55. ________ the machine, otherwise it won't last long.
A. Sand B. Crack
C. Oil D. Hit

56. You <u>must</u> take good care of your oxygen equipment.
A. have to B. might
C. used to D. should

57. The hotel ________ were cheaper in November.
A. rate B. rates
C. rating D. rated

58. The man said, "Cease talking." He wanted the men to ________ talking.
A. quit B. continue
C. begin D. start

59. We can learn more English by________.
A. speak it
B. speaking it
C. spoken it
D. being spoken it

60. It is against regulations________food in your room.
A. to had
B. to have
C. to having
D. have had

61. An________was scheduled with the medical doctor.
A. appoint
B. appointting
C. appointing
D. appointment

62. Mr. Smith is busy now, but________at 5 o'clock today.
A. he's free
B. he free
C. he's
D. he is freed

63. The earth______on its axis.
A. is rotated
B. is rotates
C. are rotated
D. is rotating

64. I need a cab right away.________.
A. Please be hurry
B. Don't hurry
C. Hurry don't
D. Please hurry

65. Molecules of________metals hit against each other.
A. heating
B. heats
C. heated
D. hot

66. To give an explanation is to________something.
A. explained
B. explain
C. explaining
D. explanation

67. Oil must be________before it can be used.
A. refine
B. refined
C. refining
D. refinement

68. Early thinkers thought that problems could be solved by________.
A. reasons
B. to reason
C. reasoned
D. reasoning

69. Any gas________into a liquid.
A. can be changed B. changing
C. can changed D. can be change

70. The instructor________many things.
A. will talk B. will talking about
C. will talk about D. will talked

71. The bus is now a preferable _______of transportation in big cities.
A. means B. mean
C. meaning D. meanings

72. Many magazine articles________in book form.
A. is reprinted B. is print
C. are reprinted D. is reprinted

73. Ray________to the Red Cross each year.
A. has contribute B. has contributing
C. has contributes D. has contributed

74. Customs________in every country.
A. is different B. are different
C. some different D. different

75. Most people________a paid vacation.
A. gets B. get
C. getting D. got

76. The Novocain________to take effect.
A. is begin B. begin
C. is beginning D. began

77. John asked, "________the dog that bit you?"
A. Is that B. Are that
C. Were that D. Was that

78. Let's see, what is your home town? "Let's see" means ________.
A. let me think
B. I can't see
C. let me see your home town
D. I can see

79. Most Indians ________ reservations.
A. live on
B. living on
C. lives on
D. is living on

80. Edward met one of his friends ________.
A. some day
B. one of these days
C. several days before
D. the other day

81. Each building ________ a fire extinguisher.
A. should had
B. would had
C. should have
D. would has

82. Henry should drive ________ or he may have an accident.
A. most slow
B. more slow
C. more slower
D. more slowly

83. The mechanic ________ accelerated the engine.
A. slowly
B. slow
C. slowed
D. slow-down

84. When ________ you arrive at this base?
A. done
B. does
C. do
D. did

85. Tell Jane that I'll come over as ________ as possible.
A. fast
B. soon
C. rapidly
D. swiftly

86. Well, ________ doesn't need to be in a hurry. He has plenty of time.
A. you
B. it
C. he
D. we

87. We live in a highly ________ civilization.
A. mechanically
B. machinery
C. mechanized
D. mechanic

88. ________ car is capable of engine failure.
A. Some
B. Any
C. All
D. Whole

89. This bed is________comfortable.
A. nearly B. quite
C. a little D. a few

90. Turn the switch to "off",________you will damage the battery.
A. since B. otherwise
C. other words D. Although

91. I'd like________coffee and a piece of pie.
A. the B. have
C. some D. drink

92. Most newspapers appear________.
A. once a week B. sometimes
C. twice a week D. every day

93. Do you want to ask________about this car?
A. nothing else B. anytning else
C. nothing D. everying

94. He is never________for class.
A. late B. attend
C. often D. absent

95. This radio functions________.
A. properly B. proper
C. improper D. properer

96. My car won't start.________is wrong with it.
A. Somewhere B. Something
C. Anything D. Nothing

97. May I show you something,________?
A. thanks B. sir
C. you D. yes

98. Housing________both houses and apartments for married officers.
A. including B. include
C. includes D. is included

99. Please give me________milk.
A. a glass of
B. some glass of
C. glass
D. a glasses of

100. Traveling by train is________traveling by plane.
A. more cheaper than
B. cheaper than
C. cheapest than
D. cheap than

101. Jets fly________conventional aircraft.
A. fastest
B. faster than
C. more fast than
D. more faster than

102. The higher one goes, the________the air becomes.
A. more turbulent
B. dryer
C. lighter
D. heavier

103. Rapid speech is________to understand than slow speech.
A. difficult
B. as difficult
C. more difficult
D. most difficult

104. Light travels________sound.
A. as fast
B. faster than
C. fast as
D. as faster as

105. Learning to think in a language is________difficult than learning vocabulary.
A. many more
B. most
C. much more
D. very more

106. The ionosphere is the________layer of air above the earth's surface.
A. most highest
B. more higher
C. highest
D. very high

107. Let's go________to the snack bar.
A. about the street
B. across the street
C. with the street
D. crossing the street

108. I thought it was some major trouble with the engine, but I found out it was________the fan belt squeaking.
A. by
B. in
C. just
D. from

109. The bank is located ________ the post office building.
A. across B. behind
C. from D. to

110. We welcome the New Year ________ a lot of noise.
A. by B. for
C. with D. in

111. Mr. Smith took a position ________ in the public schools.
A. as a teacher B. a teacher
C. so a teacher D. as teacher

112. The mess hall is ________ the barracks.
A. besides B. side by
C. side by side D. beside

113. Blood is pumped ________ miles of blood vessels.
A. through B. by
C. around D. from

114. The teacher is writing ________ the blackboard.
A. to B. on
C. in D. with

115. The arrow points ________ the hospital.
A. backward B. forward
C. toward D. by

116. My friend is neither at home ________ in the library.
A. nor B. or
C. for D. but

117. John danced with Mary ________ the party.
A. on B. to
C. in D. at

118. ________ all the students in the school, he is the best student.
A. To B. In
C. By D. Of

119. We have been studying English________two years.
A. in B. since
C. for D. of

120. The first U.S. oil well was drilled________Pennsylvania.
A. on B. in
C. into D. by

121. John is going to take a job________a mechanic.
A. as B. as soon
C. as often D. as soon as

122. The students read an interesting book________the space age.
A. by B. on
C. for D. in

123. The salute is an expression________courtesy.
A. in B. by
C. of D. at

124. "Breathe________the neck" is a special expression which means to fellow closely or apply mental pressure.
A. down B. to
C. by D. at

125. The radio is out of order; the repairman can't put his finger________what's wrong.
A. with B. at
C. on D. in

126. Many people________us read books about Indians.
A. beside B. besides
C. beyond D. under

127. ________they often take short trips to the beach.
A. While the summer months
B. When the summer months
C. During the summer months
D. Being the summer months

128. Henry would like to go, ________ he doesn't have any money.
A. an
B. but
C. also
D. because

129. We have been studying English ________ January.
A. until
B. since
C. before
D. after

130. John had a flat tire while he was going to town.
A. as
B. before
C. after
D. since

131. Since he liked to fly, he decided to join the Air Force.
A. now
B. when
C. because
D. while

132. John likes to drive ________ he is not a good driver.
A. despite
B. although
C. since
D. because

133. We can avoid accidents by being alert. ________ can we avoid accidents?
A. How
B. What
C. Why
D. When

134. You can get to the base ________ you take the bus.
A. though
B. if
C. also
D. until

135. ________ were the boy and girl doing? The boy and girl were eating.
A. What
B. Where
C. Why
D. When

136. ________ are you going to the store?
A. Why
B. Which
C. What
D. Who

137. This is the magazine that I prefer.
A. which I like best
B. which I can't read
C. which I need
D. which I have

138. Is Jim the person ________ likes fast automobiles?
A. which B. what
C. who D. where

139. This is the season ________ we go ice skating.
A. which B. where
C. what D. when

140. Can you tell me ________ the Language School is?
A. which way B. what way
C. this way D. in where

141. Bob went to bed early ________ he could leave tomorrow.
A. when B. so that
C. since D. though

142. Henry is going to be a pilot, therefore he is studying English.
A. although B. there
C. because D. so

143. John wants to go to the mountains ________ it is cooler.
A. where B. how
C. what D. which

144. The engine started ________ John turned the switch on.
A. when B. however
C. that D. before

145. Tom asked Henry ________ suits he had.
A. how any B. how much
C. how some D. how many

146. ________ is your dental appointment?
A. What time B. When time
C. What kind D. When kind

147. I'll put the book on top of the desk ________ you can find it.
A. what B. how
C. where D. which

148. This is the place ________ we eat lunch.
A. what B. where
C. so D. which

149. You should study your lesson; ________ you might fail.
A. if B. should
C. otherwise D. although

150. Tom will go to flying school ________ he finishes in the Language School.
A. where B. which
C. now D. when

151. ________ did he blow his top?
A. What B. When
C. While D. Who

152. He will pass the test ________ he knows most of the material.
A. because B. although
C. until D. till

153. Roland needed some stamps, ________ to the post office.
A. so he gone B. so he went
C. so he go D. so he going

154. While eating, you usually cut meat ________.
A. one at a piece time B. at a time one piece
C. at a one piece time D. one piece at a time

155. Mr. James ________ when the alarm sounded.
A. had just finished speaking
B. hadn't just finish speaking
C. had just finishing speaking
D. hadn't just finishing speaking

156. Leave the knife on the plate ________.
A. when it's not use
B. when it's not being used
C. when it's not in used
D. when it's not being use

157. A. Going to the show Henry this evening is.
     B. To the show Henry is going this evening.
     C. Henry is going to the show this evening.
     D. Henry going to the show this evening is.

158. What time did you get to class? I ________.
     A. getting to class at 0730
     B. get to class at 0730
     C. will get to class at 0730
     D. got to class at 0730

159. The United States, ________, has few holidays.
     A. unlike to other countries
     B. unlike other countries
     C. unlikely other countries
     D. unlikely to other countries

160. Silver is an expensive mental. It ________.
     A. costs a lot of money
     B. a lot of money costs
     C. of money costs a lot
     D. costs of a lot money

161. Temperature variations in the atmosphere ________.
     A. keep in constant motion it
     B. in constant motion keep it
     C. keep it in constant motion
     D. keep constant motion in it

162. The coldest temperatures in the troposphere ________.
     A. in polar regions occur
     B. occur polar in regions
     C. in regions occur polar
     D. occur in polar regions

163. We do not produce electricity; we ________.
     A. convert energy into electricity
     B. into electricity energy convert
     C. energy into electricity convert
     D. energy convert into electricity

164. There are ________ in our national parks.
A. camping areas public
B. areas public camping
C. public camping areas
D. public areas camping

165. A. Edward for a long time has wanted to go to New York.
B. Edward has wanted to go to New York for a long time.
C. To New York Edward has wanted to go for a long time.
D. For a long time to New York Edward has wanted to go.

166. Are ________ ?
A. we supposed seeing the instructor
B. we supposing to see the instructor
C. we suppose to see the instructor
D. we supposed to see the instructor

167. A. How do you feel today?
B. How do you today feel?
C. How today do you feel?
D. How you today feel?

168. A. Joe to study chemistry decided.
B. Joe decided to study chemistry.
C. To study chemistry Joe decided.
D. Study chemistry decided to Joe.

169. A. I'm sure for Jack to win the first place this time.
B. Jack will surely be the championship this time.
C. It is surely that Jack will win the first prize this time.
D. Jack is sure to win the championship this time.

170. A. The language you must use to learn the best way.
B. The best way to learn a language is to use it.
C. To learn the best way the language, you must use it.
D. To learn the language, you must the best way use it.

ECL文法測驗解答

1.(C)	26.(A)	51.(D)	76.(C)	101.(B)
2.(A)	27.(A)	52.(B)	77.(A)	102.(C)
3.(D)	28.(A)	53.(B)	78.(A)	103.(C)
4.(C)	29.(C)	54.(C)	79.(A)	104.(B)
5.(A)	30.(C)	55.(C)	80.(D)	105.(C)
6.(B)	31.(A)	56.(A)	81.(C)	106.(C)
7.(A)	32.(A)	57.(B)	82.(D)	107.(B)
8.(A)	33.(A)	58.(A)	83.(A)	108.(C)
9.(A)	34.(B)	59.(B)	84.(D)	109.(B)
10.(B)	35.(D)	60.(B)	85.(B)	110.(C)
11.(A)	36.(A)	61.(D)	86.(C)	111.(A)
12.(D)	37.(B)	62.(A)	87.(C)	112.(D)
13.(C)	38.(B)	63.(D)	88.(B)	113.(A)
14.(B)	39.(D)	64.(D)	89.(B)	114.(B)
15.(D)	40.(B)	65.(C)	90.(B)	115.(C)
16.(B)	41.(D)	66.(B)	91.(C)	116.(A)
17.(A)	42.(A)	67.(B)	92.(D)	117.(D)
18.(C)	43.(B)	68.(D)	93.(B)	118.(D)
19.(A)	44.(A)	69.(A)	94.(A)	119.(C)
20.(B)	45.(D)	70.(C)	95.(A)	120.(B)
21.(B)	46.(B)	71.(A)	96.(B)	121.(A)
22.(C)	47.(B)	72.(C)	97.(B)	122.(B)
23.(A)	48.(C)	73.(D)	98.(C)	123.(C)
24.(B)	49.(D)	74.(B)	99.(A)	124.(A)
25.(C)	50.(D)	75.(B)	100.(B)	125.(C)

126.（B）	136.（A）	146.（A）	156.（B）	166.（D）
127.（C）	137.（A）	147.（C）	157.（C）	167.（A）
128.（B）	138.（C）	148.（B）	158.（D）	168.（B）
129.（B）	139.（D）	149.（C）	159.（B）	169.（D）
130.（A）	140.（A）	150.（D）	160.（A）	170.（B）
131.（C）	141.（B）	151.（B）	161.（C）	
132.（B）	142.（D）	152.（A）	162.（D）	
133.（A）	143.（A）	153.（B）	163.（A）	
134.（B）	144.（A）	154.（D）	164.（C）	
135.（A）	145.（D）	155.（A）	165.（B）	

Part VI

ECL 綜合測驗

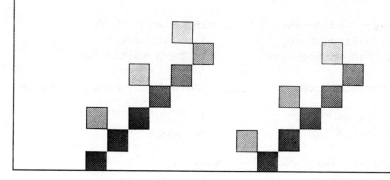

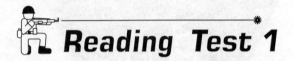

Reading Test 1

- *Directions for questions 1-45. Select the one correct answer a, b, c or d and mark your answer sheet.*

1. The book ________ to her by her aunt.
   A. are given B. is give
   C. was given D. will give

2. When a sponge ________ water, it becomes heavy.
   A. eliminates B. takes out
   C. lets out D. absorbs

3. I put _______ that it became too sweet for me to drink.
   A. in this coffee much sugar so
   B. sugar so much in this coffee
   C. in this coffee much so sugar
   D. so much sugar in this coffee

4. The instructor said to Mary, "You'd better look over this lesson again."
   The instructor wants her to ________.
   A. skip the lesson B. review the lesson
   C. forget the lesson D. postpone the lesson

5. Harry and Davis ________ since two o'clock.
   A. waiting here B. wait here
   C. has waited here D. have waited here

6. Everybody present ________ be able to sing and dance well.
   A. have B. ought to
   C. could had D. ought

7. A month ago, I ________ here.
   A. am coming B. will come
   C. shall come D. came

8. He didn't check this page ________ as the last page.
   A. thorough B. as thoroughly
   C. more thorough D. thoroughly

9. Please ________ all the windows before you go to bed.
   A. closing B. closes
   C. close D. closed

10. We ________ a long chat last night.
   A. had B. has
   C. have D. having

11. If I ________ the questions, I would answer them.
   A. understood B. understand
   C. have understood D. had understood

12. I ________ a shower when Tom called.
   A. was taking B. will take
   C. take D. am taking

13. We ________ from Tim that the performance was excellent.
   A. to hear B. hears
   C. heard D. hearing

14. I am going ________ some shampoo.
   A. buying B. bought
   C. to buy D. buys

15. Why don't you wait until she ________?
   A. come B. comes
   C. came D. coming

16. The pilot ________ the instruments now.
   A. is checking B. have checked
   C. was checking D. checked

17. We ________ a picnic next Saturday.
   A. have had B. will have
   C. had D. did have

18. My coworker is ________ a jet now.
A. flew B. fly
C. flown D. flying

19. Did he ________ the invitation?
A. accepting B. accept
C. accepted D. accepts

20. He ________ a long time ago.
A. left B. leave
C. leaving D. has left

21. They ________ the dishes to the kitchen.
A. have taken B. has taken
C. been taken D. taken

22. She used to ________ a walk in the park.
A. take B. did
C. made D. took

23. He hit the tile so hard that it ________ into two.
A. had split B. split
C. splits D. will split

24. The old man is good at ________ interesting stories.
A. telling B. speaking
C. saying D. talking

25. Mary has been reading ________ a long time.
A. for B. during
C. since D. from

26. Susan spoke ________ Kevin about her dreams.
A. about B. by
C. at D. to

27. The target ________ by the arrow.
A. hit B. hits
C. was hit D. was hitting

28. We are ________ a good time.
    A. had B. will have
    C. having D. have

29. Will you ________ me a favor?
    A. state B. say
    C. tell D. do

30. You need to study English ________ your mission may carry you to any part of the world.
    A. unless B. where
    C. till D. because

31. There is no one ________ us who can tell the twin brothers apart.
    A. among B. upward
    C. for D. from

32. It rained a great deal ________ the spring season.
    A. by B. during
    C. while D. on

33. I was completely worn out after jogging ten kilometers.
    A. I was full of energy. B. I was in a good mood.
    C. I was bored. D. I was exhausted.

34. He wanted to slip out before the end of the meeting.
    A. He wanted to keep a record of the meeting.
    B. He wanted to deliver something before the meeting.
    C. He wanted to discover a new parking space.
    D. He wanted to leave.

35. The doctor looked at the wound very carefully.
    A. He examined it.
    B. He put something over it.
    C. He admired it.
    D. He washed it carefully

36. In spite of the bad weather, they started off this morning.
    A. They refused to start off.
    B. They stopped to start off.
    C. They still started off.
    D. They avoided starting off.

37. Barbara was trying to figure out the answer to the question.
    A. She tried to deceive it.
    B. She tried to solve it.
    C. She tried to test it.
    D. She tried to forget it.

38. He left the city for good.
    A. He would come back soon.
    B. He would visit another city.
    C. He was not happy with his trip.
    D. He was not going to return.

39. The discussion was cut off twice.
    A. It began twice.
    B. It was interrupted twice.
    C. It was changed twice.
    D. It decreased twice.

40. Every now and then we have parties at home.
    A. We have them regularly.
    B. We have them occasionally.
    C. We have them often.
    D. We have them frequently.

41. We had plenty of supplies for everybody in the group.
    A. We had little supplies.
    B. We had enough supplies.
    C. We had scarcely any supplies.
    D. We had hardly enough supplies.

42. The TV is too loud. Please turn it down.
    A. Decrease the volume.
    B. Put the TV down.
    C. Increase the volume.
    D. Stop the TV.

43. After finishing the examination, we went shopping and had a good time.
    A. We finished our examination after shopping.
    B. We had a good time during our examination.
    C. We went shopping after we finished the examination.
    D. We went shopping and then took the examination.

44. Having completed the assignment, Vicky went home.
    A. The assignment was hard, so Vicky went home.
    B. The assignment was not for Vicky, so she forgot about it.
    C. She remembered the assignment after she got home.
    D. She went home after she completed the assignment.

45. She said to him, "I want to become a famous person."
    A. He wants to become a famous person.
    B. He wants her to become a famous person.
    C. She told him about a famous person.
    D. She wants to become a famous person.

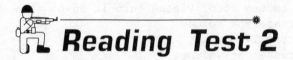

Reading Test 2

• *Directions for questions 1-45. Select the one correct answer a, b, c or d and mark your answer sheet.*

1. I would rather have tea.
   A. I prefer tea.　　B. I refer to tea.
   C. I dislike tea.　　D. I don't drink tea.

2. Peter says to Paul, "I'm sure you can make it." He means ________.
   A. Paul will fail　　B. Paul is the best
   C. Paul should leave　　D. Paul can succeed

3. They tied the boat to the ________.
   A. sand　　B. rope
   C. sails　　D. pier

4. The tool was of European origin.
   A. It was destroyed in Europe.
   B. It was made in Europe.
   C. It was played in Europe.
   D. It was sent to Europe.

5. He is so shy that he doesn't dare to speak to the girl he likes.
   A. He doesn't want to speak to her.
   B. He is never nervous to speak to her.
   C. He is very nervous when speaking to her.
   D. He doesn't have the nerve to speak to her.

6. I learned to play the guitar <u>by myself</u>.
   A. by being selfish　　B. with assistance
   C. without assistance　　D. without resistance

7. Automobiles have been in use for <u>decades</u>.
A. hundreds of years B. thousands of years
C. several years D. tens of years

8. The weather is <u>getting</u> warmer now.
A. taking B. going
C. making D. becoming

9. I got <u>a good deal of</u> information about fish from this book.
A. much B. some
C. no D. very little

10. I go to the supermarket <u>frequently</u>.
A. sometimes B. often
C. seldom D. alone

11. The mechanic <u>performed</u> his job well.
A. liked B. got
C. did D. ignored

12. If I have free time, I ________ to you immediately.
A. wrote B. will write
C. are writing D. would have written

13. The doctor used a ________ to take my temperature.
A. stethoscope B. barometer
C. microscope D. thermometer

14. This is the house ________ the murder occurred.
A. where B. when
C. which D. why

15. Peter is six feet tall. His brother is five feet tall. Peter is ________ his brother.
A. tallest than B. taller than
C. as tall as D. more tall

16. ________ you like to come over Friday evening?
A. Could B. Would
C. Should D. Will

17. They work ________ in the factory.
A. good B. well
C. slow D. careful

18. Gary threw the stone. The stone ________ by Gary.
A. was throw B. did thrown
C. have thrown D. was thrown

19. You will need a good pen ________.
A. to writing B. of writing
C. to write with D. to write

20. You slept well last night, ________?
A. don't you B. haven't you
C. weren't you D. didn't you

21. When the volcano emits smoke, it ________ smoke.
A. mixes B. draws
C. takes in D. sends out

22. "How long have you been here?" "I'll ________ here three months tomorrow."
A. been B. will be
C. would be D. have been

23. This is neither black ________ white. It is gray.
A. and B. but
C. or D. nor

24. Electricity is ________ by a copper wire.
A. conducted B. conductive
C. conduct D. conduction

25. You can't swim, ________?
A. can't you B. don't you
C. do you D. can you

26. Do you want me ________ the letter for you?
A. do mail
B. for mail
C. mailing
D. to mail

27. Here is my phone number. Please give me a ________ when you get back.
A. visit
B. talk
C. care
D. ring

28. Leo is very poor. He has ________ money.
A. few
B. small
C. little
D. less much

29. I ride my bicycle to work every day. I ________ ride my bicycle.
A. always
B. sometimes
C. usually
D. seldom

30. He graduated from college ________ the age of twenty-one.
A. during
B. in
C. at
D. between

31. Have you met the new teacher ________?
A. who will teach our class
B. our class who will teach
C. who will our class teach
D. our class will who teach

32. Mary is not as pretty as Stella. Stella is ________ than Mary.
A. prettier
B. more pretty
C. most pretty
D. much more pretty

33. Bob and Thomas are not as intelligent as Bill. Bill is ________ the three.
A. the most intelligent of
B. intelligent of
C. more intelligent than
D. intelligence of

34. "It is getting late," said Mr. Peterson. "I'll __________."
   A. have going now
   B. have to be gone now
   C. will have go now
   D. have to go now

35. At the end of his visit, Lt. Smith left the hotel. Lt. Smith _________ the hotel.
   A. registered at
   B. checked out of
   C. returned to
   D. checked into

36. Before _________, he locked his door.
   A. he leaves
   B. left
   C. leaving
   D. to leaving

37. Choose the correct sentence:
   A. He wore his raincoat because it was raining when he left.
   B. It was raining because he wore his raincoat when he left.
   C. Because he wore his raincoat it was raining.
   D. Because of his raincoat it was raining.

38. After we _________, they turned off all the lights.
   A. had departed
   B. are departing
   C. depart
   D. were depart

39. Tickets _________ mainly by students.
   A. purchased
   B. were purchased
   C. be purchased
   D. can to be purchased

40. Jane always builds castles in the air.
   A. Jane likes to build sand castles on the beach.
   B. Jane likes to visit European castles.
   C. Jane always daydreams.
   D. Jane lives in a castle on the hill.

41. It is obvious that the car is in trouble.
    A. It is easy to see that something is wrong.
    B. It looks like the ride is smooth.
    C. It doesn't look like anything is wrong.
    D. It isn't likely that there is trouble.

42. Bill will go to the university to take up engineering.
    A. He will study to be an engineer.
    B. He will teach engineering at the university.
    C. He will work as an engineer at the university.
    D. He will pick up his friend who is an engineer.

43. Though Jane likes to swim, she is not a good swimmer.
    A. Jane is a good swimmer and likes to swim.
    B. Jane is a good swimmer, but doesn't like to swim.
    C. Jane doesn't like to swim and she can't swim well.
    D. Jane is not a good swimmer, but she likes to swim.

44. He asked the operator to hold the call while he searched for more change.
    A. He asked her to take the receiver.
    B. He asked her to hang up.
    C. He asked her to wait a minute.
    D. He asked her to dial a number.

45. Do you think you'll need a blanket tonight?
    A. Yes, it would be nice to get cleaned up.
    B. No, I'm not very hungry.
    C. Yes, it's going to be cold.
    D. No, I like the rain on my face.

Reading Test 3

• *Directions for questions 1-45. Select the one correct answer a, b, c or d and mark your answer sheet.*

1. If you expect to finish the job on time, you'd better step on it. You'd better ________.
   A. work more rapidly
   B. take it easy
   C. put your foot on it
   D. stand up on it

2. If a store is closed, it is ________.
   A. loose　　B. shut
   C. open　　D. near

3. John asked Mary, "Would you mind if I smoke?"
   A. object　　B. like
   C. favor　　D. please

4. I've made a few mistakes in my composition.
   A. good　　B. very little
   C. some　　D. too many

5. I'm looking forward to seeing her soon.
   A. I don't expect to see her.
   B. I want very much to see her.
   C. I doubt I will see her.
   D. I wish I had seen her.

6. I prefer old houses to modern ones.
   A. fancy　　B. new
   C. expensive　　D. cheaper

7. The local temperature varies 20 degrees daily.
   A. changes 20 degrees　　B. rises 20 degrees
   C. goes down 20 degrees　　D. remains at 20 degrees

8. Pay attention to the lecture.
   A. Listen to　　B. Avoid
   C. Study　　D. Pay for

9. Do you suppose it will clear up soon?
   A. wish　　B. say
   C. mean　　D. think

10. Can the control officer maintain the missile in operating condition?
   A. keep　　B. increase
   C. restore　　D. develop

11. This knife's blade is sharp.
   A. will cut easily　　B. will not cut
   C. is blunt　　D. is rounded

12. Where can I buy ________ toothpaste?
   A. one　　B. some
   C. a　　D. any

13. She plans to take a job as a receptionist ________ graduation.
   A. since　　B. past
   C. after　　D. when

14. The students ________ do their homework every day or they won't do well on their tests.
   A. may　　B. must
   C. might　　D. might to

15. The blackboard was so small that it was hard to ________.
   A. pack　　B. write on
   C. live in　　D. build

16. On a hot, rainy day, steam seems ________ from the ground.
   A. raise　　B. to rise
   C. rose　　D. risen

17. Whose car ________ to school?
    A. does usually he drive
    B. does he usually drive
    C. does he drive usually
    D. usually does he drive

18. ________ he been sound asleep when you called him?
    A. Has B. Was
    C. Had D. Did

19. Do you know ________?
    A. where is the Washington Hotel
    B. where the Washington Hotel is
    C. the Washington Hotel is where
    D. is where the Washington Hotel

20. Some people are ________ to fly when they travel.
    A. afraid B. fear
    C. fearfully D. fearfulness

21. They ________ working in the factory for two months.
    A. had B. have been
    C. have had D. have

22. ________ you find the address yesterday?
    A. Can B. Might
    C. Could D. May

23. Tomorrow is test day. The students ________ study their lessons.
    A. ought to B. have had
    C. will to D. ought

24. We are eager to know how your trip ________ out.
    A. gone B. made
    C. happened D. turned

25. The cab will be there when you ________.
    A. are ready B. would be ready
    C. are being ready D. will be ready

26. The place was so crowded with people that the doctor couldn't get ________ to the injured man.
A. under B. about
C. up D. through

27. Yesterday I told you to notify the director. Have you ________ him yet?
A. see B. informed
C. find D. returned

28. Yesterday he went ________.
A. fished B. fish
C. to fishing D. fishing

29. I was afraid he ________ understand what I meant.
A. can't B. might not
C. won't D. has not

30. "Are you studying for the exam?" "Yes, ________."
A. I'm B. I do
C. I have D. I am

31. While we were waiting, it ________.
A. begins to rain
B. beginning to rain
C. began to rain
D. would begin to rain

32. This shirt cost five hundred dollars, ________?
A. didn't it B. hasn't it
C. doesn't it D. has it

33. We enjoyed ________.
A. to the zoo our visit very much
B. our visit very much to the zoo
C. very much to the zoo our visit
D. our visit to the zoo very much

34. When I rushed to the station, the train ________.
    A. had already left
    B. was already left
    C. has left already
    D. did leave already

35. You may take whatever you ________.
    A. will choose   B. are choosing
    C. choose   D. will have chosen

36. Mrs. Wilson was too late to catch the bus.
    A. She got on the bus.
    B. She did not get off the bus.
    C. She missed the bus.
    D. She got on the wrong bus.

37. Major Adams went to the post office and cashed his money order.
    A. He got some stamps.
    B. He deposited some money.
    C. He obtained some money.
    D. He mailed his money order.

38. The commander invited the officers to the party.
    A. He enjoyed talking to the officers.
    B. He didn't tell them about the party.
    C. He asked them to come to the party.
    D. He sent them a bill for the party.

39. The instructor said, "How many trips have you taken to town?" Cadet Brown said, "Four."
    A. Cadet Brown has never been in town
    B. Cadet Brown has been in town four months.
    C. Cadet Brown has been in town four times.
    D. Cadet Brown went to town at four.

40. Wanting to find out what makes things work is known as ________.
    A. conscience   B. curiosity
    C. motion   D. happiness

41. The doctor looked the student over and asked him many questions.
A. The doctor examined the student.
B. The student asked the doctor many questions.
C. The student examined the doctor.
D. They inspected the questions.

42. Is there any way to adjust the temperature?
A. Yes, we have air-conditioning controls.
B. Yes, you learn to like it in time.
C. No, it cannot be measured.
D. No, it never does.

43. The singer is very popular.
A. The singer sings badly.
B. Many people like to listen to the singer.
C. The singer sings folk music.
D. Only poor people like her singing.

44. We tightened the band around the hose so the water would not leak.
A. We removed the band.
B. We placed grease around the band.
C. We increased the pressure applied by the band.
D. We loosened the band.

45. They were not able to put out the fire quickly enough to save the house.
A. They were not able to start the fire.
B. They were not able to see the fire.
C. They were not able to stop the fire.
D. They were not able to feel the fire.

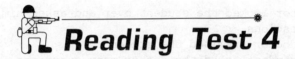

Reading Test 4

- *Directions for questions 1-45. Select the one correct answer a, b, c or d and mark your answer sheet.*

1. He ________ me yesterday what the instructor said.
   A. told　　B. tells
   C. will tell　　D. will have told

2. Choose the correct sentence.
   A. Did dance John at the party with Mary?
   B. Did Mary at the party with John dance?
   C. Did John dance with Mary at the party?
   D. Did at the party John dance with Mary?

3. You should ________ the equipment every day.
   A. check out　　B. checking out
   C. checked out　　D. do check out

4. Joe has two pencils. One is longer than ________.
   A. other　　B. the other
   C. another　　D. others

5. How far away from an aircraft should you stand while ________?
   A. smoked
   B. to smoke
   C. smoke
   D. smoking

6. I ________ write my mother a letter tonight.
   A. do　　B. will do
   C. want　　D. have to

7. ________ are likely to lecture a great deal.
   A. Children　　B. Animals
   C. Machines　　D. Professors

8. He divided the candies ________ the two boys.
   A. between
   B. to
   C. into
   D. at

9. Choose the correct sentence.
   A. To go is foolish out in freezing weather.
   B. To go out in freezing weather is foolish.
   C. To go out is foolish freezing in weather.
   D. In freezing weather is foolish to go out.

10. Choose the correct sentence.
   A. He said that he wanted to know means what the word.
   B. He said that he wanted to know what means the word.
   C. He said that he wanted to know what the word means.
   D. He said that he wanted that the word means to know.

11. They put in ________ time on this project than the last one.
   A. less
   B. little
   C. least
   D. the least

12. Your tent is ________ to ours.
   A. alike
   B. different
   C. like
   D. similar

13. I have been waiting for you ________ morning.
   A. since
   B. for
   C. during
   D. ago

14. I tried several times to ________ the engine but failed.
   A. start
   B. begin
   C. scold
   D. score

15. The teacher ________ the students a few interesting questions.
A. says B. asked
C. said D. tell

16. Did my friend ________ to you about the plan?
A. talks B. talking
C. talked D. talk

17. Someone ________ a bottle during the experiment.
A. broke B. break
C. breaking D. broken

18. I'll neither use them, ________ will I ever remember them.
A. nor B. or
C. but D. and

19. He not only questioned, ________ doubted the importance of human dignity in man.
A. as if B. because
C. and also D. but also

20. He threatened the student ________ punishment.
A. to B. with
C. in D. at

21. I ________ a letter when he called me.
A. write B. will write
C. am writing D. was writing

22. They ________ all the waste paper baskets early yesterday morning.
A. emptied B. empty
C. will empty D. have emptied

23. John ________ difficulty pronouncing the word "thorough."
A. have B. has
C. is D. will be

24. Next week I am ________ to a new training school.
A. will go
B. went
C. gone
D. going

25. Will you ________ him tonight?
A. see
B. saw
C. seen
D. seeing

26. I swear I ________ him in my life.
A. seen
B. will see
C. have never seen
D. see

27. If I ________ what to do, I will do it.
A. had known
B. have known
C. know
D. knew

28. I ________ in town since the day you arrived.
A. been
B. was
C. had been gone
D. have been

29. If your teacher asks you to go to the library, be sure you know how to use its resources.
A. You should know how to use the library.
B. You should know about your teacher.
C. The teacher should use the library.
D. A teacher should know the resources.

30. There was nothing left in this area after the bombing.
A. There was nothing new.
B. There was nothing in addition.
C. There was nothing to the west.
D. There was nothing remaining.

31. The chief engineer wanted to close down the plant.
A. He wanted to return to the plant.
B. He wanted to remove the plant.
C. He wanted to stop the operation of the plant.
D. He wanted to depart from the plant.

32. <u>If you persist in speaking English</u>, you will learn more quickly.
    A. If you stop speaking English,
    B. If you speak English steadily,
    C. If you listen instead of talking,
    D. If you speak your own language,

33. The students are trying to get ahead.
    A. They are lazy.
    B. They don't care about anything.
    C. They are not ambitious.
    D. They are trying to advance.

34. Those people say they believe in justice.
    A. They believe in fairness.
    B. They are one-sided.
    C. They are precise technicians.
    D. They don't believe in anything.

35. It turned out better than I thought it would.
    A. The result was good.
    B. There was a large group.
    C. Many people were refused.
    D. It was our turn.

36. He was about to leave when she came.
    A. He was discussing with her.
    B. He was talking about leaving with her.
    C. He was on the point of leaving.
    D. He was avoiding seeing her.

37. I'd rather go out.
    A. I refuse to go out. B. I prefer to go out.
    C. I seldom go out. D. I dislike going out.

38. The furniture was arranged neatly.
    A. It was not arranged at all.
    B. It was arranged in an orderly fashion.
    C. It was not carefully arranged.
    D. It was arranged too fast.

39. The car breaks down on the road.
   A. It is working.   B. It is not working.
   C. It is not new.   D. It is ringing.

40. If there are too many to learn, we must try to remember the most important facts.
   A. Everything we hear is important.
   B. Only those which are important are remembered.
   C. There are too many to learn.
   D. The most important should be remembered.

41. In the window, Jane saw a nice looking dress which she liked very much.
   A. She liked the window which she saw.
   B. She saw a window which she liked.
   C. She disliked the dress which she saw.
   D. She saw a dress in a window and she liked the dress very much.

42. There was an accident on the corner.
   A. There was much traffic.
   B. There was a meeting.
   C. There was a crash.
   D. The two friends met by chance.

43. The worker did not have the right tool, and as a result he did not finish the work.
   A. He finished the work without the tool.
   B. The job was not finished because he lacked the right tool.
   C. He finished the work with the right tool.
   D. He finally found the right tool.

44. Today, trade, or the exchange of goods, is necessary for the existence of industry on earth. All countries are dependent on other countries for goods and produce. For example, a country of fertile fields may not produce the machines that keep its fields green.
    A. Trade is needed because all countries are independent of one another.
    B. Fertile and green fields are dependent on industries.
    C. Goods and produce are necessary for industries.
    D. Trade is needed because one country may not have what another has.

45. Freedom is something that has been won gradually. In ancient times, slaves lived and died wholly in the power of their masters, their lives being worth practically nothing. In the succeeding years men had to fight to gain their freedom.
    A. Freedom was won very abruptly by the slaves.
    B. Man's freedom has been won only after years of struggle.
    C. Slaves fought hard so as to get into power.
    D. There was freedom even during the ancient times.

Reading Test 5

• *Directions for questions 1-45. Select the one correct answer a, b, c or d and mark your answer sheet.*

1. He was such an excellent shooter that when he fired the rifle, each shot ________ the target.
   A. hit　　B. is hit
   C. is hitting to　　D. is being hit

2. Mary was busy ________ her room all day long.
   A. cleaning　　B. clean
   C. cleaned　　D. to clean

3. Captain Taylor was in contact with the base ________ the entire flight.
   A. since　　B. during
   C. across　　D. while

4. The shoes are not comfortable, ________ the leather is good.
   A. what　　B. where
   C. when　　D. although

5. The salesman tried to sell his goods ________.
   A. from every door　　B. from door to door
   C. from doors to doors　　D. to every doors

6. As we ________ the runway, we saw airplanes taking off.
   A. approach　　B. were approaching
   C. approaching　　D. are approaching

7. I ________ other kinds of jet planes before.
   A. have flown　　B. will fly
   C. am flying　　D. fly

8. I ________ never seen sheep before.
   A. will　　B. had
   C. having　　D. to have

9. Please ________ the light.
   A. turned on　　B. turns on
   C. turning on　　D. turn on

10. We ________ to a movie last week.
   A. goes　　B. went
   C. has gone　　D. going

11. He ________ only one mistake on the last exam.
   A. did　　B. made
   C. does　　D. makes

12. We got her ________ the question.
   A. to understand　　B. understand
   C. understood　　D. understanding

13. We ________ all the lessons when the teacher gave us a quiz.
   A. reviewing　　B. will review
   C. had reviewed　　D. review

14. He is ________ very quickly.
   A. learned　　B. learn
   C. learning　　D. learns

15. I ________ the letter to him tomorrow morning.
   A. had forwarded　　B. will forward
   C. forwarded　　D. have forwarded

16. The instructor ________ the whole procedure now.
   A. explained　　B. were explained
   C. is explaining　　D. have explained

17. A normal landing ________ with the landing gear up.
   A. not is made　　B. is made not
   C. made is not　　D. is not made

18. That experienced pilot won a victory ________ the younger enemy.
   A. on B. of
   C. over D. to

19. If I ________ time then, I would have visited my relatives.
   A. have had B. had
   C. had had D. have

20. Two aircraft ________ on the runway now.
   A. is B. was
   C. be D. are

21. A city is usually very ________.
   A. small B. quiet
   C. busy D. new

22. School was over at 4:00. The teacher has not seen the student ________ then.
   A. until B. since
   C. for D. to

23. When water is boiled it changes to ________.
   A. vapor B. waves
   C. liquid D. solid

24. She prepares breakfast for ________ and her husband.
   A. himself B. hers
   C. she D. herself

25. Please ________ the answer sheet for wrong answers.
   A. to check B. are checked
   C. check D. is checking

26. Food satisfies one of man's basic <u>requirements</u>.
   A. needs B. hopes
   C. troubles D. questions

27. Choose the correct sentence:
    A. Cleared the table, he having dusted it.
    B. The table cleared, he having dusted it.
    C. Having cleared the table, he it dusted.
    D. Having cleared the table, he dusted it.

28. Choose the correct sentence:
    A. He got the book for me.
    B. The book got he for me.
    C. Got he the book for me.
    D. For me got he the book.

29. Choose the correct sentence:
    A. Walking down the street met she an old friend.
    B. Walking an old friend down the street she met.
    C. She met an old friend walking down the street.
    D. She met an old down the street walking friend.

30. Choose the correct sentence:
    A. Did you look that I showed you at a book?
    B. Did you look at the book that I showed you?
    C. You look did at a book that I showed you?
    D. That I showed you did you look at a book?

31. She made a request that he help her, but he paid no attention to her.
    A. He paid no attention to her help.
    B. He paid no attention to her request.
    C. She helped him at his request.
    D. She paid no attention to his help.

32. After completing the dictation, the students turned off the tape recorder and read what they had written.
    A. They turned the tape recorder over after dictation.
    B. They read the dictation after they completed it.
    C. They read the dictation as they were completing it.
    D. They turned off the dictation as they were completing it.

33. We usually get in touch with him by e-mail.
    A. We communicated with him.
    B. We touch him with a computer.
    C. We respect him highly.
    D. We give him a letter.

34. Tickets for that concert have been sold out.
    A. There are still a few for sale.
    B. There aren't any for sale yet.
    C. They have all been sold.
    D. They can be bought elsewhere.

35. I would rather wait at home than look outside.
    A. I refuse to wait at home.
    B. I prefer to wait at home rather than look outside.
    C. I seldom wait at home but look outside instead.
    D. I don't like to wait. I want to go outside.

36. The chairman wanted to wind up the meeting.
    A. He wanted to bring it to an end.
    B. He wanted to start it.
    C. He wanted to make a pause in it.
    D. He wanted to shift it.

37. They have already looked up those words.
    A. They forgot those words.
    B. They have already lost them.
    C. They overlooked those words.
    D. They have checked them in a book.

38. Please pass the handouts around.
    A. Distribute them among the group.
    B. Give the group round handouts.
    C. Go past the handouts.
    D. Take a few handouts.

39. Captain Bush gave me a lift home last night.
    A. He walked me home.
    B. He took the elevator with me to my home.
    C. He paid me a visit at my home.
    D. He drove me home.

40. The first thing to know about driving is that safety is number one.
    A. We know what driving is.
    B. All drivers should know how to drive.
    C. Driving is very safe.
    D. We know that cautious driving is of great concern.

41. The student who is listening to the radio was chosen class leader by his classmates.
    A. The classmates appointed him leader.
    B. The classmates were listening.
    C. The radio channel was selected.
    D. The classmates selected the channel.

42. When Mandy was about to leave, Joseph told her that he had had no dinner.
    A. He told her about not having dinner.
    B. He told her about leaving.
    C. He was about to depart.
    D. She didn't have her dinner.

43. They kept on studying for two hours.
    A. They discontinued studying.
    B. They quit studying.
    C. They left for 2 hours.
    D. They continued studying.

44. An instructor must have teaching skill and, along with it, more knowledge of his subject than he will ever be expected to teach to any student. Naturally, he should keep up with the latest developments in his field.
    A. A good instructor must continue his studies.
    B. His skill must not be expected to exceed his students.
    C. His field must be kept broad.
    D. A good instructor must limit his interest.

45. Since earliest times, men have dreamed of flying. Back in the sixteenth century, there was a man who made plans for a flying machine, but it was almost four hundred years later before anyone built a machine that could be flown.
    A. A flying machine was made in the sixteenth century.
    B. Man reasoned out how to fly right after the first airplane.
    C. It took a long time for man to discover how to fly.
    D. Man figured out how to fly immediately after dreaming of it.

Test

ECL綜合測驗解答

Reading Test 1

1. (C)	11. (A)	21. (A)	31. (A)	41. (B)
2. (D)	12. (A)	22. (A)	32. (B)	42. (A)
3. (D)	13. (C)	23. (B)	33. (D)	43. (C)
4. (B)	14. (C)	24. (A)	34. (D)	44. (D)
5. (D)	15. (B)	25. (A)	35. (A)	45. (D)
6. (B)	16. (A)	26. (D)	36. (C)	
7. (D)	17. (B)	27. (C)	37. (B)	
8. (B)	18. (D)	28. (C)	38. (D)	
9. (C)	19. (B)	29. (D)	39. (B)	
10. (A)	20. (A)	30. (D)	40. (B)	

Reading Test 2

1. (A)	11. (C)	21. (D)	31. (A)	41. (A)
2. (D)	12. (B)	22. (D)	32. (A)	42. (A)
3. (D)	13. (D)	23. (D)	33. (A)	43. (D)
4. (B)	14. (A)	24. (A)	34. (D)	44. (C)
5. (D)	15. (B)	25. (D)	35. (B)	45. (C)
6. (C)	16. (B)	26. (D)	36. (C)	
7. (D)	17. (B)	27. (D)	37. (A)	
8. (D)	18. (D)	28. (C)	38. (A)	
9. (A)	19. (C)	29. (A)	39. (B)	
10. (B)	20. (D)	30. (C)	40. (C)	

Reading Test 3

1. (A)	11. (A)	21. (B)	31. (C)	41. (A)
2. (B)	12. (B)	22. (C)	32. (A)	42. (A)
3. (A)	13. (C)	23. (A)	33. (D)	43. (B)
4. (C)	14. (B)	24. (D)	34. (A)	44. (C)
5. (B)	15. (B)	25. (A)	35. (C)	45. (C)
6. (B)	16. (B)	26. (D)	36. (C)	
7. (A)	17. (B)	27. (B)	37. (C)	
8. (A)	18. (C)	28. (D)	38. (C)	
9. (D)	19. (B)	29. (B)	39. (C)	
10. (A)	20. (A)	30. (D)	40. (B)	

Reading Test 4

1. (A)	11. (A)	21. (D)	31. (C)	41. (D)
2. (C)	12. (D)	22. (A)	32. (B)	42. (C)
3. (A)	13. (A)	23. (B)	33. (D)	43. (B)
4. (B)	14. (A)	24. (D)	34. (A)	44. (D)
5. (D)	15. (B)	25. (A)	35. (A)	45. (B)
6. (D)	16. (D)	26. (C)	36. (C)	
7. (D)	17. (A)	27. (C)	37. (B)	
8. (A)	18. (A)	28. (D)	38. (B)	
9. (B)	19. (D)	29. (A)	39. (B)	
10. (C)	20. (B)	30. (D)	40. (D)	

Reading Test 5

1. (A)	11. (B)	21. (C)	31. (B)	41. (A)
2. (A)	12. (A)	22. (B)	32. (B)	42. (A)
3. (B)	13. (C)	23. (A)	33. (A)	43. (D)
4. (D)	14. (C)	24. (D)	34. (C)	44. (A)
5. (B)	15. (B)	25. (C)	35. (B)	45. (C)
6. (B)	16. (C)	26. (A)	36. (A)	
7. (A)	17. (D)	27. (D)	37. (D)	
8. (B)	18. (C)	28. (A)	38. (A)	
9. (D)	19. (C)	29. (C)	39. (D)	
10. (B)	20. (D)	30. (B)	40. (D)	

【徵求資料】

如果你參加過 ECL 測驗，你還記得什麼資料，或者，你手上有 ECL 資料，歡迎提供給我們，我們會保守祕密，並將資料改編，整理成書，提供給三軍將士。

PART VII

ECL高分關鍵試題

ECL新試題得分關鍵字

以下是電腦統計近年來ECL試題中，出現頻率最高的單字，考前務必熟背，背完以後，再背「ECL字彙」，就可以將ECL試題中的所有單字一網打盡。

absent (ˈæbsn̩t) *adj.* 缺席的
accept (əkˈsɛpt) *v.* 接受
accident (ˈæksədənt) *n.* 意外
accomplishments (əˈkɑmplɪʃmənts) *n. pl.* 成就
account (əˈkaʊnt) *n.* 帳戶
acquaint (əˈkwent) *v.* 使認識
action (ˈækʃən) *n.* 行動
actually (ˈæktʃuəlɪ) *adv.* 實際上
AD 西元後
add (æd) *v.* 增加
address (əˈdrɛs) *n.* 地址
admissible (ədˈmɪsəbl̩) *adj.* 可接受的
advice (ədˈvaɪs) *n.* 勸告；建議
advise (ədˈvaɪz) *v.* 勸告；建議
ahead (əˈhɛd) *adv.* 向前方
air-conditioned (ˈɛrkənˈdɪʃənd) *adj.* 裝有冷氣機的
air-conditioning (ˈɛrkənˈdɪʃənɪŋ) *n.* 空調裝置
airlines (ˈɛrˌlaɪnz) *n.* 航空公司
alike (əˈlaɪk) *adj.* 相像的
allow (əˈlaʊ) *v.* 允許
alone (əˈlon) *adv.* 單獨地
alphabetical (ˌælfəˈbɛtɪkl̩) *adj.* 字母的；依字母順序的
altogether (ˌɔltəˈgɛðɚ) *adv.* 總共
America (əˈmɛrɪkə) *n.* 美國
amount (əˈmaʊnt) *n.* 數量
amuse (əˈmjuz) *v.* 娛樂
ancient (ˈenʃənt) *adj.* 古代的
announcement (əˈnaʊnsmənt) *n.* 宣佈
annoyed (əˈnɔɪd) *adj.* 心煩的
appoint (əˈpɔɪnt) *v.* 指派
appointment (əˈpɔɪntmənt) *n.* 約會
approve (əˈpruv) *v.* 贊成
approximately (əˈprɑksəmɪtlɪ) *adv.* 大約
area (ˈɛrɪə) *n.* 地區
army (ˈɑrmɪ) *n.* 軍隊
arrest (əˈrɛst) *v.* 逮捕
arrival (əˈraɪvl̩) *n.* 到達
article (ˈɑrtɪkl̩) *n.* 文章
asleep (əˈslip) *adj.* 睡著的
assembly (əˈsɛmblɪ) *n.* 裝配；會議
astronaut (ˈæstrəˌnɔt) *n.* 太空人
attack (əˈtæk) *v.* 攻擊
attendant (əˈtɛndənt) *n.* 服務員
attraction (əˈtrækʃən) *n.* 吸引力
audience (ˈɔdɪəns) *n.* 觀衆
automatically (ˌɔtəˈmætɪkl̩ɪ) *adv.* 自動地
automobile (ˌɔtəˈmobɪl) *n.* 汽車
automotive (ˌɔtəˈmotɪv) *adj.* 自動的
awake (əˈwek) *v.* 喚醒；醒來
backache (ˈbækˌek) *n.* 背痛
backward (ˈbækwɚd) *adv.* 向後方
bag (bæg) *n.* 袋子
bake (bek) *v.* 烘烤
balanced (ˈbælənst) *adj.* 均衡的

balloon (bə'lun) *n.* 氣球
barbershop ('bɑrbɚ,ʃɑp) *n.* 理髮店
bark (bɑrk) *v.* 吠叫
base (bes) *n.* 基地；基礎
basement ('besmənt) *n.* 地下室
beach (bitʃ) *n.* 海灘
bean (bin) *n.* 豆子
beef (bif) *n.* 牛肉
beginning (bɪ'gɪnɪŋ) *n.* 開始
Belgium ('bɛldʒɪəm) *n.* 比利時
bell (bɛl) *n.* 鐘
bench (bɛntʃ) *n.* 長椅
billion ('bɪljən) *n.* 十億
blackboard ('blæk,bord) *n.* 黑板
block (blɑk) *n.* 街區
blow (blo) *v.* 吹
boil (bɔɪl) *v.* 沸騰
bomber ('bɑmɚ) *n.* 轟炸機
bone (bon) *n.* 骨頭
bookcase ('bʊk,kes) *n.* 書架
BOQ 單身軍官宿舍 (= *bachelor officers' quarters*)
boring ('borɪŋ) *adj.* 無聊的
borrow ('bɑro) *v.* 借
boss (bɔs) *n.* 老闆
bother ('bɑðɚ) *v.* 困擾
bottom ('bɑtəm) *n.* 底部
brand-new ('brænd'nju) *adj.* 全新的
bread (brɛd) *n.* 麵包
break (brek) *v.* 打破
breeze (briz) *n.* 微風
brick (brɪk) *n.* 磚頭
bright (braɪt) *adj.* 明亮的
brilliant ('brɪljənt) *adj.* 燦爛的
broken ('brokən) *adj.* 破碎的
brush (brʌʃ) *n.* 刷子
build (bɪld) *v.* 建造
builder ('bɪldɚ) *n.* 建築業者；建立者
but (bʌt) *conj.* 但是 *adv.* 只是
butter ('bʌtɚ) *n.* 奶油
button ('bʌtn̩) *n.* 鈕扣
BX 空軍基地的免稅百貨商店 (= *Base Exchange*)
陸軍的是 PX (= *Post Exchange*)
海軍的是 NEX (= *Naval Exchange*)
cafeteria (,kæfə'tɪrɪə) *n.* 自助餐廳
cage (kedʒ) *n.* 籠子
California (,kælə'fɔrnɪə) *n.* 加州
camera ('kæmərə) *n.* 照相機
candidate ('kændə,det) *n.* 候選人
care (kɛr) *v.* 關心；在乎
careless ('kɛrlɪs) *adj.* 粗心的
carelessly ('kɛrlɪslɪ) *adv.* 粗心地
carry ('kærɪ) *v.* 攜帶
carve (kɑrv) *v.* 雕刻；切 (肉)
cash (kæʃ) *n.* 現金
cashier (kæ'ʃɪr) *n.* 出納員；櫃檯收帳員
cause (kɔz) *v.* 導致
ceiling ('silɪŋ) *n.* 天花板
certain ('sɝtn̩) *adj.* 確定的；某一
chalk (tʃɔk) *n.* 粉筆
change (tʃendʒ) *v.* 改變
chase (tʃes) *v.* 追趕
cheaply ('tʃiplɪ) *adv.* 便宜地
check (tʃɛk) *v.* 檢查 *n.* 支票
cheerfully ('tʃɪrfəlɪ) *adv.* 快樂地
cheese (tʃiz) *n.* 乳酪
cherry ('tʃɛrɪ) *n.* 櫻桃
chest (tʃɛst) *n.* 胸部
chew (tʃu) *v.* 嚼
choose (tʃuz) *v.* 選擇
chop (tʃɑp) *v.* 劈；砍
church (tʃɝtʃ) *n.* 教堂

cigarette 〔ˈsɪgəˌrɛt〕*n.* 香煙
circle 〔ˈsɝkl̩〕*n.* 圓圈
circumstances 〔ˈsɝkəmˌstænsɪz〕*n. pl.* 情況
clean 〔klin〕*adj.* 乾淨的
cleaners 〔ˈklinɚz〕*n. pl.* 洗衣店
clear 〔klɪr〕*adj.* 清楚的
climb 〔klaɪm〕*v.* 爬；攀登
closely 〔ˈkloslɪ〕*adv.* 密切地
cloth 〔kloθ〕*n.* 布
clothing 〔ˈkloðɪŋ〕*n.* 衣服
cloud 〔klaʊd〕*n.* 雲
cloudy 〔ˈklaʊdɪ〕*adj.* 多雲的
coach 〔kotʃ〕*n.* 教練
coal 〔kol〕*n.* 煤
coast 〔kost〕*n.* 海岸
coin 〔kɔɪn〕*n.* 硬幣
collect 〔kəˈlɛkt〕*v.* 收集
color 〔ˈkʌlɚ〕*n.* 顏色
comb 〔kom〕*n.* 梳子 *v.* 梳
combat 〔ˈkɑmbæt〕*v.* 戰鬥
combination 〔ˌkɑmbəˈneʃən〕*n.* 結合
comfort 〔ˈkʌmfɚt〕*n.* 舒適 *v.* 安慰
common 〔ˈkɑmən〕*adj.* 常見的
commonly 〔ˈkɑmənlɪ〕*adv.* 普遍地
completely 〔kəmˈplitlɪ〕*adv.* 完全地
concerned 〔kənˈsɝnd〕*adj.* 關心的
condensed 〔kənˈdɛnst〕*adj.* 濃縮的
condition 〔kənˈdɪʃən〕*n.* 情況
confuse 〔kənˈfjuz〕*v.* 使困惑
confusing 〔kənˈfjuzɪŋ〕*adj.* 令人困惑的
confusion 〔kənˈfjuʒən〕*n.* 困惑
connection 〔kəˈnɛkʃən〕*n.* 連接
consider 〔kənˈsɪdɚ〕*v.* 認爲
container 〔kənˈtenɚ〕*n.* 容器
cool 〔kul〕*adj.* 涼爽的
cooperate 〔koˈɑpəˌret〕*v.* 合作
cooperation 〔koˌɑpəˈreʃən〕*n.* 合作
corn 〔kɔrn〕*n.* 玉米
correct 〔kəˈrɛkt〕*adj.* 正確的
correctly 〔kəˈrɛktlɪ〕*adv.* 正確地
cost 〔kɔst〕*v.* 花費
costly 〔ˈkɔstlɪ〕*adj.* 昂貴的
costume 〔ˈkɑstjum〕*n.* 服裝
cotton 〔ˈkɑtn̩〕*n.* 棉花
count 〔kaʊnt〕*v.* 計算
counter 〔ˈkaʊntɚ〕*n.* 櫃台
cover 〔ˈkʌvɚ〕*v.* 覆蓋；包含
covering 〔ˈkʌvərɪŋ〕*n.* 遮蓋物
cow 〔kaʊ〕*n.* 母牛
creation 〔krɪˈeʃən〕*n.* 創造
creative 〔krɪˈetɪv〕*adj.* 有創造力的
credit 〔ˈkrɛdɪt〕*n.* 信用
crowded 〔ˈkraʊdɪd〕*adj.* 擁擠的
cultivate 〔ˈkʌltəˌvet〕*v.* 培養
curtain 〔ˈkɝtn̩〕*n.* 窗簾
curve 〔kɝv〕*n.* 曲線
customer 〔ˈkʌstəmɚ〕*n.* 顧客
daily 〔ˈdelɪ〕*adj.* 每天的
damage 〔ˈdæmɪdʒ〕*v.* 損壞
dampness 〔ˈdæmpnɪs〕*n.* 濕氣
dark 〔dɑrk〕*adj.* 黑暗的
dashboard 〔ˈdæʃˌbord〕*n.* 儀表板
date 〔det〕*n.* 日期
decade 〔ˈdɛked〕*n.* 十年
decision 〔dɪˈsɪʒən〕*n.* 決定
decline 〔dɪˈklaɪn〕*v.* 拒絕
decorate 〔ˈdɛkəˌret〕*v.* 裝飾
deep 〔dip〕*adj.* 深的
deer 〔dɪr〕*n.* 鹿
defeat 〔dɪˈfit〕*v.* 打敗
defend 〔dɪˈfɛnd〕*v.* 防禦
defense 〔dɪˈfɛns〕*n.* 防禦

define (dɪ'faɪn) *v.* 下定義
definite ('dɛfənɪt) *adj.* 明確的
definitely ('dɛfənɪtlɪ) *adv.* 明確地
degree (dɪ'gri) *n.* 程度；學位
dehydrated (di'haɪdretɪd) *adj.* 脫水的
delete (dɪ'lit) *v.* 刪除
delighted (dɪ'laɪtɪd) *adj.* 高興的
deliver (dɪ'lɪvɚ) *v.* 遞送
delivery (dɪ'lɪvərɪ) *n.* 遞送
dentist ('dɛntɪst) *n.* 牙醫
deposit (dɪ'pɑzɪt) *n.* 存款
describe (dɪ'skraɪb) *v.* 描述
deserve (dɪ'zɝv) *v.* 應得
design (dɪ'zaɪn) *v.* 設計
destructive (dɪ'strʌktɪv) *adj.* 破壞性的
detailed (dɪ'teld) *adj.* 詳細的
determination (dɪ,tɝmə'neʃən) *n.* 決心
development (dɪ'vɛləpmənt) *n.* 發展
diamond ('daɪəmənd) *n.* 鑽石
dictate ('dɪktet) *v.* 聽寫
diligent ('dɪlədʒənt) *adj.* 勤勉的
diminish (də'mɪnɪʃ) *v.* 減少
direction (də'rɛkʃən) *n.* 方向
directly (də'rɛktlɪ) *adv.* 直接地
dirty ('dɝtɪ) *adj.* 髒的
disappear (,dɪsə'pɪr) *v.* 消失
discolored (dɪs'kʌlɚd) *adj.* 變色的
discovery (dɪ'skʌvərɪ) *n.* 發現
dish (dɪʃ) *v.* 做（菜）；上（菜）
dislike (dɪs'laɪk) *v.* 不喜歡
disobey (,dɪsə'be) *v.* 不服從
disrupt (dɪs'rʌpt) *v.* 使中斷
distance ('dɪstəns) *n.* 距離
divided (də'vaɪdɪd) *adj.* 分開的
doubt (daʊt) *v.* 懷疑
downstairs ('daʊn'stɛrz) *adv.* 到樓下
drawer (drɔr) *n.* 抽屜
drawing ('drɔ•ɪŋ) *n.* 圖畫
dress (drɛs) *n.* 衣服；洋裝
dried (draɪd) *adj.* 乾燥的
drive-in ('draɪv,ɪn) *n.* 免下車餐館、電影院等
drop (drɑp) *v.* 掉落
dull (dʌl) *adj.* 遲鈍的
durable ('djʊrəbl̩) *adj.* 耐用的
dust (dʌst) *n.* 灰塵
earache ('ɪr,ek) *n.* 耳痛
earth (ɝθ) *n.* 地球
earthquake ('ɝθ,kwek) *n.* 地震
east (ist) *n.* 東方
edge (ɛdʒ) *n.* 邊緣
educate ('ɛdʒʊ,ket) *v.* 教育
efficiently (ə'fɪʃəntlɪ) *adv.* 有效率地
election (ɪ'lɛkʃən) *n.* 選舉
elevator ('ɛlə,vetɚ) *n.* 電梯
eliminate (ɪ'lɪmə,net) *v.* 除去
emphasize ('ɛmfə,saɪz) *v.* 強調
employ (ɪm'plɔɪ) *v.* 雇用
employee (,ɛmplɔɪ'i) *n.* 員工
ending ('ɛndɪŋ) *n.* 結局
enemy ('ɛnəmɪ) *n.* 敵人
engine ('ɛndʒən) *n.* 引擎
engineer (,ɛndʒə'nɪr) *n.* 工程師
engineering (,ɛndʒə'nɪrɪŋ) *n.* 工程學
enjoyable (ɪn'dʒɔɪəbl̩) *adj.* 愉快的
enlightened (ɪn'laɪtn̩d) *adj.* 文明的
enlisted (ɪn'lɪstɪd) *adj.* 士兵的
entertainment (,ɛntɚ'tenmənt) *n.* 娛樂

entirely〔ɪn'taɪrlɪ〕*adv.* 完全地
envy〔'ɛnvɪ〕*v.* 羨慕
era〔'ɪrə〕*n.* 時代
error〔'ɛrɚ〕*n.* 錯誤
eruption〔ɪ'rʌpʃən〕*n.*（火山）爆發
establish〔ə'stæblɪʃ〕*v.* 建立
estimated〔'ɛstə,metɪd〕*adj.* 估計的
ever〔'ɛvɚ〕*adv.* 曾經
evidence〔'ɛvədəns〕*n.* 證據
exact〔ɪg'zækt〕*adj.* 正確的；恰好的
exactly〔ɪg'zæktlɪ〕*adv.* 正確地
excellent〔'ɛksḷənt〕*adj.* 優秀的
exchange〔ɪks'tʃendʒ〕*v.* 交換
exciting〔ɪk'saɪtɪŋ〕*adj.* 令人興奮的
excuse〔ɪk'skjuz〕*v.* 原諒
execute〔'ɛksɪ,kjut〕*v.* 執行
exercise〔'ɛksɚ,saɪz〕*v.* 運動
expect〔ɪk'spɛkt〕*v.* 期待
expected〔ɪk'spɛktɪd〕*adj.* 預期的
explain〔ɪk'splen〕*v.* 解釋
explosion〔ɪk'sploʒən〕*n.* 爆炸
expression〔ɪk'sprɛʃən〕*n.* 表達
extemporaneously
〔ɪk,stɛmpə'renɪəslɪ〕*adv.* 即席地
fact〔fækt〕*n.* 事實
factory〔'fæktrɪ〕*n.* 工廠
fail〔fel〕*v.* 失敗
falsify〔'fɔlsə,faɪ〕*v.* 僞造
famous〔'feməs〕*adj.* 有名的
faraway〔'fɑrə'we〕*adj.* 遙遠的
farther〔'fɑrðɚ〕*adv.* 更遠
fashion〔'fæʃən〕*n.* 流行
fasten〔'fæsṇ〕*v.* 繫上
faucet〔'fɔsɪt〕*n.* 水龍頭
fault〔fɔlt〕*n.* 過錯
favorable〔'fevərəbḷ〕*adj.* 贊成的
favorite〔'fevərɪt〕*adj.* 最喜歡的
feather〔'fɛðɚ〕*n.* 羽毛
feathered〔'fɛðɚd〕*adj.* 有羽毛的
feed〔fid〕*v.* 餵
fence〔fɛns〕*n.* 籬笆
fertilize〔'fɝtḷ,aɪz〕*v.* 使肥沃
fever〔'fivɚ〕*n.* 發燒
field〔fild〕*n.* 田野
fighter〔'faɪtɚ〕*n.* 戰士；戰鬥機
film〔fɪlm〕*n.* 影片
final〔'faɪnḷ〕*adj.* 最後的
finally〔'faɪnḷɪ〕*adv.* 最後
fine〔faɪn〕*adj.* 美好的
finish〔'fɪnɪʃ〕*v.* 結束；完成
fire〔faɪr〕*n.* 火
fix〔fɪks〕*v.* 修理；使固定
flat〔flæt〕*adj.* 平的
flight〔flaɪt〕*n.* 班機
floor〔flor〕*n.* 地板
flooring〔'florɪŋ〕*n.* 地板
fly〔flaɪ〕*v.* 飛
fog〔fɔg〕*n.* 霧
foggy〔'fɑgɪ〕*adj.* 多霧的
follow〔'fɑlo〕*v.* 跟隨；遵守
foot〔fʊt〕*n.* 腳；英呎
football〔'fʊt,bɔl〕*n.* 橄欖球
forever〔fɚ'ɛvɚ〕*adv.* 永遠地
fork〔fɔrk〕*n.* 叉子
form〔fɔrm〕*v.* 形成 *n.* 形式；表格
freight〔fret〕*n.* 貨物
frighten〔'fraɪtṇ〕*v.* 使害怕
frightened〔'fraɪtṇd〕*adj.* 害怕的
frozen〔'frozṇ〕*adj.* 結冰的
full〔fʊl〕*adj.* 充滿的
function〔'fʌŋkʃən〕*n.* 功能
funny〔'fʌnɪ〕*adj.* 可笑的
furniture〔'fɝnɪtʃɚ〕*n.* 傢俱
fuse〔fjuz〕*n.* 導火線；保險絲

gallon [ˈgælən] *n.* 加侖
garage [gəˈrɑʒ] *n.* 車庫
garden [ˈgɑrdn̩] *n.* 花園
gas [gæs] *n.* 瓦斯；氣體
gaseous [ˈgæsɪəs] *adj.* 氣體的
gasoline [ˈgæsl̩ˌin] *n.* 汽油
gate [get] *n.* 大門
gem [dʒɛm] *n.* 寶石
generously [ˈdʒɛnərəslɪ] *adv.* 慷慨地
gentle [ˈdʒɛntl̩] *adj.* 溫柔的
gently [ˈdʒɛntlɪ] *adv.* 溫和地
glad [glæd] *adj.* 高興的
gloves [glʌvz] *n. pl.* 手套
goat [got] *n.* 山羊
golf [gɔlf] *n.* 高爾夫球
grass [græs] *n.* 草
grateful [ˈgretfəl] *adj.* 感激的
greet [grit] *v.* 打招呼；迎接
grocery [ˈgrosəɪ] *n.* 雜貨店
grow [gro] *v.* 成長；種植
guarantee [ˌgærənˈti] *v.* 保證
gun [gʌn] *n.* 手槍
halfway [ˈhæfˈwe] *adv.* 半路上
hall [hɔl] *n.* 大廳
hamburger [ˈhæmbɝgɚ] *n.* 漢堡
hard [hɑrd] *adj.* 硬的；困難的
harden [ˈhɑrdn̩] *v.* 使變硬
harm [hɑrm] *v.* 傷害
hazard [ˈhæzɚd] *n.* 危險
headache [ˈhɛdˌek] *n.* 頭痛
healthy [ˈhɛlθɪ] *adj.* 健康的
hearing [ˈhɪrɪŋ] *n.* 聽力
heat [hit] *n.* 熱
heavy [ˈhɛvɪ] *adj.* 重的
helicopter [ˈhɛlɪˌkɑptɚ] *n.* 直昇機
hidden [ˈhɪdn̩] *adj.* 隱藏的
hide [haɪd] *v.* 隱藏
highly [ˈhaɪlɪ] *adv.* 非常
highway [ˈhaɪˌwe] *n.* 公路
hire [haɪr] *v.* 雇用
hit [hɪt] *v.* 打
hobby [ˈhɑbɪ] *n.* 嗜好
hold [hold] *v.* 握住
homework [ˈhomˌwɝk] *n.* 功課
honesty [ˈɑnɪstɪ] *n.* 誠實
honeymooner [ˈhʌnɪˌmunɚ] *n.* 度蜜月的人
honoree [ˌɑnəˈri] *n.* 受獎者
horrible [ˈhɑrəbl̩] *adj.* 可怕的
hotel [hoˈtɛl] *n.* 旅館
housekeeping [ˈhaʊsˌkipɪŋ] *n.* 料理家務；家政
Houston [ˈhjustən] *n.* 休士頓
humid [ˈhjumɪd] *adj.* 潮濕的
humidity [hjuˈmɪdətɪ] *n.* 潮濕；溼度
hurricane [ˈhɝɪˌken] *n.* 颶風
hurry [ˈhɝɪ] *v.* 趕快
hurt [hɝt] *v.* 傷害
husband [ˈhʌzbənd] *n.* 丈夫
ice [aɪs] *n.* 冰
icy [ˈaɪsɪ] *adj.* 結冰的
identical [aɪˈdɛntɪkl̩] *adj.* 完全相同的
ignorant [ˈɪgnərənt] *adj.* 無知的
illegally [ɪˈligl̩ɪ] *adv.* 非法地
impolite [ˌɪmpəˈlaɪt] *adj.* 不禮貌的
impulsively [ɪmˈpʌlsɪvlɪ] *adv.* 衝動地
inch [ɪntʃ] *n.* 英吋
inconsiderate [ˌɪnkənˈsɪdərɪt] *adj.* 不體貼的
increase [ɪnˈkris] *v.* 增加
increasing [ɪnˈkrisɪŋ] *adj.* 愈來愈多的

Indian〔ˈɪndɪən〕*n.* 印度人；印第安人
inexpensive〔ˌɪnɪkˈspɛnsɪv〕*adj.* 便宜的
information〔ˌɪnfɚˈmeʃən〕*n.* 資訊
instantly〔ˈɪnstəntlɪ〕*adv.* 立即地
instructions〔ɪnˈstrʌkʃənz〕*n. pl.* 指示
intensely〔ɪnˈtɛnslɪ〕*adv.* 緊張地
interested〔ˈɪntrɪstɪd〕*adj.* 感興趣的
interesting〔ˈɪntrɪstɪŋ〕*adj.* 有趣的
interestingly〔ˈɪntrɪstɪŋlɪ〕*adv.* 有趣地
introduce〔ˌɪntrəˈdjus〕*v.* 介紹
introduction〔ˌɪntrəˈdʌkʃən〕*n.* 介紹
invention〔ɪnˈvɛnʃən〕*n.* 發明
inventor〔ɪnˈvɛntɚ〕*n.* 發明者
invite〔ɪnˈvaɪt〕*v.* 邀請
issue〔ˈɪʃʊ〕*v.* 發行；發出 *n.* 議題
item〔ˈaɪtəm〕*n.* 項目
jacket〔ˈdʒækɪt〕*n.* 夾克
jail〔dʒel〕*n.* 監獄
jar〔dʒɑr〕*n.* 廣口瓶
jet〔dʒɛt〕*n.* 噴射機
jet propulsion *n.* 噴射推進
jewelry〔ˈdʒuəlrɪ〕*n.* 珠寶
journey〔ˈdʒɝnɪ〕*n.* 旅行
jump〔dʒʌmp〕*v.* 跳
justify〔ˈdʒʌstəˌfaɪ〕*v.* 使正當化
kind〔kaɪnd〕*adj.* 親切的
knife〔naɪf〕*n.* 刀子
knowingly〔ˈnoɪŋlɪ〕*adv.* 故意地
lamp〔læmp〕*n.* 燈
land〔lænd〕*n.* 陸地
largely〔ˈlɑrdʒlɪ〕*adv.* 大部份
last〔læst〕*adj.* 最後的；最不可能的
lasting〔ˈlæstɪŋ〕*adj.* 持久的
late〔let〕*adj.* 遲到的；已故的
later〔ˈletɚ〕*adv.* 後來；…之後
latest〔ˈletɪst〕*adj.* 最新的
laundry〔ˈlɔndrɪ〕*n.* 洗衣店；要洗或剛洗好的衣物
lay〔le〕*v.* 下（蛋）；放置；奠定
lazy〔ˈlezɪ〕*adj.* 懶惰的
learned〔ˈlɝnɪd〕*adj.* 有學問的
leave〔liv〕*v.* 離開
left〔lɛft〕*n.* 左邊
length〔lɛŋθ〕*n.* 長度
lesson〔ˈlɛsn̩〕*n.* 課程
letter〔ˈlɛtɚ〕*n.* 信
license〔ˈlaɪsn̩s〕*n.* 執照
lifestyle〔ˈlaɪfˌstaɪl〕*n.* 生活方式
lift〔lɪft〕*v.* 舉起
light〔laɪt〕*n.* 燈
likely〔ˈlaɪklɪ〕*adj.* 可能的
linear〔ˈlɪnɪɚ〕*adj.* 直線的；長度的
list〔lɪst〕*n.* 名單
lively〔ˈlaɪvlɪ〕*adj.* 活潑的
locked〔lɑkt〕*adj.* 上鎖的
loose〔lus〕*adj.* 鬆的
loosen〔ˈlusn̩〕*v.* 鬆開
loss〔lɔs〕*n.* 損失
loudly〔ˈlaʊdlɪ〕*adv.* 大聲地
lower〔ˈloɚ〕*v.* 降低
lumber〔ˈlʌmbɚ〕*n.* 木材
machine〔məˈʃin〕*n.* 機器
machinery〔məˈʃinərɪ〕*n.* 機器
mad〔mæd〕*adj.* 發瘋的
mail〔mel〕*v.* 郵寄
main〔men〕*adj.* 主要的
mainly〔ˈmenlɪ〕*adv.* 主要地
maintain〔menˈten〕*v.* 維持
man〔mæn〕*n.* 男人；人；士兵
manager〔ˈmænɪdʒɚ〕*n.* 經理

manufacturing [ˌmænjəˈfæktʃərɪŋ] *adj.* 製造業的
marry [ˈmærɪ] *v.* 結婚
Mars [mɑrz] *n.* 火星
match [mætʃ] *n.* 火柴
material [məˈtɪrɪəl] *n.* 原料；材料
meal [mil] *n.* 一餐
measure [ˈmɛʒɚ] *v.* 測量
measurements [ˈmɛʒɚmənts] *n.pl.* 尺寸
meat [mit] *n.* 肉
medical [ˈmɛdɪkl̩] *adj.* 醫學的
medicine [ˈmɛdəsn̩] *n.* 藥
medium [ˈmidɪəm] *adj.* 中等的
meeting [ˈmitɪŋ] *n.* 會議
melody [ˈmɛlədɪ] *n.* 旋律
member [ˈmɛmbɚ] *n.* 成員
memory [ˈmɛmərɪ] *n.* 記憶
men [mɛn] *n. pl.* 男人（單數爲 man）
message [ˈmɛsɪdʒ] *n.* 訊息；留言
metal [ˈmɛtl̩] *n.* 金屬
Mexico [ˈmɛksɪˌko] *n.* 墨西哥
mice [maɪs] *n. pl.* 老鼠（單數爲 mouse）
midnight [ˈmɪdˌnaɪt] *n.* 半夜
military [ˈmɪləˌtɛrɪ] *adj.* 軍事的
mill [mɪl] *n.* 磨坊
mind [maɪnd] *v.* 介意；小心 *n.* 心智
Minnesota [ˌmɪnɪˈsotə] *n.* 明尼蘇達州
misbehave [ˌmɪsbɪˈhev] *v.* 行爲不檢
misleading [mɪsˈlidɪŋ] *adj.* 誤導的
mistakenly [məˈstekənlɪ] *adv.* 錯誤地
mix [mɪks] *v.* 混合
mobile [ˈmobl̩] *adj.* 可移動的
monkey [ˈmʌŋkɪ] *n.* 猴子
month [mʌnθ] *n.* 月
moral [ˈmɔrəl] *adj.* 道德的
mostly [ˈmostlɪ] *adv.* 主要地；大多
motel [moˈtɛl] *n.* 汽車旅館
mother-in-law [ˈmʌðərɪnˌlɔ] *n.* 婆婆；岳母
motor [ˈmotɚ] *n.* 馬達；汽車
mountain [ˈmaʊntn̩] *n.* 山
mouth [maʊθ] *n.* 嘴巴
move [muv] *v.* 移動
movement [ˈmuvmənt] *n.* 動作
mud [mʌd] *n.* 泥巴
name [nem] *n.* 名字 *v.* 命名
narrow [ˈnæro] *adj.* 窄的；勉強的
NCO 士官（= *noncommissioned officer*）
nearby [ˈnɪrˈbaɪ] *adv.* 在附近
nearly [ˈnɪrlɪ] *adv.* 幾乎
necessity [nəˈsɛsətɪ] *n.* 必需品
nervous [ˈnɝvəs] *adj.* 緊張的
newly [ˈnjulɪ] *adv.* 最近地
Nile [naɪl] *n.* 尼羅河
noise [nɔɪz] *n.* 噪音
noodle [ˈnudl̩] *n.* 麵
noon [nun] *n.* 正午
normally [ˈnɔrml̩ɪ] *adv.* 通常
north [nɔrθ] *n.* 北方
notebook [ˈnotˌbʊk] *n.* 筆記本
notes [nots] *n. pl.* 筆記
number [ˈnʌmbɚ] *n.* 數字
nut [nʌt] *n.* 堅果；螺帽
obey [oˈbe] *v.* 遵守；服從
objection [əbˈdʒɛkʃən] *n.* 反對
occasional [əˈkeʒənl̩] *adj.* 偶然的
occasionally [əˈkeʒənl̩ɪ] *adv.* 偶爾
occluded [əˈkludɪd] *adj.* 囚錮的
odd-shaped [ˈɑdˌʃept] *adj.* 形狀古怪的；不規則形狀的

odor (ˈodɚ) *n.* 氣味
offer (ˈɔfɚ) *v.* 提供
officer (ˈɔfəsɚ) *n.* 警官
officially (əˈfɪʃəlɪ) *adv.* 正式地
oil (ɔɪl) *n.* 油
or (ɔr) *conj.* 或；否則
orange (ˈɔrɪndʒ) *n.* 柳橙
order (ˈɔrdɚ) *n.* 順序；命令
organization (ˌɔrgənaɪˈzeʃən) *n.* 組織
organize (ˈɔrgənˌaɪz) *v.* 組織
oven (ˈʌvən) *n.* 烤箱
overlook (ˌovɚˈlʊk) *v.* 忽略
owe (o) *v.* 欠；歸功於
owner (ˈonɚ) *n.* 擁有者
package (ˈpækɪdʒ) *n.* 包裹
pan (pæn) *n.* 平底鍋
pants (pænts) *n. pl.* 褲子
park (pɑrk) *n.* 公園 *v.* 停車
partial (ˈpɑrʃəl) *adj.* 部份的
partiality (pɑrˈʃælətɪ) *n.* 偏見
partible (ˈpɑrtəbḷ) *adj.* 可分的
particularly (pɑrˈtɪkjələlɪ) *adv.* 特別地
partner (ˈpɑrtnɚ) *n.* 夥伴
pass (pæs) *v.* 經過；通過
pay (pe) *v.* 支付
peaceful (ˈpisfəl) *adj.* 和平的
peacefully (ˈpisfəlɪ) *adv.* 和平地
perhaps (pɚˈhæps) *adv.* 也許
permanently (ˈpɝmənəntlɪ) *adv.* 永久地
permit (pɚˈmɪt) *v.* 允許
perplexity (pɚˈplɛksətɪ) *n.* 困惑
pet (pɛt) *n.* 寵物
phrase (frez) *n.* 片語
physically (ˈfɪzɪkḷɪ) *adv.* 身體上
pick (pɪk) *v.* 挑選
picture (ˈpɪktʃɚ) *n.* 照片
pig (pɪg) *n.* 豬
pilot (ˈpaɪlət) *n.* 飛行員
place (ples) *n.* 地方 *v.* 放置
plains (plenz) *n. pl.* 平原
plastic (ˈplæstɪk) *adj.* 塑膠的
plate (plet) *n.* 盤子
play (ple) *v.* 玩；扮演
pleasant (ˈplɛzṇt) *adj.* 愉快的
please (pliz) *v.* 取悅
pleased (plizd) *adj.* 高興的
pleasing (ˈplizɪŋ) *adj.* 令人愉快的
plentiful (ˈplɛntɪfəl) *adj.* 豐富的
plug (plʌg) *n.* 插頭
plural (ˈplʊrəl) *n.* 複數
pocket (ˈpɑkɪt) *n.* 口袋
poem (ˈpo•ɪm) *n.* 詩
political (pəˈlɪtɪkḷ) *adj.* 政治的
post (post) *v.* 張貼 *n.* 職位
postbox (ˈpostˌbɑks) *n.* 郵筒
pot (pɑt) *n.* 鍋子
practicality (ˌpræktɪˈkælətɪ) *n.* 實際
practice (ˈpræktɪs) *v.* 練習
predict (prɪˈdɪkt) *v.* 預測
prescription (prɪˈskrɪpʃən) *n.* 藥方
presently (ˈprɛzṇtlɪ) *adv.* 目前
president (ˈprɛzədənt) *n.* 總統
pressure (ˈprɛʃɚ) *n.* 壓力
pretend (prɪˈtɛnd) *v.* 假裝
prevention (prɪˈvɛnʃən) *n.* 預防
price (praɪs) *n.* 價格
probable (ˈprɑbəbḷ) *adj.* 可能的
program (ˈprogræm) *n.* 節目
protect (prəˈtɛkt) *v.* 保護
protest (prəˈtɛst) *v.* 抗議
provide (prəˈvaɪd) *v.* 提供

publisher (ˈpʌblɪʃɚ) *n.* 出版社
pump (pʌmp) *n.* 抽水機；幫浦
qualified (ˈkwɑlə,faɪd) *adj.* 合格的
quality (ˈkwɑlətɪ) *n.* 品質
quarter (ˈkwɔrtɚ) *n.* 四分之一
question (ˈkwɛstʃən) *n.* 問題 *v.* 質問
quietly (ˈkwaɪətlɪ) *adv.* 安靜地
race (res) *n.* 比賽；賽跑
rack (ræk) *n.* 架子
raincoat (ˈren,kot) *n.* 雨衣
rapidly (ˈræpɪdlɪ) *adv.* 快速地
raw (rɔ) *adj.* 生的
reaction (rɪˈækʃən) *n.* 反應
read (rid) *v.* 閱讀
realize (ˈriə,laɪz) *v.* 了解
reappear (,riəˈpɪr) *v.* 再出現
recall (rɪˈkɔl) *v.* 回想
receive (rɪˈsiv) *v.* 收到
recently (ˈrisn̩tlɪ) *adv.* 最近
recording (rɪˈkɔrdɪŋ) *n.* 錄音
reduce (rɪˈdjus) *v.* 減少
refill (riˈfɪl) *v.* 再填滿
refrigerator (rɪˈfrɪdʒə,retɚ) *n.* 冰箱
refuse (rɪˈfjuz) *v.* 拒絕
regard (rɪˈgɑrd) *v.* 認爲
register (ˈrɛdʒɪstɚ) *v.* 登記；註冊
regretful (rɪˈgrɛtfl̩) *adj.* 遺憾的
regulate (ˈrɛgjə,let) *v.* 管制；調整
related (rɪˈletɪd) *adj.* 有關的
relaxed (rɪˈlækst) *adj.* 放鬆的
release (rɪˈlis) *v.* 釋放
relieved (rɪˈlivd) *adj.* 放心的；鬆了一口氣的
remain (rɪˈmen) *v.* 仍然
remark (rɪˈmɑrk) *n.* 評論；話
remove (rɪˈmuv) *v.* 除去
rent (rɛnt) *v.* 租
rental car 出租汽車
repair (rɪˈpɛr) *v.* 修理
repairman (rɪˈpɛr,mæn) *n.* 修理工人
repeat (rɪˈpit) *v.* 重複
report (rɪˈport) *v.* 報導 *n.* 報告
reputation (,rɛpjəˈteʃən) *n.* 名聲
required (rɪˈkwaɪrd) *adj.* 必修的
resentful (rɪˈzɛntfl̩) *adj.* 氣憤的
reservation (,rɛzɚˈveʃən) *n.* 預訂
rest (rɛst) *v.* 休息
restrict (rɪˈstrɪkt) *v.* 限制
return (rɪˈtɝn) *v.* 返回；歸還
retype (riˈtaɪp) *v.* 重打
review (rɪˈvju) *v.* 復習
ribbon (ˈrɪbən) *n.* 緞帶
riches (ˈrɪtʃɪz) *n. pl.* 財富
ring (rɪŋ) *v.* 鈴響 *n.* 戒指
rise (raɪz) *v.* 上升；起床
roast (rost) *v.* 烤
robbery (ˈrɑbərɪ) *n.* 搶劫
role (rol) *n.* 角色
roommate (ˈrum,met) *n.* 室友
roughly (ˈrʌflɪ) *adv.* 大約
rubber (ˈrʌbɚ) *n.* 橡膠
ruin (ˈruɪn) *v.* 毀滅
rule (rul) *n.* 規則
ruler (ˈrulɚ) *n.* 統治者；尺
run (rʌn) *v.* 跑；經營
rusty (ˈrʌstɪ) *adj.* 生銹的
safe (sef) *adj.* 安全的
salad (ˈsæləd) *n.* 沙拉
sale (sel) *n.* 出售；拍賣
salesclerk (ˈselz,klɝk) *n.* 店員
salt (sɔlt) *n.* 鹽
sandy (ˈsændɪ) *adj.* 沙的
satisfied (ˈsætɪs,faɪd) *adj.* 滿足的
satisfy (ˈsætɪs,faɪ) *v.* 使滿意；滿足

save (sev) *v.* 拯救；節省
scale (skel) *n.* 規模
scarf (skɑrf) *n.* 圍巾
scholar ('skɑlɚ) *n.* 學者
schooling ('skulɪŋ) *n.* 學校教育
science ('saɪəns) *n.* 科學
scientist ('saɪəntɪst) *n.* 科學家
score (skor) *n.* 分數
season ('sizn̩) *n.* 季節
seed (sid) *n.* 種子
seize (siz) *v.* 抓住
select (sə'lɛkt) *v.* 選擇
selected (sə'lɛktɪd) *adj.* 精選的
selection (sə'lɛkʃən) *n.* 選擇；精選集
self-discipline ('sɛlf'dɪsəplɪn) *n.* 自律
separate ('sɛpə,ret) *v.* 分開
separately ('sɛpərɪtlɪ) *adv.* 分開地
serious ('sɪrɪəs) *adj.* 嚴重的；嚴肅的
severe (sə'vɪr) *adj.* 嚴厲的；嚴重的
sew (so) *v.* 縫紉
shampoo (ʃæm'pu) *n.* 洗髮精
sharp (ʃɑrp) *adj.* 尖銳的
sharpen ('ʃɑrpən) *v.* 使銳利
shave (ʃev) *v.* 刮（鬍子）
shift (ʃɪft) *v.* 轉移；改變
shine (ʃaɪn) *v.* 照耀
shiny ('ʃaɪnɪ) *adj.* 閃亮的
shorten ('ʃɔrtn̩) *v.* 縮短
shoulders ('ʃoldəz) *n. pl.* 肩膀
show (ʃo) *v.* 顯示　*n.* 表演
sickness ('sɪknɪs) *n.* 疾病
sigh (saɪ) *v.* 嘆息
sign (saɪn) *v.* 簽名
signal ('sɪgnl̩) *n.* 信號
silver ('sɪlvɚ) *n.* 銀
similar ('sɪmələ) *adj.* 相似的
skate (sket) *v.* 溜冰
skin (skɪn) *n.* 皮膚
slang (slæŋ) *n.* 俚語
sleepy ('slipɪ) *adj.* 想睡的
sleet (slit) *v.* 下雨雪
slip (slɪp) *v.* 滑倒
smoke (smok) *v.* 抽煙　*n.* 煙
snack (snæk) *n.* 點心
soap (sop) *n.* 肥皂
soldier ('soldʒɚ) *n.* 軍人
solution (sə'luʃən) *n.* 解決之道
solve (sɑlv) *v.* 解決
sorry ('sɔrɪ) *adj.* 感到抱歉的
sound (saʊnd) *n.* 聲音
soup (sup) *n.* 湯
south (saʊθ) *n.* 南方
southward ('saʊθwəd) *adv.* 向南方
Spanish ('spænɪʃ) *n.* 西班牙文
speed (spid) *n.* 速度
spoil (spɔɪl) *v.* 破壞；寵壞
spoiled (spɔɪld) *adj.* 損壞的；寵壞的
spoon (spun) *n.* 湯匙
sports (sports) *adj.* 運動的
stadium ('stedɪəm) *n.* 體育館
stall (stɔl) *n.* 攤位　*v.* 停止
stamp (stæmp) *n.* 郵票
start (stɑrt) *v.* 開始
state (stet) *n.* 狀態；州
statement ('stetmənt) *n.* 敘述
static ('stætɪk) *adj.* 靜止的　*n.* 電波干擾；雜音
statistics (stə'tɪstɪks) *n. pl.* 統計數字
steadily ('stɛdəlɪ) *adv.* 穩定地
steering ('stɪrɪŋ) *n.* 操舵；指導
still (stɪl) *adv.* 仍然
stomach ('stʌmək) *n.* 胃
stomachache ('stʌmək,ek) *n.* 胃痛
stove (stov) *n.* 爐子

straight [stret] *adj.* 直的
string [strɪŋ] *n.* 細繩
stubborn [′stʌbɚn] *adj.* 頑固的
studious [′stjudɪəs] *adj.* 用功的
sudden [′sʌdn̩] *adj.* 突然的
sugar [′ʃʊgɚ] *n.* 糖
suit [sut] *v.* 適合
suitable [′sutəbl̩] *adj.* 適合的
suitcase [′sut,kes] *n.* 手提箱
sunrise [′sʌn,raɪz] *n.* 日出
sunset [′sʌn,sɛt] *n.* 日落
supermarket [′supɚ,mɑrkɪt] *n.* 超級市場
supply [sə′plaɪ] *v.* 供給
supposedly [sə′pozɪdlɪ] *adv.* 根據推測
surprised [sə′praɪzd] *adj.* 驚訝的
system [′sɪstəm] *n.* 系統
take [tek] *v.* 拿
tale [tel] *n.* 故事
tape [tep] *n.* 錄音帶
tax [tæks] *n.* 稅
team [tim] *n.* 隊
technical [′tɛknɪkl̩] *adj.* 技術上的
teeth [tiθ] *n.pl.* 牙齒（單數爲 tooth）
telephone [′tɛlə,fon] *n.* 電話
temperature [′tɛmprətʃɚ] *n.* 溫度
temporarily [′tɛmpə,rɛrəlɪ] *adv.* 暫時地
tennis [′tɛnɪs] *n.* 網球
tense [tɛns] *adj.* 緊張的
tent [tɛnt] *n.* 帳篷
term [tɝm] *n.* 名詞
Texas [′tɛksəs] *n.* 德州
textbook [′tɛkst,bʊk] *n.* 教科書
thirsty [′θɝstɪ] *adj.* 口渴的
thoroughly [′θɝolɪ] *adv.* 徹底地
thought [θɔt] *n.* 想法
throat [θrot] *n.* 喉嚨
through [θru] *prep.* 穿過；透過
tie [taɪ] *v.* 綁　*n.* 領帶
tight [taɪt] *adj.* 緊的
tighten [′taɪtn̩] *v.* 變緊
timely [′taɪmlɪ] *adj.* 適時的
tire [taɪr] *v.* 使疲倦　*n.* 輪胎
title [′taɪtl̩] *n.* 標題；頭銜
tool [tul] *n.* 工具
toothache [′tuθ,ek] *n.* 牙痛
total [′totl̩] *adj.* 全部的；總計的
tough [tʌf] *adj.* 困難的
toward [tə′wɔrd] *prep.* 向…
traffic [′træfɪk] *n.* 交通
transformation [,trænsfɚ′meʃən] *n.* 轉變
transit [′trænsɪt] *n.* 運送
travel [′trævl̩] *v.* 旅行
traveler [′trævlɚ] *n.* 旅行者
tremendously [trɪ′mɛndəslɪ] *adv.* 非常
truth [truθ] *n.* 事實
tube [tjub] *n.* 管子
twice [twaɪs] *adv.* 兩次
typewrite [′taɪp,raɪt] *v.* 打字
ugly [′ʌglɪ] *adj.* 醜的
unbalanced [ʌn′bælənst] *adj.* 不平衡的
unbelievable [,ʌnbɪ′livəbl̩] *adj.* 令人難以置信的
unconfirmed [,ʌnkən′fɝmd] *adj.* 未經證實的
unconsciously [ʌn′kɑnʃəslɪ] *adv.* 無意識地
underground [′ʌndɚ,graʊnd] *adj.* 地下的

understanding (ˌʌndɚˈstændɪŋ) *n.* 了解
unexpected (ˌʌnɪkˈspɛktɪd) *adj.* 意外的
unexpectedly (ˌʌnɪkˈspɛktɪdlɪ) *adv.* 意外地
unfinished (ʌnˈfɪnɪʃt) *adj.* 未完成的
unfortunately (ʌnˈfɔrtʃənɪtlɪ) *adv.* 不幸地
uniform (ˈjunəˌfɔrm) *n.* 制服
uninterested (ʌnˈɪntərɪstɪd) *adj.* 不感興趣的；不關心的
unique (juˈnik) *adj.* 獨一無二的
university (ˌjunəˈvɝsətɪ) *n.* 大學
unlawful (ʌnˈlɔfəl) *adj.* 不合法的
unoccupied (ʌnˈɑkjəˌpaɪd) *adj.* 未被佔領的；空的
unpack (ʌnˈpæk) *v.* 解開(包裹、行李)
unpopular (ʌnˈpɑpjəlɚ) *adj.* 不受歡迎的
unsatisfactory (ˌʌnsætɪsˈfæktrɪ) *adj.* 不能令人滿意的
unsolved (ʌnˈsɑlvd) *adj.* 未解決的
unusual (ʌnˈjuʒuəl) *adj.* 不尋常的
upset (ʌpˈsɛt) *adj.* 不高興的
upstairs (ˈʌpˈstɛrz) *adv.* 在樓上
used (just) *adj.* 習慣的；二手的
usual (ˈjuʒuəl) *adj.* 通常的
vase (ves) *n.* 花瓶
vast (væst) *adj.* 巨大的
vegetable (ˈvɛdʒətəbl̩) *n.* 蔬菜
vehicle (ˈviɪkl̩) *n.* 車輛
vertically (ˈvɝtɪkl̩ɪ) *adv.* 垂直地
violate (ˈvaɪəˌlet) *v.* 違反
violent (ˈvaɪələnt) *adj.* 暴力的
visibility (ˌvɪzəˈbɪlətɪ) *n.* 能見度
visible (ˈvɪzəbl̩) *adj.* 看得見的
volcanic (vɑlˈkænɪk) *adj.* 火山的
voter (ˈvotɚ) *n.* 投票者
wake (wek) *v.* 醒來；叫醒
walk (wɔk) *v.* 走路；陪…走路
war (wɔr) *n.* 戰爭
warm (wɔrm) *adj.* 溫暖的
warmth (wɔrmθ) *n.* 暖和
washroom (ˈwɑʃˌrum) *n.* 盥洗室
waterfall (ˈwɔtɚˌfɔl) *n.* 瀑布
waterway (ˈwɔtɚˌwe) *n.* 水道
weak (wik) *adj.* 虛弱的
weapon (ˈwɛpən) *n.* 武器
weekend (ˈwikˈɛnd) *n.* 週末
well (wɛl) *adv.* 很好 *adj.* 健康的
well-paying (ˈwɛlˈpeɪŋ) *adj.* 高薪的
west (wɛst) *n.* 西方
wet (wɛt) *adj.* 濕的
wheel (hwil) *n.* 輪子
while (hwaɪl) *conj.* 當…的時候
whirl (hwɝl) *v.* 旋轉
whole (hol) *adj.* 全部的
windy (ˈwɪndɪ) *adj.* 多風的
wipe (waɪp) *v.* 擦
wood (wud) *n.* 木頭
wool (wul) *n.* 羊毛
work (wɝk) *n.* 工作 *v.* 有效；起作用
worn (worn) *adj.* 磨損的
worried (ˈwɝɪd) *adj.* 擔心的
worry (ˈwɝɪ) *v.* 擔心
worsen (ˈwɝsn) *v.* 惡化
worthwhile (ˈwɝθˈhwaɪl) *adj.* 值得的
wounded (ˈwundɪd) *adj.* 受傷的
yard (jɑrd) *n.* 院子；碼
yell (jɛl) *v.* 大叫
zero (ˈzɪro) *n.* 零

ECL 新試題得分必背成語

以下是電腦統計近年來 ECL 試題中，出現頻率最高的成語，考前務必背熟，背完以後，ECL 試題中的所有成語都難不倒你。

a bar of soap 一塊肥皂
a certain way 某種方法
a couple of 兩個；幾個的
a drop of water 一滴水
a few times 幾次
a good deal 很多
a great deal of 很多的
a large crowd 一大群
a large number of 很多
a pair of 一雙
a period of time 一段時間
a pile of 一大堆
a set of 一組
a small number of 很少
a stream of 一股；一連串的
a ticket stub 票根
according to 根據
achieve success in V-ing 在…方面獲得成功
across from 在…對面
across the street 在對街
after a while 過了一會兒
after work 下班後
against regulations 犯規
against the wind 逆風
agree with 同意
ahead of 在…之前；領先…
air layer 空氣層
air molecules 空氣分子；空氣粒子
air power 空軍；制空權
air show 航空展
airmail stamp 航空郵票
all over 到處
all over the world 全世界
all the time 總是；一直
amount to 總共
answer the telephone 接電話
appear to V. 好像；似乎
apply for 申請；應徵
argue about 對…有爭論
around the corner 在轉角；即將到來
arrange to 安排；準備
artillery fire 炮火
as expected 和預期的一樣
as much as 和…一樣多；多達
as soon as 一…就
as soon as *one* can 儘快
as soon as possible 儘快
as usual 像往常一樣
ask for 要求
ask for some time off 要求休息一下
ask *sb.* for *sth.* 跟某人要求某物
at all 【用於否定句】一點也（不）
at all times 隨時；總是
at an angle 成…角度
at ease 輕鬆地；【軍事口令】稍息
at one time 曾經
at present 目前
at rather low cost 以很低的成本
at the dance 在舞會上
at the party 在派對上

at the present rate 以目前的價格（或速度）
atmospheric pressure 氣壓
attend class 上課
attract attention 吸引注意力
aural examination 聽力測驗
award ceremony 頒獎典禮
away from 遠離
bad accident 嚴重事故
baseball team 棒球隊
battery acid 砲台苦水【指「劣質咖啡」】
be able to V. 能夠
be accustomed to 習慣於
be added to 被加到…
be afraid to V. 害怕去做
be amazed at 對～感到驚訝
be aware of 知道；察覺到
be badly burned 被嚴重燙傷
be bored with 對～感到厭煩
be certain of 確定的
be close by 在附近
be coated with 被～覆蓋著
be different from 和～不同
be doing fine 表現好
be excused from 免除
be expected to 被期待…
be filled with 充滿…
be fond of 喜歡
be for 贊成
be forced to 被迫…
be good at 擅長
be happy with 對～感到滿足
be headed towards 朝…方向前進
be identical to 和～相同
be in 很流行
be in bed 臥病在床
be in debt 負債
have poor judgment 判斷力差
be in trouble 陷入困境；有麻煩
be introduced to *sb*. 被介紹給某人
be known as 以…（身份、名稱）聞名；被稱爲
be made from 以…製成【化學變化】
be made of 以…製成【物理變化】
be manually controlled 手動的
be meant to V. 目的是爲了
be new to *sb*. 對某人而言是陌生的
be next to 在…隔壁
be off five minutes 休息五分鐘
be open to 願意接納…
be out of 缺乏；沒有
be out of cash 沒有現金
be powered by 由…提供動力；由…驅動
be put into prison 被關進牢裡
be ready to V. 準備好要…
be sentenced to prison 被判入獄
be similar to 和…相似
be stocked up 被貯存
be straight ahead 一直往前
be strange to *sb*. 對某人而言是陌生的
be supposed to V. 應該…
be the same as 和…一樣
be through with 把…結束
be tired from 因…而疲倦
be tired of 對…感到厭煩
be to the left 在左邊
be to V. 將～；打算～；必須～；註定
be used to N./V-ing 習慣於
be used to V. 被用來…
be willing to 願意
be worried about 擔心
belong to 屬於
blow *one's* top 非常生氣

both A and B A和B兩者
break the rule 違規
burn down 焚毀；燒掉
bus stop 公車站
business trip 出差
by all means 當然；務必
by itself 獨自；自動地
by *oneself* 獨自；靠自己
call back 回電
call for 需要；去（來）拿
call *sb.* up 打電話給某人
can't do any lifting 不能抬東西
can't do any sitting 不能坐
car parts 汽車零件
care about 關心
care to V. 想要…
cash a check 兌現支票
catch fire 著火
Celsius scale 攝氏刻度
Centigrade scale 攝氏刻度
charged particle beam （粒子束武器發射的）帶電粒子束
check *sb.* in 妨礙某人
city library 市立圖書館
classical music 古典音樂
clean off 整理
clean *sth.* up 打掃乾淨
cleaning rag 抹布
clear the road 清掃道路
clear up 天氣放晴
coded message 密碼信
collide with 與…相撞；與…衝突
come and go 來來去去；變化不定
come apart 散開；破裂
come around 順道來；恢復意識
come down 倒塌；掉落
come off 脫落；掉落
come up 上來；接近
commit a crime 犯罪
concentrate on 專注於
conduct an experiment 做實驗
cool off 使冷卻；使平息
copper wire 銅線
country motel 鄉村旅館
death notice 訃聞
deliver a lecture 發表演說
department store 百貨公司
develop *one's* muscles 鍛鍊某人的肌肉
disagree with 與…不一致；與…不合
divide up 分配；分割
do a lot of damage 造成很大的損害
do exercise 做運動
do some shopping 採購一些東西
do the dishes 洗碗
do without 免除；不用
double *sth.* over 把某物對折
down the street 在街道的那邊；沿著街道走下去
drink up 喝完；乾杯
drive nails 把釘子敲進去
drive *sb.* 用車子載送某人
driver's license 駕照
driving regulation 駕駛規則
drop below zero 降到零以下
drop down 滴落；滴下
drop in on 順道拜訪
dry out 完全變乾
due to the fact that 因爲
editorial section 編輯部
elected official 選務人員
electric current 電流
electric hand drill 電鑽
electric power 電力

electrical appliances 電器
engagement ring 訂婚戒指
enjoy *oneself* 玩得愉快
enroll in 加入；入學
entrance price 入會費
evening paper 晚報
exposure to 暴露於；接觸
Fahrenheit scale 華氏刻度
fail in… 失敗；…不及格
fail to V. 無法…
family housing area 眷屬宿舍區；眷村
feel like + V-ing 想要
fight back 反擊
fight with *sb*. 與某人協力作戰
fill the glass 倒滿杯子
fill up 把…裝滿
find fault with 挑…毛病
find out 找出
find out about 查明關於…的眞相
fine thread 細線
fishing pole 釣竿
fit in the case 裝進這個箱子
fit well 很適合；很合身
flight line 航線；飛行路線
fly the plane 駕駛飛機
folk music 民俗音樂
for a change 爲了改變一下
for a moment 一會兒；片刻
for a while 一會兒；片刻
for good 永遠
for instance 舉例來說
for or against 贊成或反對
for sale 出售的
for sure 一定
for the purpose of 爲了…目的
for the time being 目前；暫時
foreign language 外語
free time 空閒時間
freezing point 冰點
freezing temperature 結冰的溫度
from left to right 從左到右
fuel line 滿油線；油管
furnish A for B 爲 B 提供 A
gas tank 油箱
gasoline fumes 煤氣
general public 大衆
get a new car 買一輛新車
get along with 與…和睦相處
get around 到處走動
get away 離開；逃離
get cleaned up 去清洗一下
get involved with 與…有關係
get lost 迷路
get off 下車；下飛機
get to 抵達
get to *one's* feet 站起來
get to the dance 抵達舞會
get up 起床
get used to 逐漸習慣於
give a test 舉行測驗
give off 放出；發出
give *sb*. a ride 開車載某人
give *sb*. a ring 打電話給某人
give *sth*. away 把…送人；洩漏某事
give up 放棄
give~a shot 嘗試
glance at 看一眼
go down 下降；落下
go for a walk 去散步
go off 爆炸；（鬧鐘）響
go on a picnic 舉行野餐
go on a trip 去旅行
go on and off 斷斷續續地走

go on sick call 去巡病房
go out of control 失去控制
go see the doctor 去看醫生
go to the movies 去看電影
go up 上升
go uphill 往上坡走
go well 順利進行
good manners 良好的禮貌
green beans 嫩菜豆（指菜豆未成熟的綠色嫩豆莢）
had better V. 最好
hand *sb. sth.* 把某物交給某人
hang up 吊掛；掛斷電話
hard work 辛苦的工作
has access to 能接近、或使用
has its origin in 起源於
have a good time 玩得愉快
have a high regard for *sb.* 很尊敬某人
have a look at 看一看
have a meeting 舉行會議
have a party 舉行宴會
have trouble + (in) V-ing ～有困難
heat up 加熱
heavy bundle 沉重的包裹
heavy traffic 交通繁忙
helicopter control 直昇機的操控裝置
hit the ground 臥倒
hold *sth.* together 把某物黏住
hot dog 熱狗
hundreds of 數百的
hurry up 趕快
ID card 身分證
immerse *oneself* in 專心於
improper care 不當的照料
in a hurry 匆忙地
in a short time 不久
in advance 事先
in alphabetical order 按照字母序
in anger 生氣地
in between 在中間
in fact 事實上
in fashion 流行的；合乎時尚的
in favor of 贊成
in front of 在…前面
in good condition 狀況良好；健康
in good shape 很健康
in half 成兩半地
in itself 在它本身；本質上
in large type 用大號字體
in order to V. 爲了～
in ordinary type 用一般的字體
in small type 用小號字體
in such cases 在這樣的情況下
in the form of 以…的形式
in the future 將來
in the hope that 希望；期待
in the middle 在中間
in the right way 以正確的方式
in time 及時
in-flight refueling 空中加油
insert the coin 投入硬幣
insist on 堅持
instead of 而不是
intend to V. 打算
internal combustion engine 內燃機
jot down 匆匆地記下
keep an eye on 留意監視
keep correct time （鐘錶）走得準
keep *sb.* up 使某人熬夜
laugh at 嘲笑
leak out 洩漏
leap over 跳過
learn of 得知；知道

learn the truth 知道眞相
leave on a trip 去旅行
leave~alone 不理會~
let out 把…放出；使（水等）流出
let up 停止（工作）；（暴風雨）平息
life expectancy 平均壽命
light a match 點燃一根火柴
light metal 輕金屬
light traffic 交通流量少；車輛不多
living quarters 住處
look around 環顧四周
look over 檢查
low-grade fuel 品質不好的燃料
magnetic field 磁場
main point 要點
make a decision 做決定
make a fire 生火
make a high score 得高分
make a mark 留下深遠影響
make a speech 發表演說
make a turn 轉彎
make emergency landing 緊急降落
make excuses 找藉口
make friends 交朋友
make good time traveling 花較短的時間抵達某地
make it 成功；辦到；能來
make movies 拍電影
make much noise 發出很大的聲音；吵鬧
make noises 發出吵雜聲；吵鬧
make out 開列（名單）；辨別出來
make room for 空出（地方）；讓座
military camp 軍營
miss class 翹課
mistaken idea 錯誤的想法
money order 匯票
most of the time 大多數的時候
motion picture 電影
movie director 導演
name tag 名牌
National Honor Society 國家榮譽協會
native food 土產
neither A nor B 不是 A 也不是 B
not…anymore 不再
not…at all 一點也不
nothing but 除了
now and then 有時候
ocean current 洋流
of importance 重要的
Officers' Club 官員會所
official statement 正式聲明
on a routine basis 依照例行的規則
on foot 步行；徒步
on the basis of 以…爲基礎
on the edge 在邊緣
on the farm 在農場
on the highest point 在最高點
on the other hand 在另一方面；反過來說
on time 準時
one…the other （兩者中）一個…另一個
open an account 開戶
open highway 寬廣的公路
open up 打開
order a drink 點一杯飲料
ought to 應該
outside of 在…的外面
pack A into B 把（東西）裝進容器；使（人）擠入
participate in 參與
pay attention 注意

pay for 支付；清償
pay the bill 付帳
perform *one's* job 做某人的工作
physical training 體育課
pick up speed 加速
pile up 堆積
piston rod 活塞桿
plane ticket 機票
plastic article 塑膠製品
plenty of 很多
plug in 把插頭插入插座
police station 警察局
prefer A to B 喜歡 A 甚於 B
prefer to V. 比較喜歡
prepare for 爲…準備
pretty nice 很棒
principal street 主要道路
propeller-driven airplane 螺旋槳飛機
provided that 只要
public phone 公共電話
push through 強行通過（議案）；（從中間）擠進去
put on 穿上；戴上
put *sth.* down 放下；寫下
put the time down 把時間記下來
quitting time 下班時間（= *quitting-time*）
race car 賽車
rain hard 雨下得很大
read *sb.* the riot act （警察對騷擾者）下令解散；嚴加責備
real important 眞的很重要
red tape 官僚作風；繁瑣的手續
refer to 是指
register in the hotel 在旅館的旅客登記簿上登記姓名；住進旅館
register *one's* letter 寄掛號信
repair shop 修理廠
right away 馬上；立刻
right now 現在；立刻
roll around 轉動；（季節等）週而復始
roll up 捲起
room temperature 室溫；常溫
rough road 崎嶇的道路
run a race 賽跑
run away 逃跑
safety rules 安全規則
salt shaker 鹽瓶
sand down （將某物）用砂紙磨光
search for 尋找
second language （母語之外的）第二語言
see through 看透；看穿
send off 寄出；送行
send out 發出；長出
send…over wire 用電報傳送
separate them into units 把它們分成小單位
set the hands to the correct time 把指針調到正確的時間
set up 設置；豎起；蓋
shake hands 握手
ship *sth.* out 用船把某物運往
shopping center 購物中心
short circuit 短路
show off 炫耀
show *sth.* to *sb.* 給某人看某物
single room 單人房
sleep long hours 睡很久
small bill 小額鈔票
smell bad 不好聞
smile at 對…微笑
snack bar 小吃店

so far 到目前爲止
so long 再見
soft drink 不含酒精的飲料
some of the time 有時候
sooner or later 遲早
space travel 太空旅行
spare room 客房
speed up 加速
sports contest 運動比賽
sports instructor 運動教練
start a fire 生火
start high school 上高中
start the fan 讓電扇開始運轉
stay with the job 繼續做這份工作
steep curve 急遽上升或下降的曲線
steering device 掌舵裝置；操舵裝置；轉向器
stop *sb*. from V-ing 阻止某人做某事
storage battery 蓄電池
storage room 倉庫；儲藏室
straighten up 整理；使身體變直
stretch out 伸展；伸出手腳
supersonic speeds 超音速
take a bath 洗澡
take a course 選修一門課
take a hike 滾開
take a picture 拍照
take a seat 坐下
take a test 參加考試
take a trip 去旅行
take advantage of 利用
take away 拿走
take control 掌握…的支配權
take down 記下
take in 收進；留宿
Take it easy. 放輕鬆。
take medicine 服藥
take *one's* order 接受某人點菜
take part in 參與
take pictures of 拍照
take place 發生
take precautions 小心；採取預防措施
take *sth*. apart 分解；拆散；分析
take up 開始學；開始從事
talk about 說到；談論有關…
tape measure 捲尺；皮尺
tape recorder 錄音機
teaching experience 教學經驗
tear down 拆除
tear up 撕裂
tell A from B 辨別 A 和 B
tell time 看時間
Thanksgiving Day 感恩節
the Air Force 空軍
the Atlantic 大西洋
the Celsius scale 攝氏刻度
the day before 前一天
the Fahrenheit scale 華氏刻度
the forces 軍隊
the front row 頭排；最前排
the Mississippi River 密西西比河
the movies 電影院
the North Pole 北極
the rear （部隊的）後方
the Rocky Mountains 洛磯山脈
the tropics 熱帶地區
the White House 白宮
the Wright brothers 萊特兄弟
thick forest 茂密的森林
think about 考慮
through the country 全國
throw away 丟掉
tie *one's* shoes 綁鞋帶

to the very last 到最後
too…to V. 太…而不能～
traffic control 交通管制
travel at tremendous speeds 以超高速行進
travel to～ 前往～
traveler's check 旅行支票
try to V. 想要；試著
turn A into B 把 A 變成 B
turn around 旋轉；回頭
turn away 將…逐出；不支持（人）
turn in 繳交；就寢
turn off 關掉
turn on 打開
turn screws 旋緊螺絲
turn *sth.* over 將某物翻過來
TV set 電視機
unexplored district 未經探索的地區
up and down 上上下下；到處；來回地
upset stomach 胃不舒服
use *one's* head 運用頭腦；思考
used car 二手車
used to V. 以前經常
vegetable garden 菜園
violent storm 強烈的暴風雨
volcanic eruption 火山爆發
vote against 投票反對
vote for 投票贊成
wait for 等待
wait on 服侍
walk along 沿著…走
walk straight 直走；往前走
want to 想要
warm up 把…熱一熱；暖身
wash up 洗手；洗臉
watch for 小心；注意
water pipe 水管
wear out 穿破；磨損
weather balloon （用於天氣預報的）氣象汽球
well done 全熟的
wind up 上緊（螺絲、發條）；結束
windshield wipers （汽車的）雨刷
wiring diagram 電路圖；線路圖
without delay 立刻；馬上
work on 致力於
work overtime 加班
work properly 正確運作；好好工作
work *sb.* over 攻擊某人；毆打某人
work *sth.* out 解決；想出
work the generator 讓發電機開始運轉
World War I 第一次世界大戰
worry about 擔心
would like to V. 想要
write *sb.* 寫信給某人
write to sb. 寫信給某人
written test 筆試
yellow light 黃燈

ECL 新精選試題

1. He <u>bored</u> a hole in the lumber.
   A. filled　　B. covered
   C. measured　　D. drilled

2. The musician broke a ________ on his violin.
   A. note　　B. string
   C. ribbon　　D. song

3. When we saw the accident, our first ______ was to escape the danger.
   A. noise　　B. impulse
   C. release　　D. time

4. My son wore ________ his new running shoes.
   A. with　　B. up
   C. for　　D. out

5. Henry jotted down the sentence.
   A. He used it in the right way.　　B. He repeated it several times.
   C. He wrote it on some paper.　　D. He saw it in a book.

6. When a sponge ________ liquid, it becomes heavy.
   A. eliminates　　B. takes out
   C. lets out　　D. absorbs

7. The balloon began to float when it was filled with ________.
   A. water　　B. sand
   C. food　　D. gas

8. This device is used for <u>drilling</u> steel.
   A. polishing　　B. making holes in
   C. fastening　　D. ordering

9. The bar's closing. Drink up.
   A. Fill your glass.
   B. Don't drink too much.
   C. Order a drink.
   D. Finish your drink.

10. I took my clothes off and put my pajamas ________.
   A. on
   B. in
   C. through
   D. over

11. When the roads are covered with ice, they are ________.
   A. slippery
   B. safe
   C. slipping
   D. wide

12. Don't oppose his hobbies.
   A. be for
   B. work against
   C. examine
   D. protect

13. The ________ in this tooth came loose.
   A. cavity
   B. filling
   C. gum
   D. toothache

14. Mr. Jones needs a car for ________.
   A. exercise
   B. transportation
   C. eating
   D. sleeping

15. When you get a bargain, you ________.
   A. buy an item at a lower price
   B. pay too much money for something
   C. buy poor merchandise
   D. buy better merchandise

16. Mr. Forster skipped the last question.
   A. wrote
   B. answered
   C. omitted
   D. asked

17. The student told his friend, "You can count on me."
A. count for me
B. count my money
C. depend on me
D. tell my age

18. Many offices are equipped with the latest modern computer.
A. decorated
B. lacking
C. repaired
D. furnished

19. The general is ________ now, but you can see him tomorrow at 0900.
A. unavailable
B. free
C. unoccupied
D. present

20. This is a sale to make room for new products.
A. build
B. provide space
C. construct
D. end business

21. The teacher told the students to hand in their homework.
A. prepare
B. submit
C. put away
D. hold

22. The general said, "I want to set up a command center here."
A. establish
B. dismiss
C. attach
D. abandon

23. I drove Jane to the airport.
A. I chased her to the airport.
B. I took her to the airport in my car.
C. I used her to transport me there.
D. I compelled her to go to the airport.

24. If he doesn't eat, he will die eventually.
A. right away
B. forever
C. instantly
D. sooner or later

25. Some machines are operated by engines which get their power from steam.
A. coal B. water vapor
C. gasoline D. kerosene

26. Here is my phone number. Please give me a ________ when you have time.
A. visit B. talk
C. care D. ring

27. I'll get in touch with you on Friday.
A. think about you B. find it out
C. plan it for D. speak to you

28. We'd better try to straighten ________ this mess.
A. off B. up
C. down D. to

29. The animal died because it was not fed and ________.
A. overworked B. underway
C. overcooked D. undercover

30. We are going to have a meeting later. Can you ________?
A. make it B. do it
C. succeed it D. go it

31. I am used to drinking coffee with my breakfast.
A. I do not like coffee.
B. I am accustomed to drinking coffee.
C. I never drink coffee.
D. I do not enjoy coffee for breakfast.

32. On the first page of a newspaper, we always find ________.
A. the want ads B. the death notices
C. the editorial section D. the headlines

33. If you're going out in this downpour, you'd better ________.
   A. fill the gas tank B. open the windows
   C. turn off the lights D. put on a raincoat

34. The manager will bring up a new plan at the meeting.
   A. continue B. recall
   C. record D. introduce

35. If the gas station attendant gave me the correct change, he ______.
   A. changed the oil in my car
   B. changed one of the tires
   C. exchanged my car for another
   D. gave me the right amount of money

36. What technique do you use when you study English?
   A. technician B. instructor
   C. dictionary D. method

37. Enlisted men carry out military directions. They ________.
   A. obey them
   B. carry them outside the building
   C. write them
   D. make others disobey

38. With his gas torch, Tom ________.
   A. cut a hole in the paper B. filled up the gasoline tank
   C. melted the metal rod D. cleaned out the garage

39. A pharmacist is also known as a ________.
   A. doctor B. dentist
   C. farmer D. druggist

40. A thermostat maintains and ________ the temperature in a room.
   A. regulates B. causes
   C. requires D. installs

41. Taking notes is ________.
    A. writing only the main points
    B. carrying messages from one place to another
    C. completing short sentences
    D. formal English writing

42. The attendant performed his job well.
    A. liked
    B. got
    C. did
    D. ignored

43. The story should be condensed before being published.
    A. corrected
    B. checked
    C. shortened
    D. retyped

44. There is nothing but empty space above the atmosphere. This phenomenon is known as ________.
    A. a breeze
    B. atmospheric pressure
    C. air layers
    D. a vacuum

45. You should be on sick call right away. You should ________.
    A. go to the right
    B. go at once
    C. walk straight
    D. run away

46. The plane was carrying cargo.
    A. radar
    B. freight
    C. landing gear
    D. nothing

47. Only employees from the upper ________ of the company were there.
    A. entrance
    B. stage
    C. echelon
    D. place

48. The serviceman checked the rotation of the fan.
    A. installation
    B. taking down
    C. vibration
    D. turning

49. You can't bend that steel pipe. It is ________.

A. rigid B. artificial
C. soft D. dirty

50. What does this <u>stand for</u>?

A. make B. fight
C. represent D. allow

51. Carol: Didn't that used car you looked at have bad tires?
Melinda: Yes, but the deal was too good that I bought it _____ them.

A. because of B. in regard to
C. in spite of D. in addition to

52. When they first discovered the continent, there were vast tracts of unexplored ________.

A. cultivation B. inhabitants
C. livestock D. wilderness

53. Can you help me <u>work out</u> this math problem?

A. exercise B. read
C. solve D. write

54. The compass needle will <u>spin around</u> when an airplane is over the North Pole.

A. turn B. stop
C. jump D. skip

55. You can <u>call for</u> your new name tag in a few days.

A. write B. see
C. visit D. get

56. Newspaper headlines are printed in ________.

A. ordinary type B. small type
C. large type D. little letters

57. When a wire has a rubber covering, it is ________.
A. inoculated B. immobile
C. immaterial D. insulated

58. The supervisor told us to stick to it.
A. stop making noise B. listen very carefully
C. stay with the job D. help with the work

59. If this nut is loosened, it will ________.
A. be tightened B. come off
C. crack D. stay tight

60. When you boil water, it changes to ________.
A. vapor B. waves
C. liquid D. solid

61. A general view of a city is a(n) ________.
A. pleasant view B. nice view
C. specific view D. overall view

62. The passengers on the train are relaxed.
A. arguing B. tense
C. at ease D. taxed

63. Can you open the desk ________?
A. cage B. key
C. handle D. drawer

64. The exchange student went back to his country for good.
A. for the time being B. for health
C. permanently D. in a hurry

65. The company met with a lot of red tape to get its plans approved.
A. bureaucratic procedures B. angry protests by workers
C. quick preliminary meetings D. unexpected cost increases

66. The food supply was <u>adequate</u>.
A. too little B. sufficient
C. adjusted D. reduced

67. Place the garbage in a <u>suitable</u> container.
A. new B. proper
C. several D. selected

68. Danny's boss <u>read him the riot act</u>.
A. gave him a raise B. read his report
C. reprimanded him D. had him arrested

69. Beatrice wants to <u>take up</u> art.
A. collect B. picture
C. teach D. study

70. Tony is looking for <u>a permanent</u> job.
A. a temporary B. a well-paying
C. an exciting D. a lasting

71. This doughnut is <u>coated</u> with sugar.
A. counted B. made
C. covered D. taken

72. I like my steak ________.
A. nice done B. good done
C. well done D. best done

73. Electricity is conducted by ________.
A. rubber B. wiring diagram
C. resistance D. copper wire

74. The seafood was fresh. It was ________.
A. direct from the ocean B. frozen
C. direct from storage D. dehydrated

75. A measuring tape is used to measure ________.
A. distances
B. directions
C. the weight of objects
D. the volume of liquid

76. The officer got dressed in his uniform.
A. He hung it on the rack.
B. He sent it to the cleaners.
C. He cleaned it with soap and water.
D. He wore it.

77. The driver disregarded the ________.
A. steep curve
B. car parts
C. fuel line
D. safety rules

78. After we got home, we <u>turned in</u> right away.
A. turned around
B. returned
C. went to bed
D. made a turn

79. Mrs. Dover is <u>getting ready for</u> her trip.
A. packing
B. cooking
C. swimming
D. dancing

80. Grandma was working in her garden. She was ________.
A. planting seeds
B. baking bread
C. sewing clothes
D. dusting furniture

81. The propeller <u>rotates</u> very fast.
A. turns
B. closes
C. stops
D. starts

82. When you are unaware of anything that is going on around you, you are ________.
A. unconscious
B. sensible
C. alert
D. prosperous

83. The deer ________ the gate to get into the flower garden.

A. arranged to　　B. stood up
C. leaped over　　D. climbed into

84. What is your favorite part of the show so far?

A. at this distance　　B. to the very last
C. until now　　D. finally

85. The river has its origin in Pennsylvania.

A. waterfalls　　B. ports
C. end　　D. beginning

86. When you cash a check you want it ________.

A. deposited　　B. changed for money
C. mailed　　D. saved

87. The dean was appointed by the board of education.

A. named　　B. replaced
C. educated　　D. instructed

88. Don't ________ that old towel; it will make a good cleaning rag.

A. wipe　　B. discard
C. describe　　D. polish

89. The city was seized.

A. harmed　　B. captured
C. destroyed　　D. aided

90. It is illegal to carry drugs.

A. permissible　　B. natural
C. essential　　D. unlawful

91. One of the zoo's monkeys escaped.

A. was wounded　　B. got away
C. was released　　D. wouldn't work

92. He <u>cut</u> the turkey into pieces before serving it.
A. bought B. cooked
C. cleaned D. carved

93. All Lisa heard on her radio was static. What did she hear?
A. music B. news
C. voices D. noise

94. How long will it be before you <u>wind up</u> the job?
A. start B. finish
C. motivate D. join

95. The silver tray is <u>tarnished</u>.
A. valuable B. antique
C. shiny D. discolored

96. His <u>perplexity</u> during the conversation was evident.
A. confusion B. understanding
C. knowledge D. enthusiasm

97. Jane asked, "Is this seat taken?" She asked if the seat was _______.
A. broken B. reserved
C. moved D. fixed

98. They took the readings in Fahrenheit. What were they measuring?
A. distance B. volume
C. temperature D. weight

99. Which of these is a solid?
A. soda B. oil
C. chalk D. vinegar

100. The commander could not <u>ensure</u> time off for his men.
A. arrange B. justify
C. guarantee D. falsify

★ ECL新精選試題詳解 ★

1. (**D**) He bored a hole in the lumber.
它在木板上面鑽了一個洞。

(A) fill〔 fɪl 〕*v.* 填滿　　(B) cover〔ˈkʌvɚ〕*v.* 覆蓋
(C) measure〔ˈmɛʒɚ〕*v.* 測量　　(D) ***drill***〔 drɪl 〕*v.* 鑽孔

＊bore〔 bor 〕*v.* 鑽孔　　hole〔 hol 〕*n.* 洞
lumber〔ˈlʌmbɚ〕*n.* 木材；木板

2. (**B**) The musician broke a string on his violin.
那位音樂家把小提琴的弦弄斷了。

(A) note〔 not 〕*n.* 筆記
(B) ***string***〔 strɪŋ 〕*n.*（樂器的）弦
(C) ribbon〔ˈrɪbən〕*n.* 緞帶
(D) song〔 sɔŋ 〕*n.* 歌曲

＊musician〔 mjuˈzɪʃən 〕*n.* 音樂家　　break〔 brek 〕*v.* 折斷；扯斷
violin〔ˌvaɪəˈlɪn〕*n.* 小提琴

3. (**B**) When we saw the accident, our first impulse was to escape the danger.
當我們目睹這件意外發生時，第一個衝動就是逃離危險。

(A) noise〔 nɔɪz 〕*n.* 噪音　　(B) ***impulse***〔ˈɪmpʌls〕*n.* 衝動
(C) release〔 rɪˈlis 〕*n.* 釋放　　(D) time〔 taɪm 〕*n.* 時間

＊accident〔ˈæksədənt〕*n.* 意外　　escape〔 əˈskep 〕*v.* 逃離
danger〔ˈdendʒɚ〕*n.* 危險

4. (**D**) My son wore out his new running shoes.
我兒子把他的新跑鞋穿破了。

(D) ***wear out***　穿破；磨壞

＊wear〔 wɛr 〕*v.* 穿　　running〔ˈrʌnɪŋ〕*adj.* 跑步的
shoe〔 ʃu 〕*n.* 鞋子

5. (**C**) Henry jotted down the sentence. 亨利匆匆記下這個句子。

(A) 亨利以正確的方式來使用這個句子。 ***in～way*** 以～方式
(B) 亨利重複了這個句子好幾次。
(C) 亨利把這個句子寫在某張紙上。 some〔sʌm〕*adj.* 某個
(D) 亨利在一本書上看到這個句子。

＊jot〔dʒɑt〕*v.* 匆匆地記下 <*down*> sentence〔'sɛntəns〕*n.* 句子
repeat〔rɪ'pit〕*v.* 重複 time〔taɪm〕*n.* 次

6. (**D**) When a sponge absorbs liquid, it becomes heavy.
當海綿吸收液體之後，會變得很重。

(A) eliminate〔ɪ'lɪmə,net〕*v.* 除去
(B) take out 除去；拿出 (C) let out 使流出；洩露
(D) ***absorb***〔əb'sɔrb〕*v.* 吸收

＊sponge〔spʌndʒ〕*n.* 海綿 liquid〔'lɪkwɪd〕*n.* 液體
heavy〔'hɛvɪ〕*adj.* 重的

7. (**D**) The balloon began to float when it was filled with gas.
當汽球充滿氣時，就會開始飄浮。

(A) water〔'wɑtɚ〕*n.* 水 (B) sand〔sænd〕*n.* 沙子
(C) food〔fud〕*n.* 食物 (D) ***gas***〔gæs〕*n.* 氣體；瓦斯

＊balloon〔bə'lun〕*n.* 汽球 float〔flot〕*v.* 飄浮
be filled with 裝滿；充滿

8. (**B**) This device is used for drilling steel.
這個裝置是用來在鋼鐵上面鑽孔的。

(A) polish〔'pɑlɪʃ〕*v.* 磨光；擦亮 (B) ***make holes in*** 在上面鑽孔
(C) fasten〔'fæsn̩〕*v.* 繫上 (D) order〔'ɔrdɚ〕*v.* 命令

＊device〔dɪ'vaɪs〕*n.* 裝置；器具 drill〔drɪl〕*v.* 鑽孔
steel〔stil〕*n.* 鋼鐵 hole〔hol〕*n.* 洞；孔

9. (**D**) The bar's closing. Drink up. 酒吧要關門了。快把你的飲料喝完。

(A) 把你的杯子裝滿。 (B) 不要喝太多。
(C) 點一杯飲料。 (D) 把你的飲料喝完。

＊bar〔bɑr〕*n.* 酒吧 ***drink up*** 喝完 fill〔fɪl〕*v.* 裝滿
order〔'ɔrdɚ〕*v.* 點（餐） finish〔'fɪnɪʃ〕*v.* 完成；吃（喝）完

10. (**A**) I took my clothes off and put my pajamas <u>on</u>.
我把衣服脫下，然後穿<u>上</u>我的睡衣。

(A) ***put on*** 穿上 (B) put in 伸入
(C) put through 完成 (D) put over 渡過

* ***take off*** 脫下 clothes (kloðz) *n. pl.* 衣服
pajamas (pəˈdʒɑməz) *n. pl.* 睡衣

11. (**A**) When the roads are covered with ice, they are <u>slippery</u>.
當路面被冰覆蓋時，是很<u>滑的</u>。

(A) ***slippery*** (ˈslɪpərɪ) *adj.* 滑的 (B) safe (sef) *adj.* 安全的
(C) slip (slɪp) *v.* 滑倒 (D) wide (waɪd) *adj.* 寬廣的

* cover (ˈkʌvɚ) *v.* 覆蓋 ice (aɪs) *n.* 冰

12. (**B**) Don't <u>oppose</u> his hobbies. 不要<u>反對</u>他的嗜好。

(A) 贊成 (B) <u>反對</u>
(C) examine (ɪgˈzæmɪn) *v.* 檢查
(D) protect (prəˈtɛkt) *v.* 保護

* oppose (əˈpoz) *v.* 反對 hobby (ˈhɑbɪ) *n.* 嗜好
for (fɔr) *prep.* 支持；贊成 against (əˈgɛnst) *prep.* 反對

13. (**B**) The <u>filling</u> in this tooth came loose.
這顆牙的<u>補牙部分</u>開始鬆動了。

(A) cavity (ˈkævətɪ) *n.* 蛀牙 (B) ***filling*** (ˈfɪlɪŋ) *n.* 補牙材料
(C) gum (gʌm) *n.* 口香糖 (D) toothache (ˈtuθˌek) *n.* 牙痛

* tooth (tuθ) *n.* 牙齒 loose (lus) *adj.* 鬆的
come loose 變鬆

14. (**B**) Mr. Jones needs a car for <u>transportation</u>.
瓊斯先生需要一部車作爲<u>交通工具</u>。

(A) exercise (ˈɛksɚˌsaɪz) *n.* 運動
(B) ***transportation*** (ˌtrænspɚˈteʃən) *n.* 交通工具
(C) eat (it) *v.* 吃
(D) sleep (slip) *v.* 睡覺

15. (**A**) When you get a bargain, you <u>buy an item at a lower price</u>.
當你買到特價品，你<u>以較低的價格買到一個物品</u>。

(A) <u>以較低的價格買到一個物品</u>　(B) 付了太多錢來買某樣東西
(C) 買到劣等的商品　(D) 買到比較好的商品

* bargain ('bargɪn) *n.* 特價品；便宜貨　item ('aɪtəm) *n.* 項目；物品
lower ('loɚ) *adj.* 較低的　price (praɪs) *n.* 價格
pay (pe) *v.* 付款 <*for*>　poor (pur) *adj.* 劣等的；不好的
merchandise ('mɝtʃən,daɪz) *n.* 商品

16. (**C**) Mr. Forster <u>skipped</u> the last question.
福斯特先生<u>跳過</u>了最後一個問題。

(A) write (raɪt) *v.* 寫　(B) answer ('ænsɚ) *v.* 回答
(C) ***omit*** (o'mɪt) *v.* 遺漏；省略　(D) ask (æsk) *v.* 問

* skip (skɪp) *v.* 跳過；略過　last (læst) *adj.* 最後的

17. (**C**) The student told his friend, "You can <u>count on me</u>."
這名學生告訴他的朋友說：「你可以<u>依靠我</u>。」

(A) 替我數一數　(B) 數我的錢
(C) <u>依靠我</u>　(D) 看出我的年齡

* count (kaunt) *v.* 數；依靠　***count on*** 依靠　***depend on*** 依靠
tell (tɛl) *v.* 看出　age (edʒ) *n.* 年齡

18. (**D**) Many offices are <u>equipped</u> with the latest modern computer.
許多辦公室都<u>配備</u>有最新型的電腦。

(A) decorate ('dɛkə,ret) *v.* 裝飾
(B) lack (læk) *v.* 缺乏
(C) repair (rɪ'pɛr) *v.* 修理
(D) ***furnish*** ('fɝnɪʃ) *v.* 供給；裝備

* office ('ɔfɪs) *n.* 辦公室　equip (ɪ'kwɪp) *v.* 裝備；配備
be equipped with 配備有　latest ('letɪst) *adj.* 最新的
modern ('madɚn) *adj.* 現代化的；新式的
computer (kəm'pjutɚ) *n.* 電腦

19. (**A**) The general is <u>unavailable</u> now, but you can see him tomorrow at 0900. 這位將軍現在<u>沒空</u>，不過你可以明天早上九點再來見他。

(A) ***unavailable*** 〔ˌʌnəˈveləbl̩〕*adj.* 沒空的
(B) free 〔fri〕*adj.* 有空的；自由的
(C) unoccupied 〔ʌnˈɑkjəˌpaɪd〕*adj.* 沒事做的；空閒的
(D) present 〔ˈprɛznt〕*adj.* 出席的；在場的

* general 〔ˈdʒɛnərəl〕*n.* 將軍

20. (**B**) This is a sale to <u>make room</u> for new products.
這次的特賣是為了<u>空出地方</u>來擺新產品。

(A) build 〔bɪld〕*v.* 建造 (B) <u>提供空間</u>
(C) construct 〔kənˈstrʌkt〕*v.* 建造
(D) 結束營業

* sale 〔sel〕*n.* 特價出售；拍賣 ***make room for*** 空出地方給～
product 〔ˈprɑdʌkt〕*n.* 產品 provide 〔prəˈvaɪd〕*v.* 提供
space 〔spes〕*n.* 空間 end 〔ɛnd〕*v.* 停止；結束
business 〔ˈbɪznɪs〕*n.* 營業

21. (**B**) The teacher told the students to <u>hand in</u> their homework.
老師告訴學生，要他們把家庭作業<u>交上</u>來。

(A) prepare 〔prɪˈpɛr〕*v.* 準備 (B) ***submit*** 〔səbˈmɪt〕*v.* 提交
(C) put away 收拾 (D) hold 〔hold〕*v.* 握住；舉行

* ***hand in*** 繳交 homework 〔ˈhomˌwɝk〕*n.* 家庭作業

22. (**A**) The general said, "I want to <u>set up</u> a command center here."
將軍說：「我要在這裡<u>設立</u>一座指揮中心。」

(A) ***establish*** 〔əˈstæblɪʃ〕*v.* 建立；設立
(B) dismiss 〔dɪsˈmɪs〕*v.* 解散；解僱；下（課）
(C) attach 〔əˈtætʃ〕*v.* 貼上；附上 < *to* >
(D) abandon 〔əˈbændən〕*v.* 拋棄

* general 〔ˈdʒɛnərəl〕*n.* 將軍 ***set up*** 設立
command 〔kəˈmænd〕*n.* 命令；指揮 center 〔ˈsɛntɚ〕*n.* 中心

23. (**B**) I drove Jane to the airport. 我載珍到機場去。

(A) 我追她追到機場去。 (B) 我開車載她到機場去。
(C) 我利用她，讓她送我到那裡。 (D) 我強迫她去機場。

＊***drive sb.*** 開車載某人 airport (ˈɛr,port) *n.* 機場
chase (tʃes) *v.* 追趕 use (juz) *v.* 利用
transport (trænsˈport) *v.* 運送 compel (kəmˈpɛl) *v.* 強迫

24. (**D**) If he doesn't eat, he will die eventually.
如果他不吃東西，他最後將會死掉。

(A) right away 立刻；馬上
(B) forever (fɚˈɛvɚ) *adv.* 永遠
(C) instantly (ˈɪnstəntlɪ) *adv.* 立即地
(D) ***sooner or later*** 遲早

＊die (daɪ) *v.* 死 eventually (ɪˈvɛntʃuəlɪ) *adv.* 最後

25. (**B**) Some machines are operated by engines which get their power from steam.
有些機器是用引擎來操作，而引擎的動力則是來自水蒸氣。

(A) coal (kol) *n.* 煤
(B) ***water vapor*** 水蒸氣 vapor (ˈvepɚ) *n.* 蒸氣
(C) gasoline (ˈgæsḷ,in) *n.* 汽油
(D) kerosene (ˈkɛrə,sin) *n.* 煤油

＊machine (məˈʃin) *n.* 機器 operate (ˈɑpə,ret) *v.* 操作
engine (ˈɛndʒən) *n.* 引擎 steam (stim) *n.* 蒸氣；水蒸氣

26. (**D**) Here is my phone number. Please give me a ring when you have time.
這是我的電話號碼。當你有空時，請打電話給我。

(A) visit (ˈvɪzɪt) *n.* 拜訪 (B) talk (tɔk) *n.* 談話
(C) care (kɛr) *n.* 照顧
(D) ***ring*** (rɪŋ) *n.* 打電話 ***give sb. a ring*** 打電話給某人

＊phone (fon) *n.* 電話 (= *telephone*) ***phone number*** 電話號碼

27. (**D**) I'll <u>get in touch with you</u> on Friday. 我星期五會<u>跟你聯絡</u>。

(A) 想到你 (B) 把它找出來

(C) 給它制定計劃 (D) <u>和你說話</u>

＊***get in touch with*** 和…連絡

28. (**B**) We'd better try to straighten <u>up</u> this mess.
我們最好試著把這些亂七八糟的東西<u>整理</u>一下。

(B) ***straighten up*** 整理；整頓

＊***had better V.*** 最好 ***try to V.*** 試著
straighten〔ˈstretn̩〕*v.* 整理；整頓
mess〔mɛs〕*n.* 混亂；亂七八糟的東西

29. (**A**) The animal died because it was not fed and <u>overworked</u>.
這隻動物死掉了，因爲沒有人餵牠，而且牠<u>工作過度</u>。

(A) ***overworked***〔ˈovɚˈwɝkt〕*adj.* 過度工作的
(B) underway〔ˈʌndɚˈwe〕*adj.* 在進行中的
(C) overcooked〔ˌovɚˈkukt〕*adj.* 煮太久的
(D) undercover〔ˌʌndɚˈkʌvɚ〕*adj.* 秘密的

＊animal〔ˈænəml̩〕*n.* 動物 die〔daɪ〕*v.* 死 feed〔fid〕*v.* 餵養

30. (**A**) We are going to have a meeting later. Can you <u>make it</u>?
我們待會要開會。你能<u>來嗎</u>？

(A) ***make it*** 能來；成功；辦到

＊meeting〔ˈmitɪŋ〕*n.* 會議 later〔ˈletɚ〕*adv.* 待會；稍後
succeed〔səkˈsid〕*v.* 成功

31. (**B**) I am used to drinking coffee with my breakfast.
我習慣在吃早餐的時候喝咖啡。

(A) 我不喜歡咖啡。 (B) <u>我習慣喝咖啡。</u>

(C) 我從來不喝咖啡。 (D) 我吃早餐的時候不喜歡喝咖啡。

＊***be used to V-ing*** 習慣於 coffee〔ˈkɔfɪ〕*n.* 咖啡
accustomed〔əˈkʌstəmd〕*adj.* 習慣的
be accustomed to V-ing 習慣於 enjoy〔ɪnˈdʒɔɪ〕*v.* 喜歡

32. (**D**) On the first page of a newspaper, we always find <u>the headlines</u>.
在報紙的第一頁，我們一定會發現<u>頭條新聞</u>。
(A) 徵人廣告　(B) 訃聞　(C) 社論欄　(D) <u>頭條新聞</u>

* page〔 pedʒ 〕*n.* 頁　newspaper〔ˈnjus,pepɚ 〕*n.* 報紙
want ad 徵人廣告　***death notice*** 訃聞 (= obituary〔 əˈbɪtʃu,ɛrɪ 〕)
editorial〔,ɛdəˈtorɪəl 〕*adj.* 社論的　*n.* 社論
section〔ˈsɛkʃən 〕*n.* (報章、雜誌的) 欄
headline〔ˈhɛd,laɪn 〕*n.* 標題；頭條新聞

33. (**D**) If you're going out in this downpour, you'd better <u>put on a raincoat</u>. 如果你打算在下這種傾盆大雨時出門，你最好<u>穿上雨衣</u>。
(A) 把油箱加滿　(B) 打開窗戶　(C) 把燈關掉　(D) <u>穿上雨衣</u>

* downpour〔ˈdaun,pɔr 〕*n.* 傾盆大雨　***had better*** 最好
fill〔 fɪl 〕*v.* 裝滿　***gas tank*** 油箱　***turn off*** 關掉
light〔 laɪt 〕*n.* 燈　***put on*** 穿上　raincoat〔ˈren,kot 〕*n.* 雨衣

34. (**D**) The manager will <u>bring up</u> a new plan at the meeting.
經理將在會議中<u>提出</u>一個新計劃。
(A) continue〔 kənˈtɪnju 〕*v.* 繼續
(B) recall〔 rɪˈkɔl 〕*v.* 記起；回想起
(C) record〔 rɪˈkɔrd 〕*v.* 記錄
(D) ***introduce***〔,ɪntrəˈdjus 〕*v.* 介紹；提出；引進

* manager〔ˈmænɪdʒɚ 〕*n.* 經理　***bring up*** 提出
plan〔 plæn 〕*n.* 計劃　meeting〔ˈmitɪŋ 〕*n.* 會議

35. (**D**) If the gas station attendant gave me the correct change, he <u>gave me the right amount of money</u>.
如果加油站的服務員找給我正確的零錢，那麼他<u>給我正確數目的錢</u>。
(A) 把我車裡的油換掉　(B) 換了一個輪胎
(C) 把我的車換成另一部　(D) <u>給我正確數目的錢</u>

* ***gas station*** 加油站　attendant〔 əˈtɛndənt 〕*n.* 服務員
correct〔 kəˈrɛkt 〕*adj.* 正確的
change〔 tʃendʒ 〕*n.* 零錢；找錢　*v.* 更換　oil〔 ɔɪl 〕*n.* 油
tire〔 taɪr 〕*n.* 輪胎　exchange〔 ɪksˈtʃendʒ 〕*v.* 交換 <*for*>
amount〔 əˈmaunt 〕*n.* 數目

36. (**D**) What <u>technique</u> do you use when you study English?
你唸英文時，用什麼<u>方法</u>？

(A) technician〔tɛk'nɪʃən〕*n.* 技術人員
(B) instructor〔ɪn'strʌktɚ〕*n.* 教師；指導者
(C) dictionary〔'dɪkʃən,ɛrɪ〕*n.* 字典
(D) ***method***〔'mɛθəd〕*n.* 方法

* technique〔tɛk'nik〕*n.* 方法；技術

37. (**A**) Enlisted men carry out military directions. They <u>obey them</u>.
下士士兵執行軍事命令。他們<u>遵守那些命令</u>。

(A) <u>遵守那些命令</u>　(B) 把那些命令帶出這棟建築物
(C) 寫下那些命令　(D) 叫別人不要服從

* ***enlisted man*** 下士士兵　***carry out*** 執行
military〔'mɪlə,tɛrɪ〕*adj.* 軍事的
directions〔də'rɛkʃənz〕*n. pl.* 命令；指示　obey〔o'be〕*v.* 遵守
carry〔'kærɪ〕*v.* 攜帶　outside〔'aut'saɪd〕*prep.* 向…的
building〔'bɪldɪŋ〕*n.* 建築物　disobey〔,dɪsə'be〕*v.* 不服從；反抗

38. (**C**) With his gas torch, Tom <u>melted the metal rod</u>.
湯姆用他的氣炬，<u>把金屬棒融化</u>。

(A) 在紙上挖了一個洞　(B) 把油箱加滿
(C) <u>把金屬棒融化</u>　(D) 把車庫清掃乾淨

* gas〔gæs〕*n.* 氣體　torch〔tɔrtʃ〕*n.*（用於焊接等的）氣炬
cut〔kʌt〕*v.* 挖出；切割　hole〔hol〕*n.* 洞
fill up 裝滿　gasoline〔'gæsl̩,in〕*n.* 汽油
tank〔tæŋk〕*n.* 油槽　melt〔mɛlt〕*v.* 融化
metal〔'mɛtl̩〕*adj.* 金屬的　rod〔rɑd〕*n.* 棍；棒
clean out 把…清掃乾淨　garage〔gə'rɑʒ〕*n.* 車庫

39. (**D**) A pharmacist is also known as a <u>druggist</u>.
pharmacist 也被稱爲 <u>druggist</u>。

(A) doctor〔'dɑktɚ〕*n.* 醫生　(B) dentist〔'dɛntɪst〕*n.* 牙醫
(C) farmer〔'fɑrmɚ〕*n.* 農夫　(D) ***druggist***〔'drʌgɪst〕*n.* 藥劑師

* pharmacist〔'fɑrməsɪst〕*n.* 藥劑師　***be known as*** 被稱爲（= *be called*）

40. (**A**) A thermostat maintains and <u>regulates</u> the temperature in a room.
自動調溫器能維持並<u>調節</u>房間的溫度。

(A) ***regulate*** ('rɛgjə,let) *v.* 調節 (B) cause (kɔz) *v.* 引起；導致
(C) require (rɪ'kwaɪr) *v.* 需要 (D) install (ɪn'stɔl) *v.* 安裝

* thermostat ('θɝmə,stæt) *n.* 自動調溫器 maintain (men'ten) *v.* 維持
temperature ('tɛmprətʃɚ) *n.* 溫度

41. (**A**) Taking notes is <u>writing only the main points</u>.
作筆記就是<u>只把要點寫下來</u>。

(A) <u>只把要點寫下來</u>
(B) 把訊息從一個地方傳達到另一個地方
(C) 寫完簡短的句子 (D) 正式的英文寫作

* ***take notes*** 作筆記 main (men) *adj.* 主要的
point (pɔɪnt) *n.* 要點 carry ('kærɪ) *v.* 傳達
message ('mɛsɪdʒ) *n.* 訊息
from one place to another 從一個地方到另一個地方
complete (kəm'plit) *v.* 完成；使完整 sentence ('sɛntəns) *n.* 句子
formal ('fɔrml̩) *adj.* 正式的 writing ('raɪtɪŋ) *n.* 寫作

42. (**C**) The attendant <u>performed</u> his job well.
這名服務員把他的工作<u>做</u>得很好。

(A) like (laɪk) *v.* 喜歡 (B) get (gɛt) *v.* 得到
(C) ***do*** (du) *v.* 做 (D) ignore (ɪg'nɔr) *v.* 忽視

* attendant (ə'tɛndənt) *n.* 服務員
perform (pɚ'fɔrm) *v.* 做；執行；表演 job (dʒɑb) *n.* 工作

43. (**C**) The story should be <u>condensed</u> before being published.
在出版這本短篇小說之前，應該先把它<u>縮短</u>一點。

(A) correct (kə'rɛkt) *v.* 更正
(B) check (tʃɛk) *v.* 檢查 (C) ***shorten*** ('ʃɔrtn̩) *v.* 縮短
(D) retype (ri'taɪp) *v.* 重打

* story ('storɪ) *n.* 故事；短篇小說
condense (kən'dɛns) *v.* 濃縮；縮短 publish ('pʌblɪʃ) *v.* 出版

44. (**D**) There is nothing but empty space above the atmosphere. This phenomenon is known as <u>a vacuum</u>.
在大氣層之上，除了虛空之外，沒有任何東西。這個現象被稱爲<u>眞空狀態</u>。

(A) 微風　(B) 氣壓　(C) 空氣層　(D) <u>眞空狀態</u>

＊***nothing but*** 只是 (= *only*)　empty〔ˈɛmptɪ〕*adj.* 空的
space〔spes〕*n.* 空間　above〔əˈbʌv〕*prep.* 在…之上
atmosphere〔ˈætməsˌfɪr〕*n.* 大氣層
phenomenon〔fəˈnɑməˌnɑn〕*n.* 現象　breeze〔briz〕*n.* 微風
atmospheric〔ˌætməsˈfɛrɪk〕*adj.* 大氣的　pressure〔ˈprɛʃɚ〕*n.* 壓力
air layer 空氣層　vacuum〔ˈvækjuəm〕*n.* 眞空

45. (**B**) You should be on sick call right away. You should <u>go at once</u>.
你應該馬上去巡病房。你應該<u>馬上去</u>。

(A) 往右邊走　(B) <u>馬上去</u>　(C) 直走　(D) 逃跑

＊***sick call*** （醫生）對病人的巡訪　***right away*** 立刻
right〔raɪt〕*n.* 右邊　***at once*** 立即；馬上
straight〔stret〕*adv.* 直直地　***run away*** 逃跑

46. (**B**) The plane was carrying <u>cargo</u>. 這架飛機載著<u>貨物</u>。

(A) radar〔ˈredɑr〕*n.* 雷達　(B) ***freight***〔fret〕*n.* 貨物
(C) landing gear 起落架
(D) nothing〔ˈnʌθɪŋ〕*pron.* 什麼也沒有

＊plane〔plen〕*n.* 飛機　carry〔ˈkærɪ〕*v.* 載運
cargo〔ˈkɑrgo〕*n.* 貨物　landing〔ˈlændɪŋ〕*n.* 降落
gear〔gɪr〕*n.* 裝置

47. (**C**) Only employees from the upper <u>echelon</u> of the company were there. 只有公司的高<u>階</u>員工會在那裡。

(A) entrance〔ˈɛntrəns〕*n.* 入口；進入
(B) stage〔stedʒ〕*n.* 舞台
(C) ***echelon***〔ˈɛʃəˌlɑn〕*n.* 階級；階層
(D) place〔ples〕*n.* 地方

＊employee〔ˌɛmplɔɪˈi〕*n.* 員工　upper〔ˈʌpɚ〕*adj.* 較高的；高等的
company〔ˈkʌmpənɪ〕*n.* 公司

48. (**D**) The serviceman checked the <u>rotation</u> of the fan.
維修人員檢查了風扇的<u>旋轉</u>。
(A) installation〔ˌɪnstəˈleʃən〕*n.* 安裝
(B) take down 取下
(C) vibration〔vaɪˈbreʃən〕*n.* 震動
(D) ***turning***〔ˈtɝnɪŋ〕*n.* 旋轉
* serviceman〔ˈsɝvɪsˌmæn〕*n.* 維修人員　check〔tʃɛk〕*v.* 檢查
rotation〔roˈteʃən〕*n.* 旋轉　fan〔fæn〕*n.* 風扇

49. (**A**) You can't bend that steel pipe. It is <u>rigid</u>.
你無法使那根鋼管彎曲。它是很<u>堅硬的</u>。
(A) ***rigid***〔ˈrɪdʒɪd〕*adj.* 堅硬的
(B) artificial〔ˌɑrtəˈfɪʃəl〕*adj.* 人造的
(C) soft〔sɔft〕*adj.* 柔軟的　(D) dirty〔ˈdɝtɪ〕*adj.* 髒的
* bend〔bɛnd〕*v.* 使彎曲　steel〔stil〕*adj.* 鋼製的
pipe〔paɪp〕*n.* 管子

50. (**C**) What does this <u>stand for</u>? 這<u>代表</u>什麼？
(A) make〔mek〕*v.* 做　(B) fight〔faɪt〕*v.* 打架
(C) ***represent***〔ˌrɛprɪˈzɛnt〕*v.* 代表
(D) allow〔əˈlaʊ〕*v.* 允許
* ***stand for*** 代表

51. (**C**) Carol: Didn't that used car you looked at have bad tires?
Melinda: Yes, but the deal was too good that I bought it <u>in spite of</u> them.
卡　洛：你看的那部二手車，輪胎不是很爛嗎？
瑪琳達：對呀，但是這筆交易實在是太棒了，所以<u>儘管</u>輪胎很爛，我還是買下那部車。
(A) because of 因為　(B) in regard to 關於
(C) ***in spite of*** 儘管　(D) in addition to 除了…之外
* used〔juzd〕*adj.* 舊的；二手的　***look at*** 看
tire〔taɪr〕*n.* 輪胎　deal〔dil〕*n.* 交易

52. (**D**) When they first discovered the continent, there were vast tracts of unexplored wilderness.
當他們最初發現這塊大陸時，那裡有廣大的區域是未經探索的荒野。

(A) cultivation (ˌkʌltəˈveʃən) *n.* 耕種
(B) inhabitant (ɪnˈhæbətənt) *n.* 居民
(C) livestock (ˈlaɪvˌstɑk) *n.* 家畜
(D) ***wilderness*** (ˈwɪldɚnɪs) *n.* 荒野

* discover (dɪˈskʌvɚ) *v.* 發現　continent (ˈkɑntənənt) *n.* 大陸
vast (væst) *adj.* 巨大的；廣闊的　tract (trækt) *n.* 區域
unexplored (ˌʌnɪkˈsplord) *adj.* 未經探索的

53. (**C**) Can you help me work out this math problem?
你可以幫我解出這道數學題目嗎？

(A) exercise (ˈɛksɚˌsaɪz) *v.* 運動　(B) read (rid) *v.* 閱讀
(C) ***solve*** (sɑlv) *v.* 解決；解答　(D) write (raɪt) *v.* 寫

* ***work out*** 解出　math (mæθ) *n.* 數學
problem (ˈprɑbləm) *n.* 問題

54. (**A**) The compass needle will spin around when an airplane is over the North Pole.
當飛機飛到北極上空時，指南針會旋轉。

(A) ***turn*** (tɝn) *v.* 旋轉　(B) stop (stɑp) *v.* 停止
(C) jump (dʒʌmp) *v.* 跳躍　(D) skip (skɪp) *v.* 跳過；省略

* compass (ˈkʌmpəs) *n.* 指南針　needle (ˈnidḷ) *n.* 針
spin around 旋轉　airplane (ˈɛrˌplen) *n.* 飛機
the North Pole 北極

55. (**D**) You can call for your new name tag in a few days.
你可以在幾天之後來拿你的新名牌。

(A) write (raɪt) *v.* 寫　(B) see (si) *v.* 看見
(C) visit (ˈvɪzɪt) *v.* 拜訪　(D) ***get*** (gɛt) *v.* 拿

* ***call for*** 來拿　***name tag*** 名牌
in a few days 幾天後

56. (**C**) Newspaper headlines are printed in large type.
報紙的標題會以大型的字體來印刷。

(A) 一般的字體 (B) 小型的字體
(C) 大型的字體 (D) 小型的字母

* newspaper (ˈnjusˌpepɚ) *n.* 報紙
headline (ˈhɛdˌlaɪn) *n.* 標題 print (prɪnt) *v.* 印刷
ordinary (ˈɔrdn̩ˌɛrɪ) *adj.* 普通的；一般的 type (taɪp) *n.* 字體
letter (ˈlɛtɚ) *n.* 字母

57. (**D**) When a wire has a rubber covering, it is insulated.
當電線有橡膠覆蓋時，它是絕緣的。

(A) inoculated (ɪnˈɑkjəˌletɪd) *adj.* 注射過預防針的
(B) immobile (ɪˈmobl̩) *adj.* 不能移動的；固定的
(C) immaterial (ˌɪməˈtɪrɪəl) *adj.* 不重要的；非物質的
(D) ***insulated*** (ˈɪnsəˌletɪd) *adj.* 絕緣的

* wire (waɪr) *n.* 電線 rubber (ˈrʌbɚ) *adj.* 橡膠製的
covering (ˈkʌvərɪŋ) *n.* 遮蓋物

58. (**C**) The supervisor told us to stick to it. 主管告訴我們，要堅持下去。

(A) 停止製造噪音 (B) 非常仔細聽
(C) 繼續做這份工作 (D) 幫忙做這份工作

* supervisor (ˌsupɚˈvaɪzɚ) *n.* 主管 ***stick to it*** 堅持
noise (nɔɪz) *n.* 噪音 listen (ˈlɪsn̩) *v.* 聽
carefully (ˈkɛrfəlɪ) *adv.* 仔細地 ***stay with*** 繼續

59. (**B**) If this nut is loosened, it will come off.
如果這個螺帽被鬆開，那麼它將會脫落。

(A) 變緊 (B) ***come off*** 脫落
(C) crack (kræk) *v.* 破裂 (D) 一直很緊

* nut (nʌt) *n.* 螺帽 loosen (ˈlusn̩) *v.* 鬆開
tighten (ˈtaɪtn̩) *v.* 使變緊 stay (ste) *v.* 保持
tight (taɪt) *adj.* 堅固的

60. (**A**) When you boil water, it changes to <u>vapor</u>.
當你把水煮沸時，它就會變成<u>水蒸氣</u>。

(A) ***vapor*** ('vepɚ) *n.* 水蒸氣　(B) wave (wev) *n.* 波浪
(C) liquid ('lɪkwɪd) *n.* 液體　(D) solid ('sɑlɪd) *n.* 固體

* boil (bɔɪl) *v.* 煮沸　change (tʃendʒ) *v.* 改變；變成 <*to*>

61. (**D**) A general view of a city is an <u>overall view</u>.
對一個城市的概觀，就是指對它的<u>全面性的觀點</u>。

(A) 開朗的觀點　(B) 好的觀點
(C) 特定的觀點　(D) <u>全面性的觀點</u>

* general ('dʒɛnərəl) *adj.* 全面的；概略的　view (vju) *n.* 觀點
pleasant ('plɛznt) *adj.* 開朗的；令人愉快的
specific (spɪ'sɪfɪk) *adj.* 特定的　overall ('ovɚ,ɔl) *adj.* 全面的

62. (**C**) The passengers on the train are <u>relaxed</u>.
火車上的乘客都非常<u>輕鬆自在</u>。

(A) argue ('ɑrgju) *v.* 爭論　(B) tense (tɛns) *adj.* 緊張的
(C) ***at ease*** 輕鬆地；悠閒地　(D) tax (tæks) *v.* 課稅

* passenger ('pæsndʒɚ) *n.* 乘客　train (tren) *n.* 火車
relaxed (rɪ'lækst) *adj.* 輕鬆自在的

63. (**D**) Can you open the desk <u>drawer</u>?
你可以打開這張書桌的<u>抽屜</u>嗎？

(A) cage (kedʒ) *n.* 籠子　(B) key (ki) *n.* 鑰匙
(C) handle ('hændl) *n.* 把手　(D) ***drawer*** (drɔr) *n.* 抽屜

64. (**C**) The exchange student went back to his country <u>for good</u>.
這名交換學生將回到他的國家，而且<u>永遠</u>都不回來了。

(A) for the time being 目前；暫時
(B) 爲了健康著想
(C) ***permanently*** ('pɝmənəntlɪ) *adv.* 永久地
(D) in a hurry 匆忙地

* exchange (ɪks'tʃendʒ) *n.* 交換　country ('kʌntrɪ) *n.* 國家
for good 永遠　health (hɛlθ) *n.* 健康

65. (**A**) The company met with a lot of <u>red tape</u> to get its plans approved.
這家公司在取得計劃的許可時，碰上了許多<u>繁瑣的手續</u>。

(A) <u>官僚作風的程序</u>　　(B) 工人們憤怒的抗議
(C) 短暫的預備會議　　(D) 出乎意料的成本增加

* ***meet with*** 遭遇　***red tape*** 官僚作風；繁瑣的手續
approve〔ə'pruv〕*v.* 許可；批准
bureaucratic〔,bjurə'krætɪk〕*adj.* 官僚作風的
procedure〔prə'sidʒɚ〕*n.* 程序
protest〔'prətɛst〕*n.* 抗議　quick〔kwɪk〕*adj.* 快速的；短暫的
preliminary〔prɪ'lɪmə,nɛrɪ〕*adj.* 預備的
meeting〔'mitɪŋ〕*n.* 會議
unexpected〔,ʌnɪk'spɛktɪd〕*adj.* 出乎意料的
cost〔kɔst〕*n.* 成本　increase〔'ɪnkris〕*n.* 增加

66. (**B**) The food supply was <u>adequate</u>.
食物的供應非常<u>充足</u>。

(A) 太少
(B) ***sufficient***〔sə'fɪʃənt〕*adj.* 足夠的
(C) adjust〔ə'dʒʌst〕*v.* 調整
(D) reduce〔rɪ'djus〕*v.* 減少

* supply〔sə'plaɪ〕*n.* 供應　adequate〔'ædəkwɪt〕*adj.* 充足的

67. (**B**) Place the garbage in a <u>suitable</u> container.
把這些垃圾放在<u>適當的</u>容器裡。

(A) new〔nju〕*adj.* 新的
(B) ***proper***〔'prɑpɚ〕*adj.* 適當的
(C) several〔'sɛvərəl〕*adj.* 幾個的
(D) selected〔sə'lɛktɪd〕*adj.* 精選的

* place〔ples〕*v.* 放置　garbage〔'gɑrbɪdʒ〕*n.* 垃圾
suitable〔'sutəbl̩〕*adj.* 適當的　container〔kən'tenɚ〕*n.* 容器

68. (**C**) Danny's boss <u>read him the riot act</u>.
丹尼的老闆<u>狠狠罵了他一頓</u>。

(A) 幫他加薪 (B) 看了他的報告
(C) <u>譴責他</u> (D) 把他逮捕

* boss〔bɔs〕*n.* 老闆
read** sb. **the riot act （警察對騷擾者）下令解散；嚴加責備
raise〔rez〕*n.* 加薪 report〔rɪ'port〕*n.* 報告
reprimand〔'rɛprə,mænd〕*v.* 譴責 arrest〔ə'rɛst〕*v.* 逮捕

69. (**D**) Beatrice wants to <u>take up</u> art.
碧翠絲想要<u>開始學</u>美術。

(A) collect〔kə'lɛkt〕*v.* 收集
(B) picture〔'pɪktʃɚ〕*v.* 畫；描繪
(C) teach〔titʃ〕*v.* 教
(D) ***study***〔'stʌdɪ〕*v.* 學習

* ***take up*** 開始學 art〔ɑrt〕*n.* 美術

70. (**D**) Tony is looking for <u>a permanent</u> job.
東尼正在找<u>一份固定的</u>工作。

(A) temporary〔'tɛmpə,rɛrɪ〕*adj.* 暫時的
(B) well-paying〔'wɛl'peɪŋ〕*adj.* 賺錢的
(C) exciting〔ɪk'saɪtɪŋ〕*adj.* 刺激的
(D) ***lasting***〔'læstɪŋ〕*adj.* 永久的

* ***look for*** 尋找 permanent〔'pɝmənənt〕*adj.* 永久的；固定的

71. (**C**) This doughnut is <u>coated</u> with sugar.
這個甜甜圈上面<u>覆蓋了</u>一層糖。

(A) count〔kaʊnt〕*v.* 數 (B) make〔mek〕*v.* 製作
(C) ***cover***〔'kʌvɚ〕*v.* 覆蓋
(D) take〔tek〕*v.* 拿

* doughnut〔'do,nʌt〕*n.* 甜甜圈 coat〔kot〕*v.* 覆蓋…的表面
sugar〔'ʃugɚ〕*n.* 糖

72. (**C**) I like my steak well done.
我的牛排要全熟的。
(C) ***well done*** 全熟的
* steak〔stek〕*n.* 牛排

73. (**D**) Electricity is conducted by copper wire.
電流經由銅線來傳導。
(A) rubber〔ˈrʌbɚ〕*n.* 橡膠
(B) wiring diagram 電路圖
(C) resistance〔rɪˈzɪstəns〕*n.* 抵抗；阻力
(D) ***copper wire*** 銅線
* electricity〔ɪˌlɛkˈtrɪsətɪ〕*n.* 電；電流　conduct〔kənˈdʌkt〕*v.* 傳導

74. (**A**) The seafood was fresh. It was direct from the ocean.
這些海鮮很新鮮。它們是直接從海裡撈上來的。
(A) 直接從海裡撈上來的
(B) frozen〔ˈfrozn̩〕*adj.* 結冰的
(C) 直接從倉庫拿來的
(D) dehydrated〔diˈhaɪdretɪd〕*adj.* 脫水的
* seafood〔ˈsiˌfud〕*n.* 海鮮　fresh〔frɛʃ〕*adj.* 新鮮的
direct〔dəˈrɛkt〕*adj.* 直接的　ocean〔ˈoʃən〕*n.* 海洋
storage〔ˈstorɪdʒ〕*n.* 倉庫

75. (**A**) A measuring tape is used to measure distances.
量尺是用來量距離的。
(A) ***distance***〔ˈdɪstəns〕*n.* 距離
(B) direction〔dəˈrɛkʃən〕*n.* 方向
(C) 物品的重量
(D) 液體的體積
* measuring〔ˈmɛʒrɪŋ〕*adj.* 測量用的　tape〔tep〕*n.* 捲尺
measure〔ˈmɛʒɚ〕*v.* 測量　weight〔wet〕*n.* 重量
object〔ˈɑbdʒɪkt〕*n.* 物體　volume〔ˈvɑljəm〕*n.* 體積；容量
liquid〔ˈlɪkwɪd〕*n.* 液體

76. (**D**) The officer got dressed in his uniform.
這名軍官穿上他的制服。

(A) 他把它掛在架子上。 (B) 他把它送到洗衣店去。
(C) 他用肥皂和水來清洗它。 (D) 他穿上它。

* officer〔'ɔfəsɚ〕*n.* 軍官 dress〔drɛs〕*v.* 使穿上
uniform〔'junə,fɔrm〕*n.* 制服 hang〔hæŋ〕*v.* 吊掛
rack〔ræk〕*n.* 架子 send〔sɛnd〕*v.* 送
the cleaners 洗衣店；乾洗店 clean〔klin〕*v.* 清洗
soap〔sop〕*n.* 肥皂 wear〔wɛr〕*v.* 穿

77. (**D**) The driver disregarded the safety rules.
駕駛人忽視了安全規則。

(A) steep curve 急遽上升或下降的曲線
steep〔stip〕*adj.* 陡的 curve〔kɝv〕*n.* 曲線
(B) car parts 汽車零件
(C) fuel line 油管 fuel〔fjul〕*n.* 燃料
(D) ***safety rules*** 安全規則

* driver〔'draɪvɚ〕*n.* 駕駛人 disregard〔,dɪsrɪ'gɑrd〕*v.* 忽視

78. (**C**) After we got home, we turned in right away.
我們回到家之後，就馬上去睡覺。

(A) turn around 旋轉；回頭 (B) return〔rɪ'tɝn〕*v.* 回到
(C) ***go to bed*** 上床睡覺 (D) 轉彎

* ***turn in*** 就寢 ***right away*** 馬上；立刻
turn〔tɝn〕*v. n.* 轉彎

79. (**A**) Mrs. Dover is getting ready for her trip.
多佛太太快準備好要去旅行了。

(A) ***pack***〔pæk〕*v.* 打包 (B) cook〔kuk〕*v.* 烹調；煮
(C) swim〔swɪm〕*v.* 游泳 (D) dance〔dæns〕*v.* 跳舞

* ***get ready for*** 爲…做好準備 trip〔trɪp〕*n.* 旅行

80. (**A**) Grandma was working in her garden. She was planting seeds.
祖母在花園裡工作。她正在播種。

(A) 播種　　(B) 烤麵包
(C) 縫衣服　　(D) 拂去傢俱上的灰塵

* grandma〔'grænmɑ〕*n.* 祖母　garden〔'gɑrdn̩〕*n.* 花園
plant〔plænt〕*v.* 撒（種子）　seed〔sid〕*n.* 種子
bake〔bek〕*v.* 烘烤　bread〔brɛd〕*n.* 麵包
sew〔so〕*v.* 縫製　clothes〔kloðz〕*n. pl.* 衣服
dust〔dʌst〕*v.* 拂去…的灰塵　furniture〔'fɝnɪtʃɚ〕*n.* 傢俱

81. (**A**) The propeller rotates very fast. 螺旋槳旋轉得非常快。

(A) ***turn***〔tɝn〕*v.* 旋轉　(B) close〔kloz〕*v.* 關上
(C) stop〔stɑp〕*v.* 停止　(D) start〔stɑrt〕*v.* 開始

* propeller〔prə'pɛlɚ〕*n.* 螺旋槳　rotate〔'rotet〕*v.* 旋轉
fast〔fæst〕*adv.* 快速地

82. (**A**) When you are unaware of anything that is going on around you, you are unconscious.
當你不知道任何發生在你周圍的事時，你是無意識的。

(A) ***unconscious***〔ʌn'kɑnʃəs〕*adj.* 未察覺的；無意識的
(B) sensible〔'sɛnsəbl̩〕*adj.* 明智的
(C) alert〔ə'lɝt〕*adj.* 機警的
(D) prosperous〔'prɑspərəs〕*adj.* 繁榮的

* unaware〔ˌʌnə'wɛr〕*adj.* 未察覺的；不知道的　***go on*** 發生
about〔ə'baut〕*prep.* 在…周圍

83. (**C**) The deer leaped over the gate to get into the flower garden.
這頭鹿跳過大門，進入了花園。

(A) arrange〔ə'rendʒ〕*v.* 安排
(B) stand up 站起來　(C) ***leap over*** 跳過
(D) climb〔klaɪm〕*v.* 爬

* deer〔dɪr〕*n.* 鹿　gate〔get〕*n.* 大門　garden〔'gɑrdn̩〕*n.* 花園

84. (**C**) What is your favorite part of the show <u>so far</u>?
<u>到目前爲止</u>，你最喜歡這場表演的哪個部分？

(A) distance〔ˈdɪstəns〕*n.* 距離
(B) to the very last 到最後
(C) ***until now*** 到現在爲止；至今
(D) finally〔ˈfaɪnlɪ〕*adv.* 最後；終於

* favorite〔ˈfevərɪt〕*adj.* 最喜歡的　part〔pɑrt〕*n.* 部分
show〔ʃo〕*n.* 表演　***so far*** 到目前爲止

85. (**D**) The river has its <u>origin</u> in Pennsylvania.
這條河的<u>源頭</u>在賓夕法尼亞州。

(A) waterfall〔ˈwɔtəˌfɔl〕*n.* 瀑布
(B) port〔port〕*n.* 港口　(C) end〔ɛnd〕*n.* 結束；末尾
(D) ***beginning***〔bɪˈgɪnɪŋ〕*n.* 起源

* river〔ˈrɪvə〕*n.* 河　origin〔ˈɔrədʒɪn〕*n.* 起源；源頭

86. (**B**) When you cash a check you want it <u>changed for money</u>.
當你要兌現一張支票，你想要把它<u>換成錢</u>。

(A) deposit〔dɪˈpɑzɪt〕*v.* 存（錢）
(B) <u>換成錢</u>　(C) mail〔mel〕*v.* 郵寄
(D) save〔sev〕*v.* 儲蓄

* cash〔kæʃ〕*v.* 兌現　check〔tʃɛk〕*n.* 支票
change〔tʃendʒ〕*v.* 把…換成 <*for*>

87. (**A**) The dean was <u>appointed</u> by the board of education.
這名學院院長是由教育委員會<u>指派</u>的。

(A) ***name***〔nem〕*v.* 指名；任命
(B) replace〔rɪˈples〕*v.* 取代
(C) educate〔ˈɛdʒʊˌket〕*v.* 教育
(D) instruct〔ɪnˈstrʌkt〕*v.* 教導

* dean〔din〕*n.*（學院）院長；系主任　appoint〔əˈpɔɪnt〕*v.* 指派
board〔bord〕*n.* 委員會；評議會　education〔ˌɛdʒʊˈkeʃən〕*n.* 教育

88. (**B**) Don't <u>discard</u> that old towel; it will make a good cleaning rag.
不要<u>丟掉</u>那條舊毛巾；它可以變成很好用的抹布。
(A) wipe (waɪp) *v.* 擦拭 (B) ***discard*** (dɪs'kɑrd) *v.* 丟棄
(C) describe (dɪ'skraɪb) *v.* 描述
(D) polish ('pɑlɪʃ) *v.* 磨光；擦亮
* towel ('tauəl) *n.* 毛巾 make (mek) *v.* 成爲
rag (ræg) *n.* 破布 ***cleaning rag*** 抹布

89. (**B**) The city was <u>seized</u>. 這座城市被<u>佔領</u>了。
(A) harm (hɑrm) *v.* 傷害
(B) ***capture*** ('kæptʃɚ) *v.* 捕捉；佔領
(C) destroy (dɪ'strɔɪ) *v.* 破壞 (D) aid (ed) *v.* 幫助
* seize (siz) *v.* 攻佔；佔領

90. (**D**) It is <u>illegal</u> to carry drugs. 攜帶毒品是<u>違法的</u>。
(A) permissible (pɚ'mɪsəbl̩) *adj.* 可准許的
(B) natural ('nætʃərəl) *adj.* 自然的
(C) essential (ə'sɛnʃəl) *adj.* 必要的
(D) ***unlawful*** (ʌn'lɔfəl) *adj.* 非法的
* illegal (ɪ'ligl̩) *adj.* 違法的 carry ('kærɪ) *v.* 攜帶
drug (drʌg) *n.* 毒品；藥品

91. (**B**) One of the zoo's monkeys <u>escaped</u>.
這座動物園的其中一隻猴子<u>逃跑</u>了。
(A) wound (wund) *v.* 傷害 (B) ***get away*** 逃脫
(C) release (rɪ'lis) *v.* 釋放 (D) work (wɝk) *v.* 工作
* zoo (zu) *n.* 動物園 monkey ('mʌŋkɪ) *n.* 猴子
escape (ə'skep) *v.* 逃走

92. (**D**) He <u>cut</u> the turkey into pieces before serving it.
在把火雞端上餐桌之前，他先把牠<u>切</u>片。
(A) buy (baɪ) *v.* 購買 (B) cook (kuk) *v.* 烹調；煮
(C) clean (klin) *v.* 清理；打掃 (D) ***carve*** (kɑrv) *v.* 切（肉）
* cut (kʌt) *v.* 切割 turkey ('tɝkɪ) *n.* 火雞
piece (pis) *n.* 片；塊 serve (sɝv) *v.* 將（食物）端上（餐桌）

93. (**D**) All Lisa heard on her radio was static. What did she hear?
麗莎只能從她的收音機聽到雜音。她聽到什麼？

(A) music〔ˈmjuzɪk〕*n.* 音樂　(B) news〔njuz〕*n.* 新聞
(C) voice〔vɔɪs〕*n.* 聲音　(D) ***noise***〔nɔɪz〕*n.* 噪音；雜音

＊hear〔hɪr〕*v.* 聽到　radio〔ˈredɪˌo〕*n.* 收音機
static〔ˈstætɪk〕*n.* 電波干擾；雜音

94. (**B**) How long will it be before you <u>wind up</u> the job?
你還要多久才能<u>完成</u>這份工作？

(A) start〔stɑrt〕*v.* 開始　(B) ***finish***〔ˈfɪnɪʃ〕*v.* 完成
(C) motivate〔ˈmotəˌvet〕*v.* 激勵
(D) join〔dʒɔɪn〕*v.* 加入

＊***wind up*** 結束

95. (**D**) The silver tray is <u>tarnished</u>.
這個銀盤<u>失去光澤</u>了。

(A) valuable〔ˈvæljuəbl̩〕*adj.* 珍貴的
(B) antique〔ænˈtik〕*adj.* 古董的　*n.* 古董
(C) shiny〔ˈʃaɪnɪ〕*adj.* 發光的
(D) ***discolor***〔dɪsˈkʌlɚ〕*v.* 使變色；使褪色

＊silver〔ˈsɪlvɚ〕*adj.* 銀製的　tray〔tre〕*n.* 盤子
tarnish〔ˈtɑrnɪʃ〕*v.* 使失去光澤

96. (**A**) His <u>perplexity</u> during the conversation was evident.
他在談話時很明顯地感到<u>困惑</u>。

(A) ***confusion***〔kənˈfjuʒən〕*n.* 困惑
(B) understanding〔ˌʌndɚˈstændɪŋ〕*n.* 理解
(C) knowledge〔ˈnɑlɪdʒ〕*n.* 知識
(D) enthusiasm〔ɪnˈθjuzɪˌæzəm〕*n.* 熱忱

＊perplexity〔pɚˈplɛksətɪ〕*n.* 困惑
conversation〔ˌkɑnvɚˈseʃən〕*n.* 談話
evident〔ˈɛvədənt〕*adj.* 明顯的

97. (**B**) Jane asked, "Is this seat taken?" She asked if the seat was reserved.
珍問說：「這個位子有人坐嗎？」她是在問，這個位子是不是被預訂。

(A) break (brek) *v.* 打破 (B) ***reserve*** (rɪˈzɝv) *v.* 預訂；保留
(C) move (muv) *v.* 移動 (D) fix (fɪks) *v.* 修理；使固定

* seat (sit) *n.* 座位

98. (**C**) They took the readings in Fahrenheit. What were they measuring?
他們把華氏溫度計上的度數記下來。他們在測量什麼？

(A) distance (ˈdɪstəns) *n.* 距離
(B) volume (ˈvɑljəm) *n.* 容量；體積
(C) ***temperature*** (ˈtɛmprətʃɚ) *n.* 溫度
(D) weight (wet) *n.* 重量

* take (tek) *v.* 記下 reading (ˈridɪŋ) *n.* (溫度計) 所指示的度數
Fahrenheit (ˈfærən,haɪt) *n.* 華氏溫度 (計)
measure (ˈmɛʒɚ) *v.* 測量

99. (**C**) Which of these is a solid? 這些東西裡面，哪個是固體？

(A) soda (ˈsodə) *n.* 蘇打水；汽水
(B) oil (ɔɪl) *n.* 油 (C) ***chalk*** (tʃɔk) *n.* 粉筆
(D) vinegar (ˈvɪnɪgɚ) *n.* 醋

* solid (ˈsɑlɪd) *n.* 固體

100. (**C**) The commander could not ensure time off for his men.
這名指揮官沒辦法跟他的士兵保證有休息時間。

(A) arrange (əˈrendʒ) *v.* 安排
(B) justify (ˈdʒʌstə,faɪ) *v.* 證明…是正當的
(C) ***guarantee*** (,gærənˈti) *v.* 保證
(D) falsify (ˈfɔlsə,faɪ) *v.* 僞造；曲解

* commander (kəˈmændɚ) *n.* 指揮官 ensure (ɪnˈʃur) *v.* 保證
off (ɔf) *adj.* 休息的 man (mæn) *n.* 士兵

☆☆☆ 全國最完整的文法書 ☆☆☆

文法寶典全集

劉 毅 編著／售價990元

這是一本想學好英文的人必備的工具書，作者積多年豐富的教學經驗，針對大家所不了解和最容易犯錯的地方，編寫成一本完整的文法書。

本書編排方式與眾不同，第一篇就給讀者整體的概念，再詳述文法中的細節部分，內容十分完整。文法說明以圖表為中心，一目了然，並且務求深入淺出。無論您在考試中或其他書中所遇到的任何不了解的問題，或是您感到最煩惱的文法問題，查閱「文法寶典全集」均可迎刃而解。

哪些副詞可修飾名詞或代名詞？(P.228)；什麼是介副詞？(P.543)；哪些名詞可以當副詞用？(P.100)；倒裝句(P.629)、省略句(P.644)等特殊構句，為什麼倒裝？為什麼省略？原來的句子是什麼樣子？在「文法寶典全集」裏都有詳盡的說明。

可見如果學文法不求徹底了解，反而成為學習英文的絆腳石，只要讀完本書，您必定信心十足，大幅提高對英文的興趣與實力。

心得筆記欄

心得筆記欄

Editorial Staff

- 編著／劉　毅
- 校訂／王淑平・謝靜芳・蔡琇瑩
  林銀姿・陳子璇・蔡惠婷
- 校閱／Laura E. Stewart・Andy Swarzman
  Edward McGuire・Tony Chen
- 封面設計／白雪嬌
- 打字／黃淑貞・劉立中

All rights reserved. No part of this publication may be reproduced without the prior permission of Learning Publishing Company.

本書版權爲學習出版公司所有，翻印必究。

如何準備 ECL（新增訂）
HOW TO PREPARE FOR THE ECL

售價：380 元

編　　著／劉　毅
發 行 所／學習出版有限公司　☎ (02) 2704-5525
郵撥帳號／05127272 學習出版社帳戶
登 記 證／局版台業 *2179* 號
印 刷 所／裕強彩色印刷有限公司
台北門市／台北市許昌街 10 號 2F　☎ (02) 2331-4060
台灣總經銷／紅螞蟻圖書有限公司　☎ (02) 2795-3656
本公司網址　www.learnbook.com.tw
電子郵件　learnbook@learnbook.com.tw

2018 年 11 月 1 日新修訂

ISBN 957-519-801-8

版權所有，本書內容未經書面同意，不得以任何形式複製。